SOMMAIRE

LE COURS À ÉCOUTER

Complétez vos révisions en téléchargeant et en écoutant les podcasts des cours, pour étudier en toute liberté où que vous soyez.

FRAGILITÉS DES DÉMOCRATIES, TOTALITARISMES ET SECONDE GUERRE MONDIALE (1929-1945)

L'impact de la crise de 1929 : déséquilibres économiques et sociaux

En 1929, le monde est ébranlé par une crise économique et sociale sans précédent. Cyclique et structurelle, elle remet en cause une économie fondée sur le crédit et la spéculation. Ses conséquences économiques et sociales marquent durablement la plupart des États. Ses conséquences politiques sont diverses : dans certains pays la démocratie se maintient, alors que dans d'autres on assiste à la mise en place ou au renforcement d'États totalitaires, comme en Allemagne ou en Italie. La crise est donc un des éléments de déstabilisation de l'ordre international à la veille de la Seconde Guerre mondiale.

Les causes de la crise de 1929

La crise de 1929 est liée à des déséquilibres économiques profonds. Au lendemain de la Première Guerre mondiale, l'endettement des États européens ayant participé au conflit conduit ces derniers à suspendre la convertibilité de leur monnaie en or. Seuls les États-Unis, qui possèdent désormais 40 % du stock d'or mondial, conservent ce principe. Il faut attendre 1922 et la conférence de Gênes pour que la convertibilité soit peu à peu rétablie. Après la crise inflationniste de 1923, l'Allemagne crée une nouvelle monnaie : le Reichsmark. La fragile reprise économique que l'on observe en Allemagne depuis 1925 est encore récente lorsque survient la crise de 1929.

Or, la reprise économique amorcée en 1925 est surtout liée à la spéculation : en investissant dans les actions, les acteurs financiers anticipent une hausse continue de la production liée à une consommation de masse. Cette spirale vertueuse permet de relancer la consommation et de soutenir le plein-emploi. Rapidement, les cours de la Bourse augmentent (+ 89 % entre 1927 et 1929) sans lien réel avec la production industrielle (+ 13 % sur la même période). Profitant de cette manne, de nombreux petits épargnants investissent en Bourse et financent ainsi leurs crédits immobiliers sur des valeurs très risquées.

Le jeudi 24 octobre 1929, la Bourse de New York s'enflamme et s'effondre : c'est le « jeudi noir ». Des millions de titres sont mis en vente, mais la plupart ne trouvent pas d'acheteurs, ce qui a pour effet de leur faire perdre une part importante de leur valeur. De nombreux actionnaires sont ruinés et ne peuvent plus rembourser leurs crédits. Malgré l'intervention des grandes banques qui réussissent à endiguer la chute, la crise s'installe de manière durable et prend la forme d'une dépression, c'est-à-dire d'une récession durable.

D'une crise américaine à une crise mondiale

À la suite du krach boursier, les banques sont durement frappées. Elles sont contraintes de réduire leurs crédits aux entreprises et aux particuliers : 23 000 entreprises font faillite aux États-Unis en 1929. La demande chute brusquement, faute d'acheteurs, ce qui conduit les entreprises à une surproduction. Ces faillites et cette baisse de la production conduisent à des licenciements massifs.

Dans le même temps, la crise se diffuse dans le monde. Dès la fin de l'année 1929, les banques américaines rapatrient leurs fonds placés en Europe, ce qui conduit à des faillites bancaires, particulièrement en Allemagne et en Autriche : la Kreditanstalt de Vienne fait faillite le 11 mai 1931. Le même phénomène a lieu en Amérique latine. La restriction du commerce mondial frappe de plein fouet les pays exportateurs de matières premières et de produits manufacturés, faute de débouchés. Le Japon est particulièrement touché et voit la valeur de ses exportations chuter de moitié entre 1929 et 1932.

Les différents États ne sont pas touchés de la même manière : la crise dépend de leurs liens économiques avec les États-Unis, ou du degré de financiarisation de leur

ZOOM SUR...

LE *NEW DEAL* (1933)

En 1933, Roosevelt est élu à la présidence des États-Unis. Afin de remédier à la dépression et au chômage de masse, il se tourne vers des solutions d'inspiration keynésienne et liées à une vision globale de la situation. Il nomme cette politique le *New Deal* (« nouvelle donne »), de manière à montrer sa volonté de transformation structurelle de l'économie du pays. En 1934, il dévalue le dollar pour alléger l'endettement et favoriser les exportations. Des aides sont fournies aux agriculteurs et, dès le 16 juin 1933, le National Industrial Recovery Act associe État et entreprises afin que celles-ci coordonnent leurs efforts dans chaque branche industrielle. Pour lutter contre le chômage, Roosevelt entreprend une politique de grands travaux, comme l'aménagement de la vallée du Tennessee, coordonné par la Tennessee Valley Authority. En 1935, la première assurance chômage, vieillesse et invalidité est créée par le Social Security Act. Cette politique de redistribution est alors nouvelle aux États-Unis. L'ensemble de ces réformes ne remet pas en cause la structure libérale de l'économie, le rôle de l'État étant celui d'un régulateur et non d'un planificateur. Malgré une diminution du chômage, qui reste à 19 % en 1939, la production industrielle n'atteint pas, cette même année, ses chiffres antérieurs à 1929. Roosevelt a toutefois restauré la confiance ; l'appareil productif du pays reste intact et il a été capable de soutenir un effort de guerre sans précédent dès 1941.

Wall Street à New York.

économie et de leur lien avec le commerce mondial. Ainsi, l'Autriche et l'Allemagne sont touchées dès 1930, alors que la France et la Grande-Bretagne le sont plutôt en 1931 et de manière plus limitée, car elles étaient moins dépendantes des États-Unis.

Les conséquences sociales de la crise

La crise conduit à un chômage massif dans les pays touchés. Aux États-Unis, on passe de 3 % de chômeurs en 1929 à 32 % en 1932, soit un actif sur cinq. En Allemagne et en Grande-Bretagne, un actif sur dix est sans emploi, soit respectivement 2,8 et 5,5 millions de chômeurs en 1933. La France est moins touchée et plus tardivement, compte tenu de sa plus faible dépendance aux marchés financiers internationaux et au commerce mondial. Les aides publiques sont peu nombreuses et un grand nombre de personnes ont pour seul recours les aides fournies par les œuvres caritatives.

Cette crise sociale devient également politique, les populations frappées par la crise se tournant souvent vers des partis d'extrême droite ou d'extrême gauche. En Allemagne, l'arrivée au pouvoir des nazis s'opère dans ce contexte. Les partis communistes accroissent leur audience, convaincus que la dépression économique marque la « crise finale du capitalisme » annoncée par Lénine. Cette situation est décrite par de nombreux écrivains, comme John Steinbeck qui, dans *Les Raisins de la colère*, montre la ruine des petits agriculteurs américains frappés par la baisse des prix.

Les premières réponses fournies par les gouvernements s'avèrent inadaptées. Il s'agit généralement de politiques basées sur la déflation : baisser les salaires pour réduire les charges pesant sur les entreprises et donc, à terme, provoquer une baisse des prix pour relancer la consommation ; et baisser par ailleurs les taux d'intérêt pour élargir l'accès au crédit. Aux États-Unis, le président Hoover met en œuvre une politique de ce type : c'est un échec. La France et la Grande-Bretagne tentent également de recentrer leur économie sur leur empire colonial. Dans le monde, les barrières douanières tendent à s'élever, dans le cadre du retour à un certain protectionnisme.

L'économiste britannique John Meynard Keynes réfute les thèses déflationnistes. Il prône une intervention temporaire de l'État dans la vie économique qui est fondée sur trois axes :

1. la relance de la consommation par l'aide aux ménages les plus modestes et une augmentation des impôts pour les plus riches ;
2. la stimulation de l'investissement par une politique de grands travaux financés par l'État, au risque d'un déficit budgétaire, comblé une fois la relance assurée ;
3. l'injection de monnaie dans l'économie, au risque d'une inflation contrôlée.

C'est une solution de ce type qui est mise en œuvre par le président des États-Unis Franklin Delano Roosevelt à partir de 1933, avec la politique du *New Deal*. Dans les autres pays, un divorce s'opère entre ceux qui, plus ou moins tard, mettent en œuvre les solutions keynésiennes et ceux qui ont recours à une économie étatisée dans un régime de type totalitaire souvent fondée sur des programmes d'armement, comme en Allemagne ou en URSS.

DES ARTICLES DU *MONDE* À CONSULTER

- **24 octobre 1929, tout bascule p. 15**
(Thomas Wieder, dans *Le Monde* daté du 22.09.2008)
- **1933 : le *New Deal*, la relance contre l'austérité p. 17**
(Pierre Bezbakh, dans *Le Monde* daté du 03.07.2012)

JUIN 1936 : LES ACCORDS DE MATIGNON

En vue des élections législatives de mai et juin 1936, en France, la gauche constitue un front uni. Staline ayant ordonné au Parti communiste français de collaborer avec les autres partis de gauche, un Front populaire se constitue, regroupant communistes (PCF), socialistes (SFIO) et radicaux. Une fois les élections gagnées, Léon Blum devient chef du gouvernement. Dès la victoire, les syndicats, dont la CGT, lancent une vague de grèves demandant des mesures sociales rapides et efficaces. Le 7 juin, les négociations aboutissent aux accords de Matignon. Ces accords réglementent les relations au sein des entreprises en donnant une existence légale aux délégués du personnel et en créant les conventions collectives. Les accords prévoient également des augmentations de salaire allant de 7 % pour les plus élevés jusqu'à 15 % pour les revenus les plus modestes. Les droits syndicaux sont réaffirmés et l'on rappelle qu'un employé ne peut être sanctionné pour avoir fait grève. Les lois des 11 et 12 juin 1936, qui entérinent ces accords, y ajoutent des dispositions non évoquées à Matignon mais présentes dans le programme du Front populaire : la réduction du temps de travail à 40 heures hebdomadaires et la création de quinze jours de congés payés. Or, si l'augmentation des salaires devait permettre la reprise économique, l'application de la semaine des 40 heures a provoqué un arrêt brutal de la reprise.

Les régimes totalitaires

Les régimes totalitaires sont nés dans certains pays européens à cause de la brutalisation des sociétés induites par la Première Guerre mondiale. Le concept de totalitarisme, tel qu'il a été défini notamment par Hannah Arendt, fait référence à des régimes fondés sur un parti unique et une idéologie exclusive, véhiculée par une propagande active, marquée par un culte du chef et un embrigadement de la société, notamment des jeunes. Le régime soviétique, le fascisme italien et le nazisme allemand ont remis en cause l'ordre issu du traité de Versailles en menant des coups de force qui ont conduit à la Seconde Guerre mondiale.

Le régime soviétique

Le régime soviétique est fondé sur le marxisme-léninisme, une idéologie issue de la pensée de Karl Marx telle qu'elle est interprétée par le parti bolchévique et son chef, Lénine. L'objectif de l'État est de disparaître pour instaurer le communisme, situation économique dans laquelle la propriété collective est instaurée. Afin d'y parvenir, il faut passer par l'étape de la dictature du prolétariat, pendant laquelle l'État confisque tous les biens et exerce un pouvoir absolu. Dans ce système, l'État et le parti communiste se confondent dans les conseils ou *soviets*. Une police politique est créée pour repérer et éliminer les opposants : elle porte le nom de Tchéka, puis de NKVD à partir de 1934. Dès 1917, Lénine met en place ce régime violent dans le cadre du communisme de guerre, avant de décréter la NEP (nouvelle politique économique) en 1921, qui autorise un retour partiel à la propriété privée.

À la mort de Lénine, en 1924, Staline arrive au pouvoir. Il élimine progressivement les opposants au sein du parti communiste, d'abord les partisans d'une révolution plus large, comme Trotski, puis les partisans de la modération comme Bakounine. Staline intensifie la dimension totalitaire du régime. Dès 1929, il met en place une économie planifiée et collectivisée : des plans quinquennaux définissent les objectifs et donnent la priorité aux matières premières et aux grands travaux. Les moyens de production agricoles et industriels sont collectivisés. Dans les campagnes, les *kolkhozes* et les *sovkhozes* remplacent les petites propriétés. Pour continuer d'assurer son pouvoir au sein du parti, Staline décide de le « purger ». Lors des grands procès de Moscou, en 1937 et 1938, il élimine ses opposants, qui sont exécutés pour trahison ou déportés dans des camps.

La répression stalinienne ne touche pas que la classe politique. Les opposants sont exécutés ou envoyés dans des camps de travail, appelés *goulags*, où sont internées jusqu'à 2,5 millions de personnes. Les principales victimes de la politique soviétique sont les croyants et les membres du clergé (persécutés au nom du matérialisme du régime), les bourgeois et les aristocrates, puis, à partir de 1930, les paysans aisés, ou *koulaks*, lors du mouvement de dékoulakisation. Les peuples qui pourraient souhaiter leur indépendance sont victimes de déportations ou de famines organisées. Ainsi, la famine que subit l'Ukraine en 1932 fait entre 2,5 et 5 millions de victimes. Ces mesures de répression culminent en 1937 et 1938 dans la grande terreur stalinienne. Les membres du parti contrôlent la société par le biais d'une administration favorisant la délation. Les jeunes sont embrigadés dans l'organisation des pionniers. Une propagande intense véhicule le culte du chef, tant pour Lénine que pour Staline.

Le fascisme

En Italie comme en Allemagne, les régimes totalitaires émergent en partie à cause de la frustration causée par la Première Guerre mondiale. L'Italie, pourtant dans le camp des vainqueurs en 1918, n'a pas obtenu satisfaction et certains territoires peuplés d'Italiens ont été attribués à la Yougoslavie lors de la conférence de Versailles. En 1920, un ancien socialiste, Benito Mussolini, organise le parti fasciste, qui associe promotion de la modernité, nationalisme et culte du chef.

L'idéologie fasciste est fondée sur l'exaltation de la nation. Apparaissant comme capable de lutter contre les communistes, le parti fasciste reçoit le soutien d'une partie de la bourgeoisie. En 1922, après la Marche sur Rome, Mussolini est nommé président du Conseil par le roi. Il met en place un système de parti unique, embrigadant la société et menant de grands travaux pour moderniser le pays. La police politique, l'OVRA, recherche les opposants, qui sont relégués. La jeunesse est enrôlée dans l'Œuvre nationale Balilla, et les loisirs des Italiens sont régulés par l'Œuvre nationale du temps libre. L'image de Mussolini, qui prend le titre de Duce, est utilisée pour promouvoir l'idéologie du régime. À partir de 1938, le fascisme adopte également des lois raciales antisémites.

ZOOM SUR...

LA GUERRE D'ESPAGNE

De 1936 à 1939, la guerre civile d'Espagne oppose, après la chute de la monarchie, les républicains et les forces nationalistes, dirigées par le général Franco. Malgré la mobilisation des Brigades internationales, les partisans d'une république libérale ne sont guère soutenus par les démocraties européennes. En revanche, l'URSS soutient les communistes au sein de la République, faisant, par exemple, transférer chez elle les réserves d'or de l'État espagnol. L'Italie et l'Allemagne soutiennent les nationalistes et testent leurs armes. Elles perpètrent des bombardements sur les civils comme à Guernica, le 26 avril 1937. La guerre d'Espagne apparaît ainsi comme une répétition générale avant un conflit plus large. Elle renforce l'idée que les démocraties n'interviendront pas militairement pour soutenir les États agressés. Toutefois, l'engagement d'artistes comme Pablo Picasso ou d'écrivains comme André Malraux et Ernest Hemingway contribue à dénoncer l'action des Allemands et des Italiens et à éclairer l'opinion publique occidentale sur la menace qui s'annonce.

LA NUIT DE CRISTAL

Depuis les lois de Nuremberg (1935), des mesures de discrimination

Portrait de Staline montré au peuple lors du défilé du Jour de la Victoire, à Tyumen en Russie.

Le nazisme

En Allemagne, les partis nationalistes s'opposent au traité de Versailles. En 1923, le NSDAP, ou parti national-socialiste, dirigé par Adolf Hitler, tente un coup d'État en Bavière, le « putsch de la Brasserie », qui échoue. Ce parti associe des idées socialisantes et un nationalisme revanchard. Emprisonné, Hitler rédige *Mein Kampf*, dans lequel il expose ses objectifs. En 1932, dans le contexte de la crise économique et sociale, le parti nazi gagne les élections, marquées par des violences que le parti organise lui-même. Le 30 janvier 1933, Hitler est nommé chancelier. Le 2 août 1934, il obtient aussi les fonctions de président et devient le Führer (guide) d'une Allemagne où il instaure le IIIe Reich.

L'idéologie nazie est profondément raciste et antisémite. Elle considère que le peuple germanique, qualifié d'aryen, constitue une race supérieure qui doit établir un « espace vital » dans les territoires slaves et dominer l'Europe en asservissant la France. Le peuple juif, prétendument responsable de la ruine économique de l'Allemagne, doit être éliminé. Une violente politique antisémite est mise en place. Les lois de Nuremberg, en 1935, instaurent une ségrégation entre juifs et non-juifs et privent les juifs de leurs droits civiques. Les persécutions s'intensifient dans les années suivantes. Des camps de concentration comme celui de Dachau sont ouverts pour enfermer les opposants politiques. Les Jeunesses hitlériennes embrigadent les jeunes Allemands. Une intense propagande est organisée par le ministre Joseph Goebbels.

La géopolitique des totalitarismes

Hitler et Mussolini multiplient les coups de force. En 1934, Hitler tente de réaliser l'*Anschluss*, c'est-à-dire l'intégration de l'Autriche à l'Allemagne. Mussolini, alors allié aux démocraties, l'en empêche en massant ses troupes sur le col du Brenner. Mais en 1935, Mussolini envahit l'Éthiopie. Condamné par la Société des Nations, il se rapproche alors d'Hitler et constitue avec lui l'Axe Rome-Berlin en 1936. Hitler met en œuvre une politique visant à intégrer au Reich les territoires peuplés de minorités allemandes situés dans les États voisins. En mars 1938, il réalise l'*Anschluss*. Les 29 et 30 septembre 1938, lors de la conférence de Munich, il obtient des Français et des Britanniques l'annexion de la région des Sudètes, signant le démembrement de la Tchécoslovaquie. En décembre 1939, après l'indépendance de la Slovaquie, la Bohème et la Moravie deviennent un protectorat du Reich. Mussolini, quant à lui, prend le contrôle de l'Albanie.

Alors que l'Allemagne et l'Italie s'étaient opposées aux Soviétiques pendant la guerre d'Espagne, face à ce qui apparaît comme un recul des démocraties, Staline décide de s'entendre avec Hitler pour regagner une partie des territoires perdus par l'Empire russe à l'issue de la Première Guerre mondiale. Le 23 août 1939, le pacte germano-soviétique est signé, impliquant un partage de la Pologne.

DES ARTICLES DU *MONDE* À CONSULTER

- Il y a cinquante ans : la « Nuit de cristal » p. 18
(Rita Thalmann, dans *Le Monde* daté du 07.11.1988)
- Il y a cinquante ans : le cauchemar de Guernica p. 21
(Arnaud Boutin, dans *Le Monde* daté du 24.04.1987)
- Les « procès de Moscou », point d'orgue des grandes purges p. 23
(Sylain Cypel, dans *Le Monde* daté du 26.02.2003)

frappent les juifs allemands. En 1938, Hitler décide d'intensifier la politique antisémite. Dans la nuit du 9 au 10 novembre 1938, c'est un vaste pogrom qui frappe la population juive au sein du Reich. Le parti nazi se saisit de la tentative d'assassinat à Paris du secrétaire de l'ambassade d'Allemagne, Ernst vom Rath, par Herschel Grynszpan, jeune juif allemand d'origine polonaise, comme prétexte pour autoriser le massacre. Goebbels, la SS et la Gestapo mobilisent les activistes du parti nazi et organisent des attaques contre plus de 300 synagogues et 7500 commerces. Le verre brisé des vitrines, qui jonche le sol, explique le nom de « Nuit de cristal » donné à l'événement. Plusieurs milliers de juifs périssent et 30000 sont envoyés dans des camps de concentration. Les autorités profitent du pogrom pour intensifier la persécution des juifs : on demande à la communauté de payer 1 milliard de marks pour rembourser aux compagnies d'assurances les indemnités touchées par les victimes. Le 1er janvier 1939, les commerces et les biens juifs de valeur sont saisis. De nombreux juifs tentent alors de fuir l'Allemagne : près de 80000 y parviennent entre la Nuit de cristal et le début de la Seconde Guerre mondiale.

La Seconde Guerre mondiale

La Seconde Guerre mondiale est le conflit le plus meurtrier de l'histoire de l'humanité. 60 millions de morts, tant civils que militaires, sont à déplorer. La guerre implique l'ensemble des continents et mobilise les économies. Elle est marquée par des innovations technologiques majeures mises au service de l'armement. C'est une guerre totale qui touche tous les aspects de la vie des combattants et des civils. La Seconde Guerre mondiale est également une guerre d'extermination : les nazis et leurs alliés mettent en œuvre une politique visant à supprimer les juifs, les Tziganes, les homosexuels et les handicapés dans les territoires occupés. Après sa défaite en 1940, la France connaît à la fois la collaboration menée par le régime de Vichy et la Résistance.

Un conflit mondial

En raison du système d'alliances mis en place par l'Allemagne de 1936 à 1939, la France et la Grande-Bretagne sont seules face aux puissances de l'Axe et à leur allié soviétique. Le 1er septembre 1939, Hitler attaque la Pologne. Le 3 septembre, la France et la Grande-Bretagne déclarent la guerre à l'Allemagne. La Pologne est rapidement écrasée et partagée entre les Allemands et les Soviétiques. À l'ouest, ni les Alliés ni les Allemands ne passent à l'offensive. C'est la « drôle de guerre ».

Le 10 mai 1940, l'Allemagne attaque la Belgique et la France. La tactique de la guerre éclair (*Blitzkrieg*) provoque la défaite de la France en quelques semaines. Le 22 juin, un armistice est signé. La Grande-Bretagne se retrouve seule face à l'Allemagne, qui lance contre elle des bombardements massifs (le *Blitz*).

En 1941, plusieurs événements conduisent à l'ouverture de nouveaux fronts. Le 22 juin, l'Allemagne trahit son allié soviétique et attaque l'URSS : c'est l'opération Barbarossa. Le 7 décembre, le Japon attaque la flotte américaine à Pearl Harbor, sans déclaration de guerre préalable. Un nouveau front s'ouvre alors dans le Pacifique.

En 1942 et 1943, l'Axe connaît plusieurs revers qui mettent un coup d'arrêt à son avance. Dans le Pacifique, le Japon est défait lors des batailles de Midway et de Guadalcanal. En Europe, les Alliés débarquent en Sicile, provoquant la chute de Mussolini et l'entrée en guerre de l'Italie du côté des Alliés. Les Allemands occupent alors le nord du pays. En URSS, l'avancée allemande est arrêtée lors de la bataille de Stalingrad.

Dès 1943, les Alliés organisent des conférences qui ont pour but d'organiser la riposte militaire contre le Reich et de préparer les suites de la Libération. Elles réunissent les « Trois Grands » (Roosevelt, Churchill et Staline) à Téhéran (28 novembre – 1er décembre 1943) et à Yalta (4-11 février 1945).

À partir de 1944, la défaite de l'Axe se profile. Le 6 juin 1944, l'opération Overlord permet le débarquement des Alliés occidentaux en Normandie. Sur le front de l'Est, l'opération Bagration met en marche le « rouleau compresseur » de l'Armée rouge le 22 juin 1944.

En avril 1945, les Soviétiques sont à Berlin. Le 23 avril, Hitler se suicide. Le 8 mai, l'Allemagne capitule. En Asie, il faut attendre les bombardements atomiques sur Hiroshima le 6 août, puis Nagasaki le 9 août pour que le Japon capitule le 2 septembre 1945.

Violences et crimes de guerre

Comme toutes les guerres, la Seconde Guerre mondiale a été marquée par un nombre important de violences, de crimes de guerre et de crimes liés à la politique d'extermination conduite par le régime nazi.

Pendant la guerre, l'Allemagne nazie met en œuvre une politique d'extermination à grande échelle. Dès 1941 sur le front de l'Est, des unités spéciales de la SS, les *Einsatzgruppen*, exterminent les populations juives. C'est la « Shoah par balles ». Le 20 janvier 1942, lors de la conférence de Wannsee, les autorités nazies décident de mettre en œuvre la « solution finale ». Les populations juives sont groupées, en Pologne, dans des ghettos. Depuis toute l'Europe, les populations juives sont déportées vers des camps de travail et d'extermination comme Auschwitz-Birkenau ou des camps d'extermination comme Treblinka. Six millions de juifs d'Europe périssent alors. Les Tziganes

ZOOM SUR...

LE DÉBARQUEMENT DE NORMANDIE ET L'OPÉRATION BAGRATION

L'opération Overlord commence le 6 juin 1944 : elle a pour but de libérer la France au moyen d'un débarquement massif de forces depuis l'Angleterre. Le choix est fait de débarquer sur les côtes de la Manche et du Calvados, entre Carentan et Caen, et d'installer un port artificiel. Le matin, dans des conditions météorologiques déplorables, 6939 navires se mettent en route, pour débarquer sur cinq plages qui reçoivent un nom de code comme Utah Beach ou Omaha Beach. Les premières barges de débarquement affrontent des unités allemandes défendues par le « mur de l'Atlantique », série de bunkers réalisés depuis 1940 le long du littoral atlantique. Les premiers hommes sont décimés par les tirs allemands. L'ennemi est toutefois dépassé et la tête de pont établie, avec 156000 hommes qui parviennent à débarquer, grâce à l'action des hommes parachutés à l'arrière et à l'emploi de l'aviation. La bataille de Normandie prolonge l'opération, entamant la libération de la France.

Dans le même temps, à l'est, les Soviétiques engagent le 22 juin une opération militaire de grande ampleur : l'opération Bagration. Jusqu'au 19 août, l'Armée rouge avance de plus de 600 km sur un front long de 1000 km, ce qui permet de regagner une bonne partie du territoire soviétique perdu lors de l'attaque allemande de 1941. Au cours de l'opération, les Allemands

Débarquement de Normandie en juin 1944.

sont également déportés et exterminés, tout comme les homosexuels, les personnes handicapées et les opposants politiques.

Les civils sont particulièrement frappés par les violences. Sur le front de l'Est, la guerre que mènent les Allemands contre les Soviétiques est une guerre d'anéantissement. Le but des Allemands est d'établir un « espace vital » destiné à la colonisation allemande et à la soumission des populations slaves. Partout en Europe, les bombardements de terreur frappent la plupart des grandes villes, tant en Grande-Bretagne qu'en Allemagne et au Japon. Les civils sont massacrés par les Allemands dans les régions où la résistance est active. Les Japonais commettent également des atrocités dans les pays qu'ils occupent, comme ils l'avaient déjà fait en Chine en 1937 lors des massacres de Nankin. Les Soviétiques ne sont pas en reste, exécutant des officiers polonais à Katyn de mars à mai 1940.

Les bombardements atomiques d'Hiroshima et de Nagasaki posent la question de l'horreur de l'arme atomique, même s'ils ont été mis en œuvre par les États-Unis dans le but de terminer la guerre plus rapidement, en évitant le coût humain d'une conquête du Japon.

La France dans la guerre

À la suite de l'attaque allemande du 10 mai 1940, la France connaît une défaite militaire très rapide. De nombreux civils fuient vers le sud : c'est l'exode. Les députés nomment le maréchal Pétain chef du gouvernement et lui donnent les pleins pouvoirs. Le maréchal engage des négociations avec l'Allemagne en vue d'un arrêt des combats. Le 22 juin, l'armistice est signé. Ses conditions sont très dures : le pays est divisé entre une zone libre et une zone occupée, il doit payer une somme importante à l'Allemagne et lui livrer une partie de sa production.

Le fonctionnement normal de la République cesse. Le régime de l'État français installe son siège en zone libre, à Vichy. Le régime adopte une rhétorique nationaliste. Le maréchal Pétain engage le pays dans la voie de la collaboration avec l'Allemagne. Il rencontre Hitler à Montoire, le 24 octobre 1940. Dès cette date, le régime instaure un « statut des juifs » discriminatoire. À partir de 1942, le régime collabore à la déportation et à l'extermination des juifs d'Europe : il organise à Paris la rafle du Vél' d'hiv'. Le régime accepte par ailleurs, par le Service du travail obligatoire (STO), l'envoi de travailleurs français en Allemagne.

Une partie des Français refuse la collaboration et choisit la voie de la Résistance. Le 18 juin 1940, le général de Gaulle lance depuis Londres un appel aux Français les exhortant à continuer le combat et les invitant à le rejoindre. Il organise ainsi les Forces françaises libres. Les territoires de l'Empire colonial se rallient à lui à partir de l'été 1940. En France, des réseaux de résistance s'organisent dans toutes les familles politiques. Le parti communiste, d'abord « neutre » à cause du pacte germano-soviétique, entre en résistance lorsque Hitler attaque l'URSS en 1941. Les résistants s'organisent en maquis, comme dans le Limousin ou dans le Vercors, avec de terribles opérations de représailles de la part des Allemands, comme à Oradour-sur-Glane le 10 juin 1944.

Le 27 mai 1943, les mouvements de Résistance sont unifiés par Jean Moulin, envoyé par le général de Gaulle, dans le cadre du Conseil national de la Résistance (CNR). Les Forces françaises de l'intérieur sont intégrées aux Forces françaises libres au fur et à mesure de la libération du pays, après le débarquement du 6 juin 1944. Le 25 août 1944, Paris est libéré par les troupes du général de Gaulle. Lors de la Libération a lieu une « épuration », dans certains cas hors de tout cadre juridique. De Gaulle envoie alors des commissaires de la République pour restaurer l'autorité de l'État et mettre en place un cadre pour juger les responsables du régime de Vichy et les acteurs de la collaboration.

DES ARTICLES DU *MONDE* À CONSULTER

- Auschwitz, une brève en bas de page p. 24
(Amos Reichman et Thomas Wieder, dans *Le Monde* daté du 28.01.2015)
- De Gaulle, l'inconnu du 18 juin p. 26
(Bertrand Le Gendre, dans *Le Monde* daté du 17.06.2010)

perdent plus de 500 000 hommes, dont près de 300 000 morts, les autres étant blessés ou faits prisonniers.

LE BOMBARDEMENT ATOMIQUE D'HIROSHIMA ET DE NAGASAKI

Le 16 juillet 1945, les États-Unis procèdent au premier test d'arme nucléaire, une « bombe A », à Alamogordo au Nouveau-Mexique. Fruit du projet Manhattan, cette explosion permet au président Truman de poursuivre deux objectifs : mettre un terme à la guerre contre le Japon sans débarquer sur l'archipel et y perdre des centaines de milliers de soldats, et mettre un terme à la guerre avant que les Soviétiques n'avancent trop en Asie. Après que les États-Unis ont envoyé un ultimatum au Japon, le bombardier américain B29 *Enola Gay* largue la bombe « Little Boy » sur la ville d'Hiroshima le 6 août 1945, causant la mort, sur le coup et durant les années qui suivent, de près de 200 000 personnes. Pour la première fois, les trois effets d'une bombe nucléaire (la chaleur, le souffle et les radiations) frappent des civils. Le 9 août, c'est la ville de Nagasaki qui est frappée par une bombe au plutonium, provoquant la mort de près de 100 000 personnes. Le 15 août, l'empereur Hirohito annonce que le pays met fin à la guerre. La capitulation intervient le 2 septembre.

Composition : L'impact de la crise de 1929 : déséquilibres économiques et sociaux

SUJET

Les États face à la crise de 1929.

Léon Blum.

Analyse du sujet

Le traitement du sujet ne doit pas conduire à « raconter » la crise, mais à mettre en évidence le rôle d'un acteur dans la crise : l'État.

« Les États » montre qu'il est nécessaire de faire référence à plusieurs exemples, dans une démarche typologique. Les États-Unis, la France, l'Allemagne, l'Italie, le Royaume-Uni et l'URSS ont été traités dans le programme (dans ce chapitre ou les précédents).

« La crise de 1929 » impose un cadre chronologique large : non seulement le krach boursier et ses conséquences, mais aussi la dépression qui s'ensuit, soit jusqu'à 1939.

Problématique

Quel a été le rôle des États dans la crise de 1929 ? Comment celle-ci aboutit-elle à une remise en cause du rôle que les gouvernements et les administrations ont à jouer dans la vie économique ?

Proposition de plan

I. Des États désemparés face à la crise ?

A. Une crise financière qui ne relève pas des États…

– En 1929 : une crise boursière, financière dont l'État ne semble pas partie prenante.
– Le système libéral américain repose sur un non-engagement de l'État dans la vie des entreprises.
– Les autres États ne voient pas venir une crise mondiale avant 1930-1931.

B. … mais dans laquelle ils ont une part de responsabilité…

– Les États, même libéraux, ont mis en place des lois sur la monnaie et le crédit qui ont facilité la crise.
– Absence ou présence très limitée de lois permettant de faire face aux faillites et au chômage.

C. … et qui remet en cause leur souveraineté

– La dépendance face au système financier américain, notamment de l'Allemagne et de l'Autriche.
– Le coût social diminue les recettes fiscales et limite donc l'action des États.

II. Des États qui mettent en œuvre de nouvelles solutions face au coût économique et social de la crise

A. Les politiques déflationnistes et leur échec

– Déflation.
– Protectionnisme et, pour la France et la Grande-Bretagne, repli sur les empires coloniaux.

B. Les politiques keynésiennes

– Accepter une intervention temporaire de l'État.
– Traiter la dimension sociale de la crise.
– Une non-remise en cause du libéralisme mais une adaptation du système.

C. Le cas du New Deal

– Une politique fondée sur la relance par l'emploi.
– Un assainissement financier.
– Une réussite limitée.

III. Des États transformés par la crise

A. Dans les démocraties : la nécessité d'un État social

– La montée des partis contestataires, d'extrême droite ou d'extrême gauche.
– La victoire du Front populaire en France en 1936.
– En France : une relance grâce à un nouveau rapport à l'emploi (accords de Matignon).

B. La crise et le renforcement des totalitarismes

– La crise est l'un des facteurs de l'arrivée de Hitler au pouvoir en 1933.
– Elle renforce la politique autarcique des dictatures (Italie, URSS).
– La politique d'armement comme solution à la crise.

Conclusion

Les États ont tous mené une politique destinée à tenter de tempérer les conséquences de la crise et en particulier ses conséquences sociales. Toutefois, si certaines démocraties ont su conserver l'appui de leur opinion, dans cette démarche, la crise a aussi été instrumentalisée pour renforcer ou mettre en place des régimes dictatoriaux. En ce sens, elle est un élément de contexte majeur dans la mise en place de logiques qui ont permis à la Seconde Guerre mondiale d'éclater.

Composition : Les régimes totalitaires

SUJET

Points communs et différences entre les régimes totalitaires au pouvoir en Europe de 1917 à 1945.

Adolf Hitler et Benito Mussolini à Munich en juin 1940.

Analyse du sujet

« Points communs et différences » : le sujet invite à travailler sur la notion de totalitarisme en comparant différents points qu'il convient de sélectionner. On évitera de suivre un plan simpliste fondé uniquement sur les éléments communs et les différences.

« Régimes totalitaires » : il faut aborder le communisme soviétique à partir de 1917, le fascisme au pouvoir dès 1922 et le nazisme à partir de 1933. Le sujet commence au moment où ces régimes sont au pouvoir, mais il convient de connaître les éléments idéologiques énoncés auparavant.

Problématique

Si le communisme soviétique, le fascisme et le nazisme sont des régimes totalitaires, ils n'en conservent pas moins des différences essentielles. Comment peut-on caractériser ces régimes, à la fois dans leurs spécificités et dans leur appartenance au modèle totalitaire ?

Proposition de plan

I. Des régimes fondés sur des idéologies

A. Le communisme

Un humanisme au service d'une dictature (au nom du « bonheur » se mettent en place la dictature du prolétariat et le communisme de guerre depuis 1917).

B. Le fascisme

Nationalisme et culte de la modernité et de la violence.

C. Le nazisme

Une idéologie qui s'enracine dans l'association du racialisme et du socialisme.

Ces idéologies sont donc différentes, mais, à l'exception du racialisme (jusqu'en 1938), nazisme et fascisme présentent des parallèles et un rapport de filiation.

II. Différentes voies d'accession au pouvoir

A. La révolution

Révolution d'octobre 1917 en Russie.

B. L'accession légale au pouvoir dans un contexte de violence

Nazisme et fascisme gardent apparentes les formes de légalité (nomination par le roi pour Mussolini, élection pour Hitler), mais le contexte de brutalité et le rôle des milices faussent le jeu démocratique.

C. La « révolution de palais »

Staline renforce le totalitarisme communiste en prenant le pouvoir à la mort de Lénine.

III. Les pratiques totalitaires : formes semblables, contenus opposés

A. Culte du chef et État omniprésent

Dans tous les totalitarismes, on trouve un chef, un parti qui se superpose à l'État, lui-même s'immisçant dans tous les domaines de la vie des individus.

B. Entre répression et propagande

Deux aspects des régimes, avec les camps nazis et soviétiques, les *confinati* italiens. Mais les opposants et les personnes persécutées ne sont pas les mêmes : le nazisme ajoute la volonté d'extermination des juifs, des Tziganes, des homosexuels et des personnes handicapées.

C. Une volonté de suprématie

Volonté de répandre la Révolution (URSS) ou de dominer le peuple ou la race (fascisme et nazisme) ; les totalitarismes s'affrontent (guerre d'Espagne), mais s'allient en 1939 pour vaincre les démocraties.

Conclusion

Ces régimes ont pour point commun la violence, la répression, le parti unique, la séduction et l'obéissance due au chef et à la nation. Toutefois, des différences demeurent, notamment entre l'universalisme communiste d'une part, et le nationalisme et le racialisme du fascisme et du nazisme d'autre part.

Composition : La Seconde Guerre mondiale

SUJET

Les civils dans la Seconde Guerre mondiale.

Analyse du sujet

« Les civils » : le mot appelle à une vision globale, mais qui correspond à une grande diversité de situations. On veillera à parler de l'Europe, de l'Asie, mais aussi des civils américains, protégés des combats mais impliqués dans l'effort de guerre.

CE QU'IL NE FAUT PAS FAIRE

Il ne faut pas se lancer dans un devoir qui « raconterait » l'ensemble de la guerre.

LA BONNE MÉTHODE

Choisir un plan thématique ou, si l'on souhaite un plan chronologique, ne pas développer les événements.

La ville de Londres dévastée après les bombardements allemands.

Problématique

Quel a été l'impact de la Seconde Guerre mondiale sur les civils ? Dans quelle mesure ont-ils été à la fois victimes et acteurs du conflit ?

Proposition de plan

I. Un conflit qui frappe autant les civils que les militaires

Les civils, pour la première fois, connaissent une mobilisation et des pertes comparables à celles des militaires : c'est une guerre totale.

A. Le nombre de morts

La Seconde Guerre mondiale est le premier conflit à causer davantage de morts civiles que militaires.

B. Un traumatisme moral

Vie sous les bombes, question de la responsabilité des civils dans l'arrivée au pouvoir des dictateurs et l'adhésion à leur idéologie.

C. L'impact économique de la guerre

Vie et survie dans les privations ou, pour certains, les profits de guerre ; mobilisation économique.

II. Les civils face à une guerre d'une nouvelle ampleur

Les spécificités de la Seconde Guerre mondiale, avec des armes de masse, la politique de déportation, d'extermination ou de mise à mort des civils par les Allemands, les Japonais et les Soviétiques, ont marqué durablement les civils.

A. Civils et guerre idéologique

La politique nazie d'extermination (camps, lieux de mise à mort, Shoah).

B. La France, le front de l'Est, les zones d'occupation japonaises

Les civils face à la barbarie (massacres : Nankin, Oradour-sur-Glane...).

C. Les nouvelles armes

Bombardements de masse, bombes atomiques.

III. L'engagement des civils dans le conflit

Les civils sont aussi des acteurs du conflit, qui s'engagent dans chacun des camps, parfois par conviction, parfois contre leur gré. D'autres ont simplement tenté de survivre, quitte à fermer les yeux sur la situation.

A. L'engagement dans la collaboration

B. L'engagement dans la résistance

C. Une majorité attentiste et brutalisée

Conclusion

La Seconde Guerre mondiale marque une rupture avec les précédents conflits. Les civils y sont des objectifs de guerre, afin d'abattre l'ennemi, mais ils ont aussi montré qu'ils peuvent faire tomber les barrières traditionnelles entre civils et combattants.

24 octobre 1929, tout bascule

Spéculation, bulle financière, effet dominos… la crise de septembre rappelle étrangement celle qui a tant marqué l'histoire des États-Unis au XXe siècle. Rappel des faits.

Impossible d'y échapper. A chaque grande secousse de l'économie mondiale, la question revient sur toutes les lèvres : *«Sommes-nous en 1929 ?»* Ceux qui la posent ont en tête les mêmes images : hommes attroupés devant Wall Street lors du fameux Jeudi noir ; familles en haillons rassemblées autour d'une soupe populaire ; misère des paysans de l'Alabama photographiés par Walker Evans ; et puis, bien sûr, ces fermiers de l'Oklahoma chassés de leurs terres et jetés sur les routes, dont Steinbeck a raconté la triste odyssée dans *Les Raisins de la colère*…

Comme le remarquait l'économiste John Kenneth Galbraith (1908-2006), 1929 est l'une des rares années, aux États-Unis, dont *«chacun se souvient»*. Au point, ajoutait-il, que la mémoire des Américains s'est longtemps structurée autour de ce sombre millésime (*«On est allés en faculté avant 1929, on s'est mariés après 1929, on n'était même pas nés en 1929»*). Au-delà des souvenirs et des images, que sait-on de cette crise, de son déroulement, de ses conséquences et de ses origines ? Explications.

La prospérité des années 1920

Rien, a priori, ne devait faire de 1929 une année noire. Dans le dernier discours sur l'état de l'Union qu'il prononça avant de quitter la Maison Blanche, le 4 décembre 1928, le président Calvin Coolidge avait déclaré aux membres du Congrès qu'ils pouvaient *«considérer le présent avec satisfaction et l'avenir avec optimisme»*. Un mois plus tôt, le républicain Herbert Hoover avait remporté les élections présidentielles sur le même credo : *«Avec la garantie que la paix va régner pendant de nombreuses années, le monde est sur le seuil d'une grande expansion commerciale.»*

Il fut beaucoup reproché aux républicains Calvin Coolidge et Herbert Hoover de n'avoir pas vu venir la crise. John K. Galbraith, qui était pourtant de sensibilité démocrate, estimait injuste de les attaquer sur ce terrain. Au cours des années 1920, les États-Unis se sont en effet considérablement enrichis. Malgré quelques à-coups en 1924 et en 1927, la production industrielle s'est envolée. Un seul exemple : l'automobile. On en fabrique 4,3 millions en 1926 et 5,3 millions en 1929. En mai 1928, Paul Claudel, alors ambassadeur de France à Washington depuis quelques mois, se dit frappé par *«la prospérité inouïe dont jouissent les États-Unis»*.

Or la croissance entretient la confiance. Et celle-ci s'accompagne d'une véritable frénésie spéculative. En 1927, 577 millions d'actions sont échangées à la Bourse de New York ; en 1928, 920 millions. Dans le même temps, les cours grimpent en flèche. Au cours de l'été 1929, certaines valeurs gagnent plus de 25 %. Irving Fischer, professeur d'économie à l'université Yale, en est alors convaincu : *«Le prix des actions a atteint ce qui paraît être un haut plateau permanent.»*

Automne noir à Wall Street

Courant septembre, cependant, le marché commence à s'essouffler. *«L'envolée des cours était telle qu'un rien pouvait suffire à inverser la tendance. La faillite de Clarence Hatry, un homme d'affaires londonien à l'honnêteté douteuse, semble avoir joué un rôle déclenchant dans cette époque où la hausse se fragilisait à mesure qu'elle se confirmait»*, explique Bernard Gazier, professeur d'économie à la Sorbonne et auteur d'un « Que Sais-Je ? » sur *La Crise de 1929* (PUF, 2007).

Tout bascule le 24 octobre. Ce jeudi, six millions d'actions sont mises en vente. Du jamais vu. Tout au long de la matinée, les prix s'effondrent. La foule se presse autour de Wall Street. Selon un journaliste, on lit sur les regards *«une espèce d'incrédulité horrifiée»*. A midi, on compte déjà onze suicides de spéculateurs ruinés.

Au même moment, dans les locaux de la banque J. P. Morgan, en face de la Bourse, une réunion de crise est improvisée en présence d'une demi-douzaine de grands banquiers. Ils décident de soutenir le marché en rachetant massivement des titres stratégiques. L'effet est immédiat. A la fin de la journée, certaines actions sont même en hausse par rapport à la veille. Mais le sursaut n'est qu'éphémère. Le Jeudi noir a définitivement rompu la confiance. Les courtiers ne convainquent personne quand ils tentent d'expliquer à grand renfort de publicité que le moment n'a jamais été aussi favorable pour acheter en raison de la baisse des cours… Lundi 28 octobre, neuf millions de titres sont vendus ; mardi 29, seize millions.

Cette fois, les banquiers n'interviennent pas. Plus rien ne peut enrayer le krach. Mi-novembre, l'indice Dow Jones a perdu 51 % de sa valeur depuis septembre. L'effondrement des cours se poursuivra, de façon presque linéaire, pendant plus de trois ans.

POURQUOI CET ARTICLE ?

Cet article revient sur le « jeudi noir » du 24 octobre 1929. Il explique les causes, le déroulement et les conséquences de cette journée pendant laquelle, par effet d'entraînement, une crise boursière conduit à une dépression mondiale. Rédigé en 2008, alors qu'une nouvelle crise financière frappe la planète, ce texte revient également sur la façon dont les États ont repensé leur rapport au fait économique, en s'appuyant notamment sur les analyses de l'économiste français Bernard Gazier, enseignant à l'Université Paris I - Panthéon-Sorbonne.

L'éclatement de la bulle spéculative

Le krach de 1929 est donc, avant tout, lié à l'éclatement d'une bulle spéculative. Celle-ci s'est notamment constituée grâce à l'engouement spectaculaire pour les *call loans* (prêts au jour le jour). Le mécanisme est simple : l'acheteur ne paie qu'une partie de la valeur d'une action (parfois seulement 10 %), le reste de la somme étant emprunté par un courtier auprès d'une banque.

Les *call loans* sont un formidable encouragement à la spéculation, car ils ouvrent les portes de la Bourse aux plus modestes. L'historien Frederick Lewis Allen se souviendra de cette époque où *« le chauffeur du riche conduisait la tête penchée en arrière pour saisir la nouvelle d'un mouvement imminent dans Bethlehem Steel »*. Ce temps où *« le laveur de carreaux au bureau du courtier s'arrêtait pour regarder le télétype car il pensait convertir ses économies laborieusement accumulées en quelques actions de Simmons. »* En 1929, un Américain sur cent possède un portefeuille d'actions.

Or le système, c'est sa limite, ne supporte pas la baisse des cours. Quand le prix d'une action décline, le courtier doit en effet exiger de son client un versement supplémentaire (« appel de marge ») compensant le montant de la dépréciation. Si le client ne dispose pas de liquidités, ce qui est souvent le cas, l'action est jetée sur le marché. C'est le scénario qui se produit à l'automne 1929. Les courtiers se pressent afin de se débarrasser de leurs titres. Le plus souvent à perte. Et leurs clients sont ruinés.

Crise boursière et crise économique

Contrairement à une idée reçue, le ralentissement de la croissance, aux États-Unis, est légèrement antérieur au krach de 1929. Dès le printemps, l'automobile et le bâtiment connaissent des difficultés. Mais la crise financière amplifie la tendance. *« Aucune muraille de Chine ne sépare le fiduciaire du réel,* souligne John K. Galbraith dans son étude classique sur *La Crise économique de 1929* (Payot, 1970). *Le rôle de la catastrophe boursière dans la grande tragédie des années 1930 (...) fut d'une importance indiscutable. »*

La spirale est infernale. La ruine des courtiers accule les banques, dont ils sont les débiteurs, à la faillite – 4300 établissements ferment entre 1929 et 1931. Des millions d'épargnants perdent leurs économies en un jour. L'effondrement du pouvoir d'achat entraîne une chute de la demande et une contraction de l'activité. Quatre millions d'Américains sont au chômage en 1930, huit millions en 1931, douze millions en 1932. Mais l'ampleur qu'elle prend aux États-Unis n'est pas la seule originalité de cette crise. Celle-ci, souligne Bernard Gazier, *« se caractérise surtout par sa propagation fulgurante à travers le reste du monde »*.

Pendant la première guerre mondiale, les États-Unis sont devenus les créanciers d'une partie de la planète. *« Quand les prêteurs américains ont rapatrié leur argent aux États-Unis, d'énormes empires bancaires, notamment en Allemagne et en Autriche, se sont effondrés »*, explique M. Gazier.

L'économiste insiste sur *« l'effet domino »* du krach de Wall Street dans l'épanouissement de la Grande Dépression à partir de 1930-1931. Avec une double conséquence. D'une part, l'abandon progressif de l'étalon-or aboutit à la désintégration du système monétaire mondial. D'autre part, la baisse de la production industrielle est responsable d'une compression drastique des échanges internationaux. Les pays industrialisés recourent à des méthodes protectionnistes (hausse des barrières douanières, quotas, etc.). Les chiffres sont éloquents : les importations de soixante-quinze pays sont de 3 milliards de dollars en avril 1929. Quatre ans plus tard, elles sont inférieures à 1 milliard, soit une baisse de 69 %.

Pour Bernard Gazier, ce *« verrouillage protectionniste »* constitue la première différence entre la crise de 1929 et la crise actuelle. La seconde différence, majeure, tient, selon lui, à la place des États dans le règlement de la crise. *« En 1929, l'État n'avait absolument pas les moyens d'intervenir comme il le fait aujourd'hui en injectant des liquidités quand le système menace de s'effondrer. Roosevelt, qui était à la tête d'un État fédéral pesant 10 % du PIB, n'a jamais imaginé mener une vraie politique de relance de type keynésien. Aujourd'hui que l'État pèse 40 % du PIB, il peut intervenir beaucoup plus facilement. Je dirais même que c'est un devoir, car les États, quoi qu'ils en disent, ont largement favorisé la dérégulation financière de ces dernières années pour éponger leurs dettes. La nationalisation* [mardi 16 septembre] *du géant de l'assurance AIG aurait été impensable en 1929. Reste que cet activisme est totalement équivoque. L'État doit en effet à la fois punir des spéculateurs et sauver le système. Pour le grand public, c'est incompréhensible. »* ●

Thomas Wieder,
dans *Le Monde* daté du 22.09.2008

1933 : le New Deal, la relance contre l'austérité

Franklin D. Roosevelt, le président démocrate élu en novembre 1932, fait adopter dans les cent premiers jours de son mandat les lois et les programmes qui réguleront l'économie et la finance américaines durant les cinquante années qui suivront.

Les États de la zone euro, menacés de récession, sont à la recherche de solutions pour relancer l'activité et éviter la remontée du chômage. Mais de profondes divergences se font jour entre ceux qui espèrent une reprise « à l'allemande », reposant sur plus de rigueur budgétaire et salariale (du moins jusqu'à ce que les syndicats allemands aient obtenu, en mai, une hausse de salaire supérieure à 4 %), et ceux qui plaident pour une relance appuyée sur des dépenses publiques nationales, ou via les institutions européennes.

La comparaison avec le début des années 1930, durant laquelle la crise s'aggravait partout dans le monde, permet de suivre l'impact des deux types de politique économique. A cette époque – comme aujourd'hui en Europe –, la politique économique a d'abord consisté à mettre en œuvre des politiques « déflationnistes » (alors que l'inflation ne menaçait pas !), aggravant la situation en contractant la demande, avant que les autorités ne s'engagent dans des politiques de relance impulsées par les États. La plus célèbre d'entre elles est connue sous le nom de New Deal, suivie aux États-Unis après l'élection de Franklin Roosevelt en novembre 1932.

Elle sert aujourd'hui de référence à ceux qui, en Europe comme outre-Atlantique, réclament des mesures du même type, seules capables à leurs yeux de sortir de l'impasse en rompant avec le « néolibéralisme » qui inspire nos dirigeants depuis une trentaine d'années. Un collectif « Roosevelt 2012 » s'est même créé en France, à l'initiative de Pierre Larrouturou (soutenu par Michel Rocard, Stéphane Hessel, Edgar Morin...), voulant lutter contre les licenciements, la fraude fiscale, qui ampute les moyens d'action des États, et l'irresponsabilité des banques, qui ne financent plus l'économie réelle.

Aux États-Unis, pays pourtant réputé libéral, un ensemble de mesures de grande ampleur fut pris dans le cadre des deux New Deal, pour relancer la croissance et l'emploi. Le premier débuta dès l'entrée en fonctions du nouveau président, le 4 mars 1933, avec le vote à un rythme soutenu, durant les « cents jours » correspondant à la session de printemps du Congrès, de diverses lois qui visaient à réformer en profondeur le fonctionnement du capitalisme américain. Elles encadrèrent l'activité des entreprises privées et donnèrent à l'État un rôle de pilote qu'il n'avait pas eu jusque-là.

Il s'agissait d'une part de contrôler l'activité des banques et de superviser les opérations de Bourse : après la fermeture des banques le 5 mars pour quatre jours, puis prolongée d'autant par Roosevelt (« Bank Holiday ») à la suite d'un mouvement de retraits effectués par les clients pris de panique, l'Emergency Banking Act (« loi bancaire d'urgence », 9 mars) renforça le contrôle public des banques en durcissant le Glass-Steagall Act (voté début 1933 et qui ne sera supprimé qu'en 1999), qui avait déjà compartimenté les activités bancaires. Les banques de dépôts ne purent acheter des actions ou des obligations, et les banques d'investissement ou d'affaires ne purent recevoir des dépôts. D'autre part, l'État assurait la solvabilité des banques, grâce au Federal Deposit Insurance Corporation, qui permettait de pallier l'éventuelle insolvabilité des banques. De plus, le Securities Act (27 mars) s'attaquait à la spéculation financière : les émissions de titres furent surveillées par la Federal Trade Commission, et les opérations de Bourse par la Securities and Exchange Commission, tandis que le rôle des courtiers (qui avaient amplifié les hausses puis les baisses de la valeur des titres au début de la crise en les achetant à crédit, puis en les revendant en catastrophe) était réduit.

DATES

24 octobre 1929
Jeudi noir à Wall Street. Début de la crise économique mondiale.

2 juillet 1932
Franklin Delano Roosevelt fait mention du New Deal dans son discours d'investiture à la convention du Parti démocrate de Chicago : « *I pledge you, I pledge myself, to a new deal for the American people* » (« Je vous promets, je m'engage, à une nouvelle donne pour le peuple américain »).

8 novembre 1932
Roosevelt est élu à la présidence des États-Unis ; le cousin du président Theodore Roosevelt (1900-1908) prête serment le 4 mars 1933. Il succède au républicain Herbert Hoover.

5 mars 1933
Roosevelt décide la fermeture pour huit jours des banques du pays et interdit toute exportation d'or ; début du New Deal qui voit s'enchaîner les mesures.

Mai-août 1935
Deuxième New Deal marqué par la conversion de Roosevelt aux idées du Britannique Keynes, qui préconise le déficit budgétaire pour relancer l'économie. Adoption des grandes lois sociales : loi Wagner (5 juillet 1935), qui renforce la liberté syndicale, loi sur la Sécurité sociale et les assurances-chômage (15 août 1935).

1936
Réélection de Roosevelt. Le nombre des sans-emploi tombe à 8 millions, puis à 7,2 millions en 1937 avant de remonter à près de 10 millions lors de la récession de 1937-1938.

1939-1945
La guerre relance l'économie américaine.

POURQUOI CET ARTICLE ?

En 1933, le président des États-Unis nouvellement élu, Franklin D. Roosevelt, lance le New Deal pour apporter une solution à la dépression qui frappe le pays depuis 1929. L'analyse proposée par l'économiste Pierre Bezbakh revient sur les enjeux du New Deal et en dresse un bilan. Rédigé en 2012 alors que l'Union européenne tente d'apporter des réponses à la crise de 2008, il montre également dans quelle mesure la politique menée par Roosevelt pourrait ou non rester un modèle face à une crise économique au XXIe siècle.

Il s'agissait de limiter la concurrence dans l'industrie et l'agriculture, mais aussi d'accroître la demande intérieure en augmentant les investissements publics et la consommation des ménages. Le Civilian Conservation Corps (31 mars) et le Federal Emergency Relief Act (12 mai) permirent le versement de subventions aux villes et aux États, la création d'emplois publics destinés aux jeunes (500 000 emplois seront créés en deux ans), et des aides seront accordées aux plus démunis. Cela facilita la création de la Civil Works Administration et de la Public Works Administration, qui engagèrent de vastes programmes de construction de routes, d'écoles, d'hôpitaux, d'aérodromes… qui donneront du travail à quatre millions de chômeurs. La mise en place de la Tennessee Valley Authority (18 mai) favorisa l'édification de 25 barrages le long du fleuve alimentant la région en électricité, l'amélioration de la navigation et l'irrigation de la région.

De son côté, le National Industrial Recovery Act (16 juin) aida à la réorganisation de l'industrie, limita la concurrence pour éviter les baisses de prix (revenant ainsi sur les lois antitrust). Il imposa de meilleures conditions de travail (semaine de 35 heures, interdiction du travail des enfants), créa un salaire minimum et accorda de nouveaux droits syndicaux. Le vote de l'Agricultural Adjustment Act et de l'Emergency Farm Mortgage Act (12 mai) permit le soutien à l'agriculture par des prêts aux paysans et par la lutte contre la surproduction (réduction des surfaces exploitées), conduisant à une hausse des revenus agricoles.

Par ailleurs, les tarifs protectionnistes élevés restèrent en vigueur jusqu'en 1934 (tarif Hawley-Smoot voté en juin 1930, qui avait porté à près de 60 % les droits de douane sur de nombreux produits) ; la convertibilité du dollar en or fut suspendue en mars, le contrôle des changes rétabli en avril et le dollar dévalué de plus de 40 % le 30 janvier 1934 pour relancer les exportations.

D'autres mesures seront prises à partir de 1935, suscitant plus de critiques encore parmi les libéraux et les juges de la Cour suprême, qui les invalideront en partie : le Revenue Act (juin 1935) autorisait l'État à financer ces mesures par divers impôts nouveaux ; le Wagner Act (juillet 1935) développait le pouvoir des syndicats, le droit de grève et les conventions collectives ; le Social Security Act (août 1935) augmentait la protection sociale en instituant des assurances-maladie et vieillesse et une indemnisation du chômage.

Malgré un redressement notable et une baisse du chômage, une nouvelle récession se produisit en 1938, et ce ne furent que les dépenses massives d'armement, après l'entrée en guerre des États-Unis, fin 1941, qui permirent au pays de retrouver un niveau de production supérieur à celui de l'avant-crise et le plein-emploi.

Pour les libéraux, cet échec relatif s'explique par l'excès d'interventionnisme de l'État décourageant l'initiative privée. Pour Keynes, il aurait fallu être moins timide en matière de déficit public, seule façon, selon lui, de relancer la « demande effective » à la hauteur des exigences du moment. Mais la réussite partielle du New Deal montre la nécessité de prendre en même temps un ensemble de mesures complémentaires de grande ampleur, touchant tous les secteurs d'activité, soutenant la fois l'offre et la demande, et mettant le système bancaire et la création monétaire au service du financement de l'économie réelle. S'ils ne retiennent pas cette leçon, les dirigeants européens risquent d'aller au-devant de cruelles désillusions.

Pierre Bezbakh, maître de conférences à l'université Paris-Dauphine, dans *Le Monde Éco & entreprise* daté du 03.07.2012

Il y a cinquante ans La « Nuit de cristal »

Selon l'humour sadique qu'affectionnaient les nazis, le nom poétique de « Nuit de Cristal » fut donné au pogrom déclenché dans la nuit du 9 au 10 novembre 1938 contre les juifs du Reich à cause des tonnes de vitres d'appartements, de vitrines de magasins, de vitraux des synagogues brisés qui jonchèrent les rues d'Allemagne et celles de l'Autriche annexée, que les victimes durent déblayer elles-mêmes le lendemain.

Dès le 8 novembre, la *Deutsche Allgemeine Zeitung* avait annoncé que l'attentat commis la veille à Paris par le jeune juif polonais Herschel Grynszpan pour attirer l'attention du monde sur le sort de quelque quinze mille juifs polonais – dont sa famille – transférés en l'espace d'une nuit, dans des conditions inhumaines, vers la Pologne aurait les conséquences les plus graves pour les juifs. Le même jour, des manifestations antijuives, orchestrées par le parti nazi, se déroulèrent dans de nombreuses localités. Mais l'ordre du pogrom général n'intervint qu'au soir du 9 novembre.

Comme tous les ans, la vieille garde nazie était réunie ce soir-là à Munich pour commémorer le putsch hitlérien de 1923, lorsque, peu après 21 heures, un courrier vint annoncer à Hitler que le secrétaire d'ambassade Ernst von Rath – la victime de l'attentat de Paris – avait succombé à ses blessures. Le chancelier se retira alors pour s'entretenir un moment avec Goebbels. Puis il quitta brusquement la réunion en se contentant de déclarer : « Il faut laisser le champ libre aux SA. »

Un plan préalable

Si Goebbels apparaît, selon les nombreux témoignages de responsables nazis, comme le régisseur du pogrom ordonné par Hitler, l'existence d'un plan préalable semble corroborée par le fait qu'un télétype secret, signé Müller Gestapo II, est diffusé depuis Berlin à 23 h 55 à tous les services de la police d'État pendant que les principaux chefs SA présents à la réunion de Munich regagnent leur hôtel pour téléphoner les instructions de Goebbels à leurs sections régionales. Or, bien que la teneur du télétype de la Gestapo berlinoise rejoigne dans ses grandes lignes les ordres des chefs SA, ceux-ci en diffèrent cependant sur quatre points importants :

1. S'il est question dans les deux cas d'incendier les synagogues, seule la Gestapo ordonne de s'emparer des archives et des objets du culte pour les mettre en lieu sûr. Ordre qui ne sera que rarement suivi.

2. La décision d'arrêter vingt mille à trente mille hommes juifs de seize ans à soixante ans – on arrêtera des vieillards de soixante-dix ans et plus – ne figure pas dans les instructions des SA.

3. Alors que le message de la Gestapo demande de traiter avec la plus extrême rigueur les juifs trouvés en possession d'armes, les SA ordonnent de les abattre.

4. Concernant la direction des opérations, le télétype Müller prévoit la participation des SS et donne la responsabilité principale de la police d'État, alors que, selon le message des SA, *« le Führer ne souhaite pas l'intervention de la police »*.

En fait, les instructions que Heydrich, chef de la sûreté, transmettra par radio de Munich à 1 h 20, après consultation de Himmler et de Hitler, représentent une synthèse du télétype Müller et des instructions des chefs SA. Ces instructions prévoient notamment : le contrôle par la police, sans intervention de sa part, des opérations de destruction et d'incendie afin d'éviter les pillages et d'éventuels dégâts aux biens *« aryens »* avoisinants, et l'arrestation de vingt mille à trente mille hommes, en priorité des notables, à transférer en camps de concentration. Ajout significatif des craintes de représailles qui existent encore à cette époque : interdiction formelle de molester des ressortissants étrangers, fussent-ils juifs.

Dès 1 heure du matin, avant que les ordres de Heydrich aient été retransmis, les SA et les SS, généralement en civil, escortés de Jeunesses hitlériennes et d'une foule hétérogène, sont déjà à l'œuvre. Du nord au sud, de l'est à l'ouest du Reich, les synagogues, les maisons communautaires, les logements, les hôpitaux, les hospices de personnes âgées, les orphelinats, les magasins subissent l'assaut de hordes déchaînées aux cris de : *« Vengeance pour l'assassinat de von Rath ! »*, *« Mort à la juiverie internationale ! »*, *« Crève, Judas ! »*.

Partout, le portail des synagogues est enfoncé à coups de barres de fer ou même, comme à Leipzig, à l'aide d'une motrice de tramway. Avant d'être incendié, l'intérieur est saccagé. A Potsdam, le temple, surmonté de l'aigle prussien, du glaive et du sceptre, en souvenir de sa fondation à l'initiative de Frédéric II, ne pouvant être incendié parce qu'il se trouve à proximité de la poste centrale, est détruit avec des grenades à main.

A Berlin, le pogrom commence à 1 heure du matin, après que des équipes spécialisées ont isolé les institutions juives en coupant les lignes téléphoniques, débranché les installations électriques et de chauffage, cependant que la police dévie la circulation des points névralgiques. Sept synagogues sont en flammes. Tous les magasins juifs, dûment signalés en vertu d'une ordonnance antérieure, sont bombardés à coups de pavés, saccagés et pillés, ce qui irritera au plus haut point le maréchal Goering, délégué au plan, qui aurait préféré qu'on tue deux cents juifs plutôt que de perdre des biens devant revenir à l'État.

Jusque dans les plus petites localités, les victimes sont tirées du lit, molestées, souvent jetées à la rue, voire tuées. Ainsi, à Lesum, près de Brême, les trois juifs qui y vivaient encore – dont une vieille femme – sont abattus à coups de revolver. Fait nouveau : c'est la première fois que les nazis tuent indistinctement des hommes, des femmes, des adolescents juifs.

Dans le sud du Reich, la violence n'est pas moindre. A Munich, où la grande synagogue a été détruite quatre mois auparavant pour être remplacée par un parking, l'arrestation de six mille hommes commence à 3 heures du matin. A Nuremberg, où la synagogue avait été également démolie peu auparavant et l'ensemble des magasins juifs « aryanisés » sur l'ordre du sinistre gauleiter Streicher, les SA saccagent les appartements juifs et maltraitent sauvagement leurs habitants. En ce haut lieu de l'antisémitisme depuis le Moyen Age, on dénombrera neuf tués dans des conditions indescriptibles et dix suicidés – dont la moitié sont des femmes – pour la seule journée du 10 novembre.

La ville voisine de Fürth n'est pas en reste. A 2 heures du matin, tous les juifs, même les enfants en bas âge, les malades, les femmes enceintes, sont arrachés du lit, emmenés d'abord au théâtre, où les uns sont parqués dans la salle obscure pour voir les autres battus sur la scène violemment éclairée. De là, tous sont conduits sur la place du Marché, où ils doivent rester debout, à peine vêtus, jusqu'à 5 heures du matin. Les femmes, les enfants, les infirmes sont ensuite renvoyés chez eux, tandis que les hommes, auxquels on a fait désherber un terrain avec leurs dents, seront acheminés sur le camp de Dachau.

A Stuttgart, où la réserve d'une partie de la population et les protestations de quelques pasteurs et théologiens protestants – dont l'évêque du Wurtemberg, Theophil Wurm – suscitent la colère du journal régional nazi, les appartements ont été épargnés. Mais la synagogue est réduite en cendres, et une foule médusée vient contempler les magasins détruits dans l'artère centrale, la Königstrasse, où les SS obligent les propriétaires à cacher les dégâts derrière des planches.

Des scènes d'une barbarie que le consul américain de Stuttgart qualifie d'*« incroyable pour toute personne vivant au vingtième siècle dans un pays civilisé »* se déroulent aussi à Francfort, qui compte un nombre particulièrement élevé d'institutions juives, à Mannheim, Heidelberg, Karlsruhe, dans les villes de la Ruhr. Même dans une ville d'eaux internationale comme Baden-Baden, où, cependant, pour ne pas effrayer les curistes étrangers pourvoyeurs de devises dont le Reich a grand besoin, le pogrom ne commence qu'à 7 heures du matin et les arrestations sont opérées par des policiers en uniforme de sortie. Ce qui n'empêchera pas les violences à l'intérieur des bâtiments, y compris la synagogue, où les victimes, contraintes de fouler aux pieds un manteau de prière (talith), doivent écouter d'abord la lecture d'extraits de *Mein Kampf* faite par l'un des leurs à la table de l'officiant, puis chanter en chœur le *Horst Wessel Lied* avant leur transfert et l'incendie du sanctuaire.

Dans certains cas, comme à Francfort ou à l'orphelinat de Dinslaken près de Cologne, les victimes osent répondre aux SA et SS stupéfaits en récitant en chœur la prière du Schema Israël, *« Ecoute Israël, l'Eternel est notre dieu, l'Eternel est unique. »*

Le 10 novembre à 17 heures, la presse berlinoise est la première à annoncer l'ordre de Goebbels d'arrêter le pogrom. A 20 heures, toutes les stations radiophoniques du Reich transmettent l'appel à mettre fin à la phase « spontanée » de l'action antijuive. La phase « légale » prendra le relais deux jours plus tard. Au total, le Tribunal suprême du parti estime à quatre-vingt-onze le nombre de personnes tuées, suicidées, mortes des suites de blessures durant la « Nuit de Cristal ». Nombre auquel il faut ajouter quelque deux mille morts durant ou après l'internement dans les camps de Buchenwald, Sachsenhausen et Dachau. Sans parler des biens saccagés et pillés et du milliard de marks d'amende exigé par l'État pour le meurtre de von Rath. Somme prélevée sur les 7 milliards d'avoirs juifs placés, en vertu d'une ordonnance d'avril 1938, sous le contrôle de l'État et dont Goering, en sa qualité de délégué au plan, pouvait disposer *« selon les besoins de l'économie allemande »*.

A cette époque, l'objectif n'était pas encore la « solution finale ». Il s'agissait pour les maîtres du IIIe Reich de rendre le pays *judenrein*, de le débarrasser de ses juifs, après les avoir préalablement dépouillés de la plupart de leurs biens. Or malgré cinq années de mesures discriminatoires, force était de constater que les trois quarts des cinq cent vingt-cinq mille juifs vivant en Allemagne en 1933 et les quelque cent mille convertis et enfants de couples « mixtes » qui leur étaient partiellement ou totalement assimilés par la législation raciale s'étaient refusés à quitter le pays pour un exil incertain. A ce nombre étaient venus s'ajouter depuis l'Anschluss les cent quatre-vingt-douze mille juifs d'Autriche. D'où l'idée de radicaliser la contrainte à l'émigration par la terreur, inspirée sans doute par l'effet spectaculaire des persécutions sauvages contre les juifs de Vienne au lendemain de l'annexion.

« Exterminer la pègre juive »

Or, après l'échec de la conférence d'Evian qui avait réuni, en juillet 1938, à l'initiative du président Roosevelt, les délégués et observateurs de trente-cinq États pour résoudre le problème de l'accueil des réfugiés du Reich et après l'assurance donnée par la France qu'aucun des États participants à la Conférence d'Evian *« ne conteste au gouvernement allemand le droit absolu de prendre à l'égard de certains de ses ressortissants des mesures qui relèvent de sa souveraineté »*, Hitler avait acquis la conviction qu'il pouvait traiter désormais ses juifs comme bon lui semblait, afin d'obtenir leur départ à tout prix.

En ce sens, la « Nuit de Cristal » constitue un tournant décisif de la politique antijuive du Reich, dans le cadre d'une préparation accélérée à la guerre. La panique qu'elle provoqua parmi les victimes permit à ses instigateurs de réaliser un premier objectif : le volume de l'émigration atteignit entre 1938 et 1939 celui des cinq années précédentes. De plus, le pogrom ouvrait la voie à une série de décrets et d'ordonnances visant à l'isolement complet et à la paupérisation totale des juifs restés dans le Reich.

Ce qui attend les vieillards, les femmes seules, les malades, les enfants qui ne peuvent pas partir et les responsables communautaires qui ne se résolvent pas à les abandonner est clairement annoncé par le *schwarzen Korps*, organe des SS, qui joue le rôle d'annonciateur de la politique antijuive. *« A ce stade d'évolution,* conclut l'article, *nous nous trouvons confrontés à la dure nécessité d'exterminer la pègre juive de la même façon que, dans notre État fondé sur l'ordre, nous exterminons les criminels, c'est-à-dire par le feu et l'épée. Il en résultera la fin effective du judaïsme en Allemagne et sa complète extermination. »*

Cet ultime avertissement fut transmis aux autorités américaines par l'ambassadeur des États-Unis à Berlin. Le *New*

POURQUOI CET ARTICLE ?

Rita Thalmann, auteure d'un livre de référence sur la « Nuit de cristal », évoque les mécanismes qui conduisirent à la mise en œuvre du pogrom frappant les juifs en Allemagne, pendant la nuit des 9 et 10 novembre 1938. L'article décrit le déroulement des violences, mais aussi l'absence de réaction des démocraties, qui portent ainsi une part de responsabilité dans la surenchère raciste nazie.

York Times le publia dans son édition du 23 novembre 1938. Il ne fut pas entendu. Si la plupart des pays – y compris le Portugal de Salazar – protestèrent contre la barbarie du pogrom, bien peu se montrèrent disposés à ouvrir leurs frontières aux persécutés.

En cette fin d'année 1938, marquée par l'engrenage des abandons des grandes démocraties occidentales devant la politique de force hitlérienne, le rideau tomba sur le progrom de la « Nuit de Cristal », dont les spectateurs n'avaient pas compris qu'elle annonçait une tragédie infiniment plus vaste et plus meurtrière dans laquelle un grand nombre d'entre eux deviendraient à leur tour des victimes abandonnées. ●

Rita Thalmann,
dans *Le Monde* daté du 07.11.1988

Il y a cinquante ans Le cauchemar de Guernica

La guerre semblait étrangement lointaine en ce lundi 26 avril 1937 à Guernica. Certes, des familles des villes et des villages de la province voisine du Guipuzcoa s'y étaient réfugiées ; une compagnie de *gudaris*, combattants des milices basques, y prenait quelque repos ; mais le marché s'était déroulé comme à l'accoutumée. Et, la veille encore, ces mêmes *gudaris*, avaient défilé dans les rues de la ville avant de danser sur la place les *zortzikos* et l'*ikurrinari*, la danse au drapeau. Un peu comme si la guerre était un cauchemar qu'un semblant de normalité pouvait exorciser.

Certes, personne n'ignorait que le front était enfoncé, que la ville de Durango, un peu plus au sud, avait été bombardée le 31 mars. Mais Guernica n'était ni une ville de garnison, ni un centre industriel important (hormis la petite fabrique d'armes inceta), ni un nœud de communications, mis à part le pont sur la rivière Oca, dernier point de passage avant l'estuaire. Seuls les militaires avaient reçu quelques nouvelles alarmantes.

Vers 16 h 30, la ville bascula cependant dans l'horreur. Les cloches de l'église de Santa Maria sonnèrent le tocsin. Un bombardier allemand, un Heinkel-111, largua ses bombes au-dessus de la ville et repartit presque immédiatement. La ville n'avait pas encore trop souffert, mais de nombreuses personnes avaient été surprises dans leur maison, sur la place du marché, dans les rues.

L'avion n'était pas parti depuis dix minutes, qu'une escadrille de six Junker-52 piqua directement sur le centre de la ville. Paniqués, les gens se précipitèrent vers des abris de fortune et dans des caves. D'autres essayèrent de fuir vers la montagne mais furent fauchés par la mitraille des avions. Lorsque l'escadrille s'éloigna enfin, les survivants commencèrent à sortir de leurs refuges, essayèrent d'organiser des secours. Mais il fut impossible d'œuvrer utilement, faute de matériel.

C'est alors que les avions revinrent une troisième fois, lâchant des bombes explosives, semant l'effroi chez ces malheureux qui ne savaient plus comment échapper à la destruction de leur cité. Le capitaine républicain Joseba Elosegi, en a été l'un des témoins (1). Il rapporte comment il dégagea le corps d'un enfant de sous les décombres. Il n'oublia jamais la folle douleur de la jeune mère qui, se saisissant de son gosse, disparut dans la ville.

Le silence était tombé sur Guernica, une heure après le largage de la première bombe. Les gens déambulaient sans mot dire, hébétés devant tant d'acharnement destructeur. Sur la plaza del Ferril, un cheval essayait pitoyablement de se relever malgré une patte brisée. Mais Guernica ne devait pas encore connaître la paix des cimetières : des bombardiers revenaient sur la ville.

Trois heures d'enfer

Le désespoir était tel que certains ne cherchaient même plus à se protéger. L'aviation poursuivit son œuvre macabre en pilonnant les quartiers de bombes incendiaires. La ville était en feu. Les vieilles maisons de bois furent totalement détruites. Il fut impossible d'éteindre le moindre foyer d'incendie, toutes les canalisations ayant été rompues. Terrorisée, la population se terrait. Une dernière escadrille, comme pour s'assurer que la destruction serait totale, procéda à un ultime bombardement ; puis les avions disparurent vers le sud. Ils ne devaient plus revenir. Trois heures d'enfer.

Il était alors 20 heures ; la nuit commençait à tomber. L'impuissance des rescapés à secourir les blessés était désormais totale. Guernica n'était plus qu'une ruine, et les alentours désolation. Mais l'arbre de Guernica, celui au pied duquel les rois d'Espagne juraient de respecter les *fueros*, les libertés des provinces basques, et la Casa de Juntas, l'antique Parlement de la province de Biscaye, avaient été épargnés. Les Basques crurent à un miracle ; il n'en restait pas moins que leur ville-symbole venait d'être crucifiée par celui qui menait la *« sainte croisade contre les rouges et les séparatistes »*. Franco avait réussi à abattre le moral des Basques, ces catholiques qui avaient eu l'impudence de se ranger aux côtés des ennemis du Christ roi. La menace du général Mola de raser la Biscaye avait été mise à exécution : il avait fait plus en rayant Guernica de la carte.

Tel était le premier objectif de ce bombardement. Le second était de détruire le pont du quartier de Renteria, afin de couper la retraite sur Bilbao (située à 30 kilomètres) aux combattants républicains.

Enfin, ce premier raid aérien contre une population civile servit de banc d'essai à la légion Condor.

L'intervention de l'aviation allemande mettait d'ailleurs à mal l'idée que la guerre d'Espagne se « limitait » à un conflit civil : l'opération avait été décidée par le colonel Vigon, chef d'état-major du général Mola, et par von Richthofen, le chef de la légion Condor. Mais, d'après l'historien Hugh Thomas, les Allemands auraient ignoré la charge affective de leur objectif ; et Vigon n'aurait pas imaginé la violence du raid. Quant à Franco, il aurait ignoré ces préparatifs et même fait savoir par la suite à ses alliés allemands qu'il n'acceptait pas que l'on *« massacre [son] peuple »*.

D'après les thèses officielles, corroborées également par des études sérieuses, entre cent cinquante et cent quatre-vingts personnes périrent à Guernica. Mais compte tenu du fait que la ville avait accueilli de nombreux réfugiés, que la population s'élevait avant la guerre à sept mille habitants, et surtout que Guernica fut détruite à 70 %, il est probable que huit cents à mille personnes trouvèrent la mort le 26 avril et les semaines suivantes du fait de leurs blessures.

Une image déplorable

La nouvelle de la destruction de Guernica devait frapper l'opinion publique mondiale ; grâce à la présence de journalistes, dont le correspondant du *Times* George Steer, et aux témoignages du Père Onaindia. Picasso, auquel on avait demandé, peu de temps avant, de peindre une toile pour le pavillon du gouvernement espagnol à l'exposition internationale de Paris, immortalisa la destruction de Guernica, qui incarna ainsi la barbarie de la guerre.

C'est dans ce contexte que Guernica devint un second enjeu : celui de la propagande ; car les nationalistes se rendirent compte des effets désastreux du bombardement : ainsi de nombreux catholiques, initialement hostiles au camp républicain, reconsidérèrent leur engagement, par exemple François Mauriac. Deux prêtres basques s'étaient également rendus à Rome pour porter au Saint Père une lettre signée d'une vingtaine d'ecclésiastiques, dans laquelle ils dénonçaient la destruction de Guernica par les Allemands. Ils ne furent reçus que par le cardinal Pacelli, secrétaire d'État à la papauté, qui les congédia dès que ses visiteurs abordèrent la question du bombardement au motif que l'Eglise était persécutée par les Républicains dans les autres régions espagnoles.

Pour corriger cette image déplorable, les franquistes lancèrent l'idée que Guernica avait été brûlée par les Basques eux-mêmes. Franco alla jusqu'à déclarer, le 18 juillet 1938 : *« Ceux qui détruisirent Guernica n'ont pas le droit de parler de patrie. »* Ce n'est que lorsque les archives militaires furent ouvertes en 1970 que le bombardement fut enfin reconnu, mais tout en accréditant la thèse que les Basques avaient achevé ce que les Allemands avaient entrepris. Mais comment les Basques auraient-ils pu détruire leur ville-symbole, alors qu'ils avaient désarmé les milices anarchistes, qui voulaient poursuivre le combat coûte que coûte à la chute de Saint-Sébastien, afin d'éviter, précisément, la destruction de la capitale du Guipuzcoa, comme ils allaient d'ailleurs le faire pour les mêmes raisons à Bilbao ?

Cette polémique devait provoquer de vifs ressentiments chez les Basques, déjà particulièrement humiliés après la guerre civile : les provinces de Biscaye et Guipuzcoa avaient été déclarées provinces punies parce que traîtresses. Cette campagne sera un des éléments qui déterminеront Joseba Elosegi à s'immoler en se précipitant de la seconde galerie du fronton d'Anoeta à Saint-Sébastien au pied du Caudillo, le 18 septembre 1970. *« Je voulais porter le feu de Guernica jusque dans les yeux de ses bourreaux »*, devait-il écrire en exergue de son livre, publié en 1971. Il avait dû son salut aux gardes civils sur lesquels il était tombé.

Mais aujourd'hui encore, cinquante ans après le bombardement, Guernica est au centre d'une troisième bataille : celle du lieu qui doit accueillir la toile de Picasso. Exposée à Madrid, nombre de Basques souhaiteraient que la fresque soit transférée à Guernica. En attendant, des reproductions de Guernica ornent souvent l'entrée ou le salon des foyers basques : elles témoignent du traumatisme du bombardement. Traumatisme universel et dénonciation de la guerre. Le nom de Guernica résonne encore comme un cri.. ●

Arnaud Boutin,
dans *Le Monde* daté du 27.04.1987.

(1) Joseba Elosegi : *Quiero morir por algo* (Anai artea, 1971). On pourra consulter également *la Destruction de Guernica*, de R. Herbert, R. Southworth (Ruedo iberico, 1975), sur la controverse nationalistes-républicains sur les responsables du bombardement, ainsi que sur les dissensions au sein du camp nationalistes et de ses alliés germano-italiens, après la réprobation générale suscitée par cette tragédie.

POURQUOI CET ARTICLE ?

Le 26 avril 1937, l'aviation allemande bombarde la ville de Guernica. Située dans le Pays basque espagnol, la cité résiste aux nationalistes de Franco. L'événement démontre l'internationalisation du conflit : alors que les démocraties restent neutres, les régimes totalitaires fasciste et nazi d'un côté, et communiste de l'autre, soutiennent un des deux camps en présence. L'article retrace le drame de Guernica et son rôle dans les mémoires de la guerre d'Espagne.

Les « procès de Moscou », point d'orgue des grandes purges

En trois vagues, de 1936 à 1938, des chefs historiques de la révolution et des staliniens bon teint « avouent » des crimes imaginaires avant d'être déportés ou fusillés. Une immense épuration est en marche. Le culte de la personnalité est érigé en système.

Le 5 juin 1936, la *Pravda* annonce : *« D'une main ferme, nous continuerons à anéantir les ennemis du peuple, les monstres et furies trotskistes. »* Derrière les affiches qui proclament dans les rues *« La vie est meilleure, la vie est plus belle »*, une inimaginable purge se prépare. Trois « procès de Moscou » en seront la façade publique.

De 1932 à 1934, de nombreux procès à huis clos ont déjà laminé toute opposition à Staline. Cette fois, le *Vojd* (Guide) innove. Une partie des « vieux » bolcheviks, ceux qui ont fait la révolution, sont poursuivis pour tentatives d'assassinat des dirigeants, sabotage de l'économie, espionnage... Et tous reconnaissent les faits ! Rallié au pouvoir, l'ex- « opposant de gauche » Iouri Piatakov déclare, après le premier procès : *« Le sang se glace devant ces crimes. Notre magnifique pays se serre étroitement autour de nos chefs bien-aimés, en premier lieu Staline. »* Piatakov est la « vedette » du procès suivant, et avoue des « crimes » similaires.

Objectifs des procès : élargir le champ de la terreur aux membres du parti eux-mêmes et, accessoirement, persuader le bon peuple que les *« saboteurs »*, et non le régime, sont responsables de ses souffrances quotidiennes.

> **POURQUOI CET ARTICLE ?**
>
> Les « procès de Moscou » constituent l'apogée de la terreur stalinienne. Le texte revient sur les méthodes employées par Staline pour purger le parti au nom de la lutte contre l'influence de Trotski et pour éliminer les « vieux bolcheviques » dont la légitimité faisait de l'ombre au « petit père des peuples ». L'article est fondé sur des témoignages qui permettent de comprendre les rouages des procès. Il fait également allusion au fait qu'aucun parti communiste en Occident ne s'est ému du sort des victimes.

Jusqu'à la nausée

Le procès dit *« des seize »* s'ouvre le 19 août 1936. Avec les dirigeants historiques, Zinoviev et Kamenev, tous avouent avoir formé un « centre » pour torpiller l'économie et assassiner Staline, Vorochilov ou Jdanov. Condamnés à mort, ils sont exécutés le 25. Un mois plus tard, Staline nomme Nikolaï Ejov au commissariat du peuple aux affaires intérieures, grand ordonnateur des « enquêtes ». Précédent occupant du poste, Henrik Iagoda figure au banc des accusés du deuxième procès. Celui-ci se tient du 23 au 30 janvier 1937. Quinze nouveaux accusés entourent Piatakov, Radek et Mouralov. Avouant des *« crimes »* similaires, ils y ajoutent l'*« espionnage »* au profit de l'Allemagne nazie, de l'Angleterre et de la Pologne. Hormis Karl Radek, envoyé en camp, ils sont passés par les armes. La gradation dans l'abject se poursuit avec le dernier procès (2-13 mars 1938), centré sur Nikolaï Boukharine, brillant théoricien accusé d'avoir été un *« espion »* anglo-allemand dès les années 1920, mais aussi d'avoir voulu assassiner Lénine en 1918.

A chaque fois, les accusés égrènent jusqu'à la nausée que Trotski (en exil depuis 1929) est *« l'âme et l'organisateur des centres terroristes »* ; tous expriment leur tardive vénération du *« génial Staline »*. Comment ces hommes sont-ils amenés à s'avilir ainsi ? Anciens opposants brisés par des années de prison, fournissent-ils un ultime service au parti auquel ils ont voué leur vie ? Explication très courte. Sur les 90 « vieux » bolcheviks cités lors des procès, seuls seize comparaissent. Malgré les tortures, les menaces sur leurs familles, les autres ont refusé de confesser des crimes imaginaires et sont liquidés en secret. A la barre, certains accusés « résistent ». *« Je n'ai commis aucun des crimes que l'on m'impute »*, déclare Krestinski. Le procès s'interrompt. Le lendemain, il avoue. Radek jette aux juges : *« Si vous n'avez affaire qu'à des criminels, des mouchards, comment pouvez-vous être sûrs que ce que nous avons dit ici est la vérité ? »*

« Il a tellement changé »

De tous, Boukharine joue sa partition avec le plus de brio. *« L'aveu des accusés est un principe moyenâgeux »*, lance-t-il au procureur Vychinski. Celui-ci lui demande s'il reconnaît le témoin Kareline. *« Oui, répond-il, nous étions ensemble dans votre bureau »*, laissant entendre que dépositions et aveux sont préparés d'avance. Vychinski insiste : *« Vous l'avez connu avant »* ; Boukharine rétorque : *« En 1918 ou 1919. Mais il a tellement changé que j'aurai de la peine à dire que c'est le même homme ! »*

Ces déclarations, comme les innombrables contradictions et invraisemblances des dossiers d'accusation, passent inaperçues. Les écrivains soviétiques Babel, Pasternak, Grossman, Alexeï Tolstoï clament : *« Pas de pitié pour les complices du fascisme ! »* Des millions de communistes dans le monde acceptent des verdicts que l'Association internationale des juristes estime *« parfaitement légaux »*. Hormis de très rares intellectuels, l'opinion occidentale ne s'émeut guère.

Une infernale répression – l'*« Ejovchtchina »* – s'abat sur la société. Staline craint l'Armée rouge : un procès secret, en juin 1937, envoie la moitié de l'état-major devant le peloton d'exécution. Plus de 15 000 trotskistes, en camp depuis dix ans, y sont fusillés ; 30 000 responsables du parti, dévoués à Staline, y sont envoyés. En 1937-1938, 2 millions de Soviétiques arrivent au goulag. Fin 1938, Ejov disparaît, remplacé par Beria. Il aurait été fusillé ou interné comme fou..

Sylvain Cypel, dans *Le Monde*
daté du 26.02.2003

Auschwitz
Une brève en bas de page

Informer sur les crimes commis dans les camps par les nazis, oui, mais jusqu'à quel point ? En ce printemps 1945, la question agite les rédactions.

L'information tient en deux phrases. Deux phrases tassées en pied de page et noyées au milieu de six colonnes de brèves. *« L'agence Tass annonce la libération par l'Armée rouge de quatre mille déportés politiques français, belges et hollandais, détenus par les Allemands dans le camp de concentration d'Oswiecim. Radio Moscou annonce, de son côté, que le gouvernement provisoire de la République polonaise a envoyé aux déportés libérés d'importantes quantités de vivres. »*

Ce 8 février 1945, c'est sous la forme d'une simple brève que *Le Monde* apprend à ses lecteurs la « libération » d'Auschwitz par l'Armée rouge, intervenue une dizaine de jours plus tôt. Ce laconisme n'est pas propre au quotidien qu'a fondé Hubert Beuve-Méry quelques semaines auparavant. A part quelques lignes ici ou là, notamment dans *Franc-Tireur* et *Fraternité*, deux journaux issus de la Résistance, le silence est général. *« Pas un mot, pas une ligne, même dans la presse communiste »*, pourtant bien disposée à relayer les informations diffusées par les Soviétiques, observe le journaliste Didier Epelbaum dans un livre paru en 2005 (*Pas un mot, pas une ligne. Génocides et médias. 1944-1994*, Stock). En France, sur le moment, la libération d'Auschwitz est un *« non-événement médiatique »*, note l'historienne Annette Wieviorka. Spécialiste de l'histoire d'Auschwitz, Tal Bruttmann souligne qu'*« en janvier, lorsque les Soviétiques arrivent, ils entrent dans un camp presque vide, avec 7 000 rescapés dans un ensemble prévu pour 250 000 personnes. Il n'y a aucune masse qui frappe, mais un vide qui ne donne pas encore place à l'Histoire. Le narratif est absent. »*

Assez vite, toutefois, les choses évoluent. Avec les retours des rescapés, les brèves du début laissent place à des articles plus nourris. L'un des premiers paraît dans *L'Humanité*. Le 15 mars 1945, le quotidien communiste publie le témoignage d'une *« Française délivrée par l'Armée rouge de l'enfer de Birkenau »*. Rencontrée au Caire, cette rescapée raconte *« l'odeur de la chair brûlée dans les narines »*, *« les femmes jugées trop faibles ou présentant le moindre signe d'infection* [qui] *finissaient au four crématoire le soir-même »*, *« les hurlements de ces malheureuses attendant la mort »*.

« Les voies de l'oubli »

Dans *Le Monde*, le mot « Auschwitz » apparaît pour la première fois à la « une », le 21 avril 1945. Il s'agit d'un récit signé par Rémy Roure, ancien collègue d'Hubert Beuve-Méry au *Temps* avant la guerre, arrêté par la Gestapo en 1943 puis déporté à Auschwitz et à Buchenwald. Un « chapeau » en italique présente l'auteur, alors âgé de 59 ans, tout juste revenu des camps : *« La misère physiologique qui a fait d'un homme puissant à la forte stature un ascète aux traits ravinés, à la démarche d'un convalescent, n'a en rien altéré sa vigueur morale. Longuement, avec un sang-froid incroyable, sans passion et sans haine, avec seulement parfois dans les yeux une lueur, dans le visage une crispation, il nous a parlé. Il disait, le plus simplement du monde, les mots les plus terribles. »*

Puis viennent les mots de Rémy Roure : *« Les flammes de l'enfer ! C'est à la lettre qu'il convient de prendre cette expression. L'un de mes camarades, après avoir passé comme nombre d'entre nous par les camps d'Auschwitz-Birkenau, bien pires que Buchenwald, me disait en souriant : "En somme, un camp de concentration en Allemagne est un endroit où l'on entre par la porte et d'où l'on sort par la cheminée." C'était le mot de la situation. »*

Dans le chapeau introductif, *Le Monde* précise que Rémy Roure *« a volontairement écarté tout ce qu'on ne peut pas dire, par égard pour l'angoisse des proches de ceux qui ne sont pas encore libérés, par respect pour la douleur des familles de ceux qui ne reviendront pas »*.

De telles précautions ne sont pas l'apanage du *Monde*. Trois jours plus tôt, dans *Le Figaro* du 18 avril, Pierre Brisson, le directeur, introduit l'article de son envoyé spécial en Allemagne par les mots suivants : *« J'ai hésité à mettre sous les yeux des lecteurs ce récit hallucinant. (...) Je n'ignore pas, les éprouvant moi-même, la répugnance et les angoisses que la description de pareils spectacles peut inspirer. Mais je crois qu'il est de notre devoir d'enregistrer ces faits, d'en fixer l'image, et de le faire au moment où l'imminence de la victoire prépare, dans un monde épuisé d'horreur, les voies de l'oubli. »*

Informer, oui, mais jusqu'à quel point ? En ce printemps 1945, la question agite les rédactions. L'historien Christian Delporte, dans un ouvrage intitulé *Les Médias et la*

POURQUOI CET ARTICLE ?

Cet article rappelle comment l'information sur les camps d'extermination nazis a progressivement émergé en France au printemps 1945. Nourri de la pensée d'historiens de la Shoah comme Tal Bruttmann ou encore Ophir Lévy, l'article permet de comprendre les choix des journalistes et des rédactions qui ont dû, la guerre à peine terminée, informer les lecteurs sur une horreur radicalement nouvelle, à partir de témoignages et de sources qui allaient constituer la mémoire des « camps de la mort ».

Libération en Europe (L'Harmattan, 2006), résume ainsi le débat : *« Faut-il ou non publier ? Ne risque-t-on pas, comme le disent les autorités, d'affoler la population sur le sort de parents ou d'amis déportés ? (…) A l'inverse, ne risque-t-on pas de se heurter à l'incrédulité collective des lecteurs ? »*

En réalité, le débat n'est pas propre à la France, comme le rappelle Ophir Lévy dans sa thèse de doctorat, *Les Images clandestines*, soutenue en 2013. Aux États-Unis, les médias ont également conscience de pouvoir heurter les sensibilités en imposant cette *« terreur du jamais-vu »* dont parle l'historienne Sylvie Lindeperg. Le 15 avril 1945, le journaliste vedette de la radio CBS, Edward Murrow, prévient ses auditeurs : *« Si vous êtes à table ou si vous n'avez pas envie d'écouter ce que les Allemands ont fait, vous pouvez éteindre la radio, car je vais vous parler de Buchenwald. »* Murrow enchaîne sur le récit de sa découverte de Buchenwald. Il évoque *« la puanteur infernale »*. Et conclut : *« Je vous supplie de croire ce que j'ai dit sur Buchenwald. »*

Aux mots s'ajoutent bientôt les images. Le 22 avril, le quotidien *Libération* publie deux photos de déportés, avec cet avertissement : *« Les victimes des camps de déportation exigent de nous que le monde entier connaisse leur martyre et ne puisse en discuter la vérité. (…) La publication de ces photographies est un hommage nécessaire et respectueux rendu aux victimes des bagnes allemands. »* Parfois, faute de documents adéquats, la presse s'accorde quelque liberté *« pour la bonne cause »*, souligne Christian Delporte. Dans *L'Humanité* du 24 avril 1945, c'est ainsi *« une photo de charnier prise à Ohrdruf qui illustre un témoignage sur Birkenau »*, remarque l'historien.

Les jours passant, les préventions finissent par tomber. *« A quoi bon cacher une vérité que* [les familles] *apprendront un jour ou l'autre ? »*, s'interroge *Témoignage chrétien* le 11 mai 1945. Dans les semaines qui suivent, les « illustrés » publient des numéros spéciaux. C'est le cas de *Point de vue*, d'*Objectif* ou du *Magazine de France*, qui publie en « une », sous le titre « Les crimes nazis », une photographie d'Eric Schwab montrant un déporté de Buchenwald dont le portrait en gros plan laisse apparaître le visage d'un autre monde. Un *« dysentérique mourant »*, dit la légende.

En cette fin de printemps 1945, la presse n'est pas le seul lieu où se dit l'horreur de la déportation. Au même moment s'ouvre au Grand Palais, à Paris, une exposition intitulée « Crimes hitlériens ». Interdite au moins de 16 ans, elle accueillera au total près de 500 000 visiteurs. Dans *Le Monde* du 11 juin, Maurice Chérié en fait le compte rendu. *« Ce qui frappe le visiteur, c'est l'inimaginable barbarie des moyens employés par les hitlériens (…). Dans une salle, deux immenses photographies, agrandies d'après un document prêté par l'ambassade d'Angleterre, montrent le charnier de Belsen. D'autres vues rappellent les nombreux camps de la mort : Maideneck, Buchenwald, Nordhausen, Mittelgladbach (…). C'est un de ceux-là, celui de Struthof, dont les chambres de torture sont reconstituées avec les pièces-témoins prises sur les lieux mêmes. Un diorama montre successivement un wagon (40 hommes, 8 chevaux) où étaient entassés, encore vivants, ceux que l'on envoyait à l'incinération ; la salle de bains avec ses deux baignoires pour l'eau glacée et l'eau bouillante dans lesquelles les déportés étaient successivement plongés ; le monte-charge amenant les cadavres au four crématoire, lui-même reconstruit à l'échelle exacte. »*

L'été 1945 passé, le silence retombe. *« La vie reprend son cours,* explique l'historien Tal Bruttmann. *Pour les Français, la guerre est en fait terminée depuis fin 1944. La population est passée à autre chose, la France est entrée dans une autre histoire, la guerre froide se prépare. C'est aussi ce qui occupe les médias. »* Le 22 septembre 1945, c'est par une simple dépêche que *Le Monde* apprend à ses lecteurs la découverte *« dans les environs de Veliena-Gora de 65 fosses communes, contenant les ossements de déportés politiques français et polonais qui avaient été assassinés par les Allemands lors de l'évacuation du camp d'Auschwitz »*.

« Clandestinité de la mémoire »

Une semaine plus tard, le 29, toujours dans *Le Monde*, c'est une phrase au détour d'un article sur *« la situation des juifs dans la Pologne nouvelle »* qui évoque un génocide dont ni les médias ni la presse n'ont encore pris la mesure : *« Les Allemands ont massacré 3 500 000 juifs en Pologne, alors qu'il y en avait 3 500 000 avant la guerre. »* Simple déclaration d'un certain *« M. Mirski, rédacteur d'un hebdomadaire de langue juive »*. Ce silence sur la spécificité du génocide des juifs s'explique essentiellement par l'absence de survivants. Comme l'explique Tal Bruttmann, *« ceux qui ont été tués ne peuvent pas témoigner »*. En effet, sur les 75 000 juifs déportés depuis la France, seuls 2 500 reviendront. Par ailleurs, l'historien souligne qu'en 1945 *« il y avait encore des effets de brouillage. On avait l'impression que tous les déportés étaient voués au même sort. Or, à Auschwitz, il y avait d'un côté un camp de concentration, et de l'autre un camp de mise à mort, destiné à l'assassinat spécifique des juifs, ce que l'opinion percevait mal à l'époque »*.

Alors que l'histoire des camps entre peu à peu dans *« la clandestinité de la mémoire »* évoquée en 1956 par l'auteur de *Nuit et Brouillard*, Jean Cayrol, des rescapés commencent à s'inquiéter de la volonté de leurs contemporains de tourner la page, phénomène mis en lumière par Annette Wieviorka. Une crainte exprimée par Rémy Roure dans *Le Monde* du 17 janvier 1946, dans un article intitulé « Les croquis de la mort noire » : *« Croyez-vous que nous puissions considérer ces choses comme de "vieilles histoires", comme des spectacles "inutilement pénibles" ? Ou bien qu'à défaut du pardon il faille laisser venir l'oubli ? Nous serions tombés bien bas s'il devait en être ainsi. »*

Amos Reichman et Thomas Wieder, dans *Le Monde* daté du 28.01.2015

De Gaulle, l'inconnu du 18 juin

Le 17 juin 1940, le maréchal Pétain demande à l'armée française de « cesser le combat ». Le lendemain, depuis Londres, le Général lance son célèbre appel.

L'histoire a surtout retenu le versant héroïque des événements de juin 1940, il y a soixante-dix ans : l'appel de Charles de Gaulle à la *« résistance »*, le 18 à Londres au micro de la BBC. Elle a refoulé l'autre appel, celui de Philippe Pétain, le 17 à Bordeaux, enjoignant à *« notre admirable armée »* de *« cesser le combat »*.

Depuis la veille, le maréchal, 84 ans, est président du conseil, le dernier de la IIIe République, dont il prépare la liquidation. C'en est fini du parlementarisme honni, la défaite a scellé son sort lorsque, le 14 juin, la Wehrmacht est entrée dans Paris. Le héros de Verdun en a tiré les conséquences : puisque la France a perdu son épée, il sera son bouclier, dans un État régénéré.

Pétain-de Gaulle. 17-18 juin. La France qui ploie et celle du sursaut. La même France. Deux hommes prétendent l'incarner à cet instant, l'un et l'autre sûrs de leur fait. Nulle échappatoire possible après le défi qu'ils se lancent, aucun compromis envisageable. La France ne se réconciliera avec elle-même que quatre ans plus tard.

Philippe Pétain et Charles de Gaulle sont de vieilles connaissances. Lorsque, à sa sortie de Saint-Cyr, en 1912, le second a été affecté à Arras au régiment d'infanterie que commande le premier, ils se sont jaugés, séduits puis agacés. Un temps déférent, de Gaulle s'est affranchi de la tutelle du Maréchal. Tout les oppose désormais. Le plus jeune croit à la guerre de mouvement et aux blindés, le dit et l'écrit, quand Pétain et le haut état-major sont convaincus que la prochaine guerre, comme la précédente, sera une guerre de positions et de tranchées, d'où la ligne Maginot.

Le 5 juin 1940, de Gaulle est entré au gouvernement de Paul Reynaud en qualité de sous-secrétaire d'État à la guerre et à la défense nationale. Il y a retrouvé Pétain, son ancien mentor, vice-président du conseil depuis le 18 mai. Reynaud, qui se méfie du Maréchal, espère tirer parti de son prestige, même si cinq jours plus tôt les panzers allemands ont enfoncé les défenses françaises dans les Ardennes, démentant la doctrine Pétain et de quelle façon !

Le 16 juin, les hommes de la IIIe République, Reynaud en tête, choisissent de renoncer. De Gaulle ce jour-là est à Londres, où, à la demande du président du conseil, il tente une nouvelle fois de convaincre Churchill de ne pas abandonner la France à son sort. Qu'aurait-il dit et fait s'il avait été à Bordeaux ? Aurait-il dissuadé Paul Reynaud de céder, de guerre lasse, son fauteuil à Pétain ?

Charles de Gaulle avait trouvé une oreille attentive chez Reynaud, lorsque, lieutenant-colonel en 1934, il avait entrepris de convaincre les hommes d'influence des avantages de la guerre mécanique. Seul ou presque à droite, Reynaud l'avait soutenu tandis qu'à gauche Blum se taisait. Brillant, lucide, anti-hitlérien de la première heure, Reynaud n'a été investi qu'à une voix de majorité lorsque le 20 mars 1940, pendant la « drôle de guerre », il a succédé à Edouard Daladier, l'homme des accords de Munich.

Parlementariste jusqu'au bout des ongles, inclinant de ce fait au compromis, Reynaud est à la tête d'un gouvernement plusieurs fois remanié où les partisans de la guerre à outrance (Georges Mandel) côtoient des défaitistes plus ou moins avoués (Camille Chautemps). Les collaborateurs de son cabinet eux aussi sont divisés. Surtout, Paul Reynaud est sous l'influence de la comtesse Hélène de Portes, sa maîtresse, qui prône l'armistice et se mêle de tout.

Le dimanche 16 juin, le jour où l'histoire bascule, Roosevelt fait savoir que, pour l'heure, les États-Unis n'interviendront pas. Un premier conseil des ministres se tient à 11 heures au cours duquel Pétain menace de démissionner puisque Reynaud refuse d'envisager l'armistice. Epuisé, soumis à des pressions incessantes, le président du conseil est proche de s'effondrer. Il croit un moment que les Britanniques sont disposés à laisser la France conclure une paix séparée, malgré l'accord qui les lie.

Indécis, Churchill et son cabinet se ravisent, proposant un nouveau pacte : *« La France et l'Angleterre* [formeraient] *désormais une seule nation. »* Soutenu par de Gaulle mais imaginé par Jean Monnet, qui dirige à Londres la mission d'achat franco-britannique, ce projet comble d'aise les irréductibles de Bordeaux qui, pour certains, parlent de se replier en Afrique du Nord et d'y continuer le combat.

Réuni de nouveau à 17 heures, le gouvernement rejette ce projet de « Frangland » quelque peu chimérique. Une nouvelle discussion s'engage sur l'éventualité de l'armistice tandis que les informations venues du front confirment, minute après minute, qu'il n'y a plus d'espoir. Bordeaux est à la portée de l'ennemi. Peu avant 20 heures, Reynaud lève la séance et va remettre sa démission au président, Albert Lebrun, qui le remplace par Pétain.

Reynaud n'a pas soumis au vote le choix qui s'offrait au gouvernement, de sorte qu'on ne sait pas si les partisans de l'armistice étaient majoritaires – probablement non. Rarement une telle responsabilité aura pesé sur les épaules d'un homme d'État, un homme à la dérive dont Emmanuel Berl a peint un portrait saisissant, capté le soir du 16 juin : *« Son intelligence avait admirablement prévu l'épreuve à laquelle lui et la France devraient faire face : mais son caractère, son cœur n'étaient pas préparés aux souffrances qu'elle impliquait. »*

A 21 h 30 de Gaulle est rentré de Londres. Il comprend que tout est perdu, même l'honneur. Contrairement à Paul Reynaud, son cœur, son caractère, sa volonté l'ont préparé aux épreuves, aux souffrances qu'implique la « résistance ». Le 17 au matin, il décide de regagner Londres à bord du petit bimoteur qui l'a ramené la veille à Bordeaux. Le soir, il est reçu par Churchill, qui lui donne son accord pour qu'il parle le lendemain à la BBC. A 18 heures, un général français à peu près inconnu, de 49 ans, est devant le micro, le texte d'un appel posé devant lui. Comme un technicien lui demande un essai de voix, il dit simplement : *« La France... »*

Bertrand Le Gendre,
dans *Le Monde* daté du 17.06.2010

POURQUOI CET ARTICLE ?

Dans quel contexte le général de Gaulle décida-t-il de prononcer son célèbre appel du 18 juin ? Cet article revient sur l'engrenage de la défaite française de juin 1940, les négociations avec le Royaume-Uni et le rôle des différents acteurs des jours qui ont précédé l'entrée en résistance de certains Français et l'arrivée au pouvoir du maréchal Pétain.

LA MULTIPLICATION DES ACTEURS INTERNATIONAUX DANS UN MONDE BIPOLAIRE (DE 1945 AU DÉBUT DES ANNÉES 1970)

La fin de la Seconde Guerre mondiale et les débuts d'un nouvel ordre mondial

Alors que, le 8 mai 1945 en Europe et le 2 septembre 1945 en Asie, s'achève le conflit le plus meurtrier de l'histoire, qui a frappé profondément les civils comme les militaires et qui a été marqué par des crimes de masse et la politique d'extermination nazie, les deux grands vainqueurs - les États-Unis et l'URSS - négocient pour imposer un nouvel ordre international. Toutefois, malgré la naissance de l'Organisation des Nations unies (ONU) et la volonté de punir les crimes commis par les puissances de l'Axe, les tensions entre les deux grands conduisent rapidement à une rupture et à ce que l'on a appelé la guerre froide. De 1945 à 1948, les bases d'un nouveau monde sont posées.

Le bilan de la guerre

Le bilan de la Seconde Guerre mondiale est sans précédent. Il explique à la fois le traumatisme lié à ce conflit et le bouleversement géopolitique qu'il constitue.

La guerre a causé la mort de 60 millions de personnes. Pour la première fois, le nombre de civils tués est supérieur à celui des militaires. Les morts ont été causées à la fois par les combats entre armées, les opérations de représailles des forces occupantes, les bombardements de terreur contre des cibles civiles et la politique d'extermination nazie. Cette dernière a causé à elle seule 6 millions de morts. Certains États ont été particulièrement touchés, comme l'URSS, qui compte plus de 20 millions de morts à la fin du conflit.

Le bilan matériel est tout aussi désastreux. De nombreuses villes européennes et asiatiques ont été rasées par les bombardements aériens, comme Londres dès 1940, ou encore Berlin à partir de 1943. L'appareil industriel, quoique mieux préservé, a aussi été profondément atteint, causant une diminution importante de la production en Europe et en Asie orientale. Les infrastructures de transport, ponts et voies ferrées, sont aussi touchées.

Du point de vue moral, la guerre pose la question de la responsabilité des démocraties qui, avant la déclaration de guerre, ont cédé face aux totalitarismes. La politique nazie d'extermination des juifs, des Tziganes, des homosexuels et des personnes handicapées a été facilitée par les gouvernements collaborateurs installés dans plusieurs pays d'Europe occupés. Les bombardements atomiques d'Hiroshima et Nagasaki les 6 et 9 août 1945 montrent la responsabilité des hommes devant une nouvelle arme aux capacités destructrices infiniment supérieures à celles des armes conventionnelles.

Un nouvel ordre international

La fin du conflit voit émerger de nouveaux rapports de force entre les nations. Si les puissances européennes déclinent, les États-Unis et l'URSS s'affirment comme les nouvelles superpuissances.

Pendant le conflit, les Alliés réfléchissent à la mise en place d'un nouvel ordre international qui puisse garantir la paix. Les États-Unis, après deux décennies d'isolationnisme, sont décidés à participer activement à ces nouvelles institutions. La conférence de Yalta a lieu en février 1945. Elle est dominée par les États-Unis et l'URSS, la France n'ayant pas été invitée et la Grande-Bretagne y tenant un rôle de second plan. Le président américain Franklin Roosevelt parvient à imposer son idée d'une Organisation des Nations unies, fondée lors de la conférence de San Francisco, le 26 juin 1945. L'ONU, dirigée par un secrétaire général, comporte une assemblée générale à laquelle participent cinquante et un États, et un Conseil de sécurité dans lequel les cinq principales puissances, dont la Chine, disposent d'un droit de veto sur les décisions. L'organisation peut soutenir une coalition militaire pour venir en aide à un État membre victime d'une agression ou mettre en place une force d'interposition dans le cas d'une guerre civile.

Conscients du rôle de la crise de 1929 dans l'arrivée au pouvoir du nazisme et dans la marche à la guerre, les Alliés souhaitent établir une gouvernance monétaire mondiale. À l'issue de la conférence de Bretton Woods, en 1944, le dollar devient la seule monnaie convertible en or, au taux fixe de 35 dollars l'once. Toutes les autres monnaies sont convertibles en dollar et ne doivent pas varier de plus ou moins 1 % par rapport au taux fixé. En 1947 a lieu le premier round du GATT (General Agreement of Tariffs and Trade) destiné à stabiliser les échanges commerciaux.

Dans la plupart des pays, on demande davantage de justice sociale. Le programme du Conseil national de la Résistance, publié le 15 mars 1944, jette les bases, en France, d'une politique fondée sur une solidarité nationale renforcée (sécurité sociale, retraites).

Afin de punir les responsables des atrocités commises pendant le conflit, le droit international dispose de la notion de crime contre l'humanité, qui apparaît dans la Charte de Londres en 1945. De grands procès sont organisés contre les principaux dignitaires nazis et japonais. Du 20 novembre 1945 au 1er octobre 1946, lors du procès de Nuremberg, vingt-quatre responsables nazis sont jugés et douze sont condamnés à mort. En 1946 s'ouvre le procès de Tokyo, pendant lequel sont jugés vingt-huit chefs militaires et politiques japonais dont sept sont condamnés à mort.

Les tensions entre les deux superpuissances

Au sein de ce nouvel ordre international, les rapports de force entre puissances sont toutefois prépondérants. Les États-Unis, qui n'ont pas connu la guerre sur leur sol, ont développé un appareil industriel sans précédent, et les forces armées américaines sont présentes en Europe et en Asie. La plupart des pays engagés dans le conflit se sont endettés auprès des États-Unis, et ils disposent également d'un monopole nucléaire jusqu'en 1949, date de l'explosion de la première bombe atomique soviétique.

L'URSS dispose de son côté, avec l'Armée rouge, d'une puissance militaire considérable en Europe, dont elle occupe la partie est, où elle annexe de nombreux territoires. La présence de partis communistes dans les pays d'Europe occidentale, coordonnés depuis 1947 par le Kominform, lui donne une influence politique planétaire.

Office des Nations unies à Genève.

Lors de plusieurs conférences, les principales puissances tentent de trouver un accord sur la manière d'organiser la sortie de la guerre. À Yalta, en février 1945, on s'accorde sur la mise en place d'élections libres dans les pays libérés, ce qui, compte tenu de la présence de l'Armée rouge en Europe de l'Est, accroît l'influence soviétique. À Potsdam, en juillet 1945, le sort de l'Allemagne est décidé : le pays est divisé en quatre zones d'occupation (américaine, soviétique, britannique et française), de même que sa capitale, Berlin.

Des tensions apparaissent rapidement entre les deux superpuissances. Dès 1946, Churchill a évoqué un « rideau de fer » coupant l'Europe en deux. Outre la rivalité idéologique, la question du sort de l'Europe libérée, et surtout de l'Allemagne, est déterminante. En 1947, les Alliés occidentaux décident d'unifier leurs zones d'occupation et d'y créer une monnaie. En représailles, en juin 1948, Staline décrète le blocus de Berlin-Ouest, qui constitue une enclave dans la zone d'occupation soviétique en Allemagne. Les Alliés décident de la ravitailler par un pont aérien. En mai 1949, Staline doit céder, mais l'Allemagne est divisée avec la création de deux États : à l'ouest, la République fédérale d'Allemagne (RFA) ; à l'est, la République démocratique allemande (RDA). Dans les autres pays d'Europe occupés par l'Armée rouge, les Soviétiques favorisent l'arrivée au pouvoir des partis communistes en éliminant progressivement les autres partis. En Tchécoslovaquie, où les démocrates se maintiennent au pouvoir, Staline organise un coup de force, le « coup de Prague », le 25 février 1948, forçant le président Beneš à nommer un Premier ministre communiste. Seule la Yougoslavie, dirigée par le maréchal Tito, constitue un pays communiste libre de l'influence soviétique, car il n'a pas été libéré par l'Armée rouge.

La bipolarisation s'accentue et aboutit en 1947 au début de la guerre froide. Le 12 mars 1947, le président américain Harry Truman énonce la doctrine de l'« endiguement » du communisme, à laquelle répond le secrétaire général du Kominform, Andreï Jdanov, par une doctrine de lutte contre l'impérialisme américain. L'aide Marshall, constituée d'importants financements, proposée par les États-Unis en juin 1947, montre quels États acceptent de se ranger dans le camp occidental.

Les tensions aux Proche et Moyen-Orient

Des tensions apparaissent au Proche-Orient. En Palestine, les Britanniques souhaitent mettre fin au mandat qui leur avait été confié par la Société des Nations à la fin de la Première Guerre mondiale. La situation est tendue entre les populations palestiniennes et les juifs, qui souhaitent disposer d'un État, comme cela leur avait été promis en 1917 par la déclaration Balfour. L'ONU établit en 1947 un plan de partage selon lequel Jérusalem devient une ville internationale sous contrôle de l'ONU. Le 14 mai 1948, Israël proclame son indépendance. Le lendemain, les États arabes voisins l'attaquent. Après la victoire d'Israël, les territoires qui auraient dû constituer l'État palestinien sont partagés entre Israël et les États arabes voisins. La Jordanie prend le contrôle de la vieille ville de Jérusalem et de la Cisjordanie, qui devient ainsi l'un des enjeux des conflits israélo-arabes.

DES ARTICLES DU *MONDE* À CONSULTER

- Histoire d'une notion : multilatéralisme p. 38
(Marc Semo, dans *Le Monde* daté du 19.09.2019)
- 15 décembre 1949 – L'an prochain à Jérusalem p. 39
(Gilles Paris, dans *Le Monde* daté du 25.07.2009)
- De Bretton Woods à l'abandon de l'étalon-or p. 40
(Julien Dupont, dans *Le Monde* daté du 01.04.2008)

ZOOM SUR...

LE PROGRAMME DU CNR

Le 15 mars 1944, le Conseil national de la Résistance adopte à l'unanimité un programme destiné à préciser les grandes lignes de l'action politique à mener dans le pays une fois l'occupant chassé et la légitimité républicaine rétablie. Le programme s'organise en plusieurs axes :

- unité du pays autour du CNR sous l'autorité du général de Gaulle ;
- définition du rôle des Forces françaises de l'intérieur et institution de Comités départementaux de libération ;
- organisation de l'épuration en châtiant les collaborateurs.

Outre ces mesures liées à la fin du conflit, certaines concernent la République et précisent son rôle au niveau social et économique :

- rétablissement des libertés ;
- nationalisation des entreprises dans certains secteurs stratégiques ;
- hausse des salaires ;
- instauration d'une sécurité sociale.

La plupart de ces éléments mis en œuvre sous la IVe République ont contribué à ancrer l'idée républicaine. Toutefois, l'unanimisme politique du CNR, associant les gaullistes, les chrétiens-démocrates et les forces de gauche, se rompt très rapidement, entre 1946 et 1947.

Une nouvelle donne géopolitique : bipolarisation et émergence du tiers monde (1947 - début des années 1970)

De 1947 au début des années 1970, le monde est marqué par la guerre froide et la bipolarisation qu'elle induit. Le monde subit la concurrence des deux superpuissances que sont l'URSS et les États-Unis, qui se traduit par des crises mais aussi par un condominium ayant pour but d'éviter les oppositions au sein des blocs. L'accession à l'indépendance des colonies européennes, de 1947 à 1975, coïncide avec l'émergence du tiers monde, qui transforme l'ordre international sans remettre en cause la bipolarisation.

Affiche de propagande en faveur du régime soviétique et du communisme lors de la guerre froide.

Guerre froide et bipolarisation du monde

À partir de 1947, le monde connaît une situation géopolitique inédite : une division en deux blocs antagonistes, caractéristique de la guerre froide. Chacun des deux pôles constitue la zone d'influence d'une des deux superpuissances : les États-Unis et l'URSS.

Chacun des blocs se structure sur les plans diplomatique et militaire. Les États-Unis organisent un système d'alliances. En 1950, ils concrétisent l'Organisation du traité de l'Atlantique Nord (OTAN), alliance militaire avec leurs alliés européens, ainsi que le Canada et la Turquie. En 1951, ils signent le traité de San Francisco avec le Japon et l'ANZUS (Australia, New Zealand, United States). En 1954, c'est au tour de l'Organisation du traité de l'Asie du Sud-Est (OTASE) de voir le jour. En 1955, le pacte de Bagdad regroupe les alliés des États-Unis au Moyen-Orient.

Le bloc soviétique s'organise lui aussi. Le pacte de Varsovie unit l'URSS et les démocraties populaires. Un traité d'amitié avec la République populaire de Chine est signé en 1950. Un an plus tôt, Mao Zedong avait triomphé, dans la guerre civile, des nationalistes de Tchang Kaï-chek qui avaient fui à Taïwan, gardant le siège chinois au conseil de sécurité de l'Organisation des Nations unies (ONU).

Sur le plan économique, le bloc de l'Ouest est marqué par l'économie de marché, le système capitaliste et l'hégémonie du dollar. Dans le cadre du bloc de l'Est, le Comecon (ou Conseil d'aide économique mutuelle) est mis en place dès 1949. Il organise les échanges entre les pays du bloc de l'Est, au profit de l'URSS.

Entre les deux blocs, les divisions sont également idéologiques. À l'ouest, le modèle libéral s'affirme. Toutefois, pour lutter contre l'influence soviétique, les États-Unis sont conduits à soutenir des dictatures, comme au Brésil ou en Argentine. En 1952, le sénateur McCarthy organise la « chasse aux sorcières » qui vise à exclure les communistes de la vie publique. En Union soviétique, malgré la « déstalinisation » mise en œuvre par Khrouchtchev en 1956, le totalitarisme demeure.

Les deux blocs s'engagent dans une course aux armements qui conduit au risque d'une destruction mutuelle. Cette situation empêche tout affrontement direct entre les « supergrands », qui s'affrontent de manière indirecte dans des conflits dits périphériques. La guerre de Corée, de 1950 à 1953, oppose le Nord, communiste, et le Sud, défendu par

ZOOM SUR...

LA CRISE DE SUEZ

La crise de Suez, en octobre 1956, est à la fois un conflit israélo-arabe, une crise liée à la guerre froide et un événement lié à l'émergence du tiers monde. En 1952, Abdel Gamal Nasser, un jeune officiel favorable au panarabisme, arrive au pouvoir en Égypte. En juillet 1956, il nationalise le canal de Suez, au détriment des intérêts britanniques. Soutenant l'indépendance de l'Algérie, Nasser s'oppose à la France. Son discours favorable aux Palestiniens inquiète par ailleurs Israël.

Confrontés à cette influence, les Français et les Britanniques mettent au point, avec Israël, une opération secrète. Le 29 octobre 1956, Israël attaque l'Égypte et occupe le Sinaï, pendant que les Franco-Britanniques mènent une opération pour prendre le contrôle du canal de Suez. L'URSS soutient l'Égypte, menaçant la France et la Grande-Bretagne de représailles. Les États-Unis, ne souhaitant pas de conflit ouvert au Moyen-Orient, font pression sur leurs deux alliés. La France et la Grande-Bretagne reculent en novembre et doivent laisser la place à une force d'interposition de l'ONU.

Nasser apparaît dès lors comme le champion de l'anti-impérialisme. La crise de Suez entérine le fait que la France et la Grande-Bretagne ne sont plus que des puissances moyennes et que la logique de guerre froide s'impose au Moyen-Orient. Apportant son soutien à l'Égypte, en fournissant l'aide technique nécessaire à la construction du barrage d'Assouan, l'URSS prend pied dans la région, alors qu'Israël se rapproche des États-Unis.

une coalition sous mandat de l'ONU dirigée par les États-Unis. La guerre s'achève par un *statu quo* sur le 38e parallèle. De 1963 à 1975, communistes et anticommunistes s'affrontent au Vietnam. Le 12 août 1961, à la suite de nouvelles tensions au sujet de Berlin, les Soviétiques font construire un mur autour de Berlin-Ouest. En 1962, la crise des missiles de Cuba place le monde au bord de la guerre atomique.

Cependant, des remises en cause existent au sein de chacun des blocs. En 1956, les chars du pacte de Varsovie écrasent une révolution libérale à Budapest. Il en va de même en 1968 en Tchécoslovaquie, pour réprimer « le printemps de Prague ». En Occident, un mouvement contestataire émerge dans la jeunesse étudiante : il y a « Mai 68 » en France et le mouvement contre la guerre du Vietnam aux États-Unis. Une partie de la société refuse la logique du capitalisme et de l'impérialisme et rompt avec les autorités traditionnelles, ce qui affaiblit le modèle occidental.

Indépendances et décolonisation

L'obtention de l'indépendance par les pays anciennement dominés par les puissances européennes, de 1947 à 1975, bouleverse l'ordre international. Les empires coloniaux sont affaiblis par la Seconde Guerre mondiale et les deux superpuissances sont hostiles à la domination coloniale. La France et la Grande-Bretagne n'ont plus les moyens de contrôler leur empire. De plus, lors de leur retraite en 1945, les Japonais ont fait proclamer l'indépendance des colonies asiatiques qu'ils ont occupées à partir de 1941.

Certaines de ces indépendances se passent dans un contexte apaisé. Ainsi, la Grande-Bretagne négocie l'indépendance de ses colonies asiatiques. Le 15 août 1947, l'Inde accède à l'indépendance. Toutefois, elle est partagée entre l'Union indienne (État laïc à majorité hindoue, dirigé par Nehru) et le Pakistan (à majorité musulmane). Au Moyen-Orient, la Grande-Bretagne se retire de Palestine. Les colonies britanniques d'Afrique ainsi que le Congo belge accèdent à l'indépendance de 1957 à 1963. L'indépendance de certaines colonies françaises fait aussi l'objet de négociations : le Maroc et la Tunisie en 1956, puis les colonies d'Afrique subsaharienne de 1958 à 1960.

L'indépendance d'autres territoires s'accompagne de conflits de décolonisation. Charles de Gaulle souhaite conserver l'empire colonial français en le réformant sous la forme d'une Union française, comme il l'a exposé dans son discours de Brazzaville en 1944. De 1946 à 1954, la guerre d'Indochine oppose la France et les indépendantistes communistes au Vietnam. Puis la guerre d'Algérie oppose, de 1954 à 1962, la France aux nationalistes algériens.

L'émergence du tiers monde

Peu à peu, les pays indépendants d'Asie et d'Afrique s'organisent pour trouver leur place dans l'ordre international. En 1952, le Français Alfred Sauvy invente le terme de *tiers monde* pour les qualifier, en référence au tiers état de la Révolution française. De nouvelles figures de dirigeants apparaissent, engagés dans la lutte contre le colonialisme et l'impérialisme.

Nasser, qui a pris le pouvoir en Égypte en 1952, nationalise en 1956 le canal de Suez et favorise l'idée du panarabisme. Nehru (en Inde) et Soekarno (en Indonésie) souhaitent un développement autocentré différent des modèles capitalistes et communistes. En Chine, Mao Zedong propose une voie communiste originale et adaptée au tiers monde, fondée sur la création de communes populaires et l'embrigadement de la population. En avril 1955, ces dirigeants et les chefs d'État de vingt-neuf pays se réunissent à la conférence de Bandung, où ils plaident en faveur d'un nouvel ordre international. Leur action se prolonge à l'ONU, où est créée la Conférence des Nations unies pour la coopération et le développement (CNUCED), en 1964.

Certains États vont plus loin. Avec la Yougoslavie, l'Égypte et l'Inde lancent, en 1962, le mouvement des non-alignés, afin de contrer la logique des blocs. La rupture entre la Chine et l'URSS, au début des années 1960, montre la volonté de Mao de restaurer la souveraineté chinoise. En 1964, son pays se dote de l'arme nucléaire.

Le bilan de ces actions reste limité. La plupart des pays du tiers monde ont été marqués par les logiques de guerre froide et se sont rapprochés de l'un ou l'autre des blocs. L'Algérie indépendante reçoit ainsi l'aide de conseillers soviétiques.

Pour autant, l'émergence du tiers monde s'accompagne de conflits dont les enjeux dépassent parfois le strict cadre de la guerre froide. Les crises et conflits que traverse le Moyen-Orient sont de ce type. En 1956 a lieu la crise de Suez. Les conflits israélo-arabes se poursuivent, certains pays arabes soutenant l'Organisation de libération de la Palestine (OLP), créée en 1964 et dirigée par Yasser Arafat. En 1967, Israël attaque les États arabes voisins : c'est la guerre des Six Jours. Israël occupe les territoires peuplés de Palestiniens qui avaient été occupés par les pays arabes lors de la guerre de 1949 : Gaza est prise à l'Égypte et la Cisjordanie, qui comprend le territoire de Jérusalem-Est, à la Jordanie. Ce sont les « territoires occupés ».

DES ARTICLES DU *MONDE* À CONSULTER

- Il y a trente ans : la crise des missiles de Cuba p. 41
(Michel Tatu, dans *Le Monde* daté du 26.10.1992)
- Il y a cinquante ans : la fin de la guerre d'Indochine p. 43
(Jean Lacouture, dans *Le Monde* daté du 20.07.1974)

LA CRISE DE CUBA

En octobre 1962, le monde est confronté à un risque sans précédent de guerre nucléaire généralisée. En 1959, à Cuba, Fidel Castro, un jeune révolutionnaire, renverse le dictateur pro-américain Batista. En avril 1961, les États-Unis organisent à Cuba, dans la baie des Cochons, un débarquement de militants anticastristes, qui échoue. Fidel Castro se tourne alors vers l'URSS, avec qui il conclut une alliance, mettant fin à l'hégémonie des États-Unis sur le continent, dans le sillage de la « doctrine Monroe ».
Khrouchtchev commence à installer à Cuba des rampes de lancement de missiles nucléaires, à moins de 200 km du territoire des États-Unis. Les images des navires acheminant les missiles conduisent le président américain J. F. Kennedy à décréter le blocus de Cuba le 24 octobre 1962. Si les navires soviétiques poursuivent leur route, les États-Unis se réservent le droit de déclencher toute forme de représailles. Immédiatement, des négociations ont lieu entre Soviétiques et Américains. Le 28 octobre, malgré la volonté de Fidel Castro d'aller jusqu'au conflit si nécessaire, les Soviétiques font faire demi-tour à leurs navires. En échange, les États-Unis ont secrètement accepté de retirer les missiles nucléaires stationnés en Turquie, qui menaçaient l'URSS. Une communication directe s'établit entre la Maison-Blanche et le Kremlin (le « téléphone rouge ») : c'est paradoxalement de la crise de Cuba que naît la détente entre les deux blocs.

La France, une nouvelle place dans le monde

De 1946 au début des années 1960, la France connaît d'importantes mutations politiques liées à la place qu'elle occupe dans le monde. Deux Républiques se succèdent : la IVe, fondée le 27 octobre 1946 à la suite de la Seconde Guerre mondiale, et la Ve, qui naît le 4 octobre 1958. Durant cette période, la France doit relever d'importants défis sur la scène internationale. Elle est confrontée à la perte de son empire et s'engage dans une voie de décolonisation complexe et parfois conflictuelle, comme en Indochine et en Algérie. Devenue une puissance moyenne depuis la fin de la Seconde Guerre mondiale, elle doit chercher des solutions pour tenir son rang et maintenir un certain rayonnement international. Capitalisant certains acquis de la IVe République, le général de Gaulle parvient à incarner, à partir de 1958, ces mutations de la puissance française, en associant l'idée de « grandeur » nationale à une relative indépendance diplomatique et à une modernisation du pays.

La IVe République : un système parlementaire

Quoique fondée en grande partie sur les bases du programme du Conseil national de la Résistance, la IVe République est un système parlementaire. Cette disposition va à l'encontre du souhait exprimé par le général de Gaulle dans son discours de Bayeux, le 16 juin 1946. Le président de la République, élu par les Chambres, ne peut dissoudre l'Assemblée ni disposer de pouvoirs élargis en cas de crise.

Le président du Conseil, chef du gouvernement, dirige la politique de la nation. Il est choisi au sein de l'Assemblée nationale suivant les alliances entre partis. C'est donc le retour de l'instabilité parlementaire, comme sous la IIIe République. Vingt-quatre gouvernements se succèdent en douze ans, dont certains ne durent que deux jours.

Toutefois, certains partis exercent généralement le pouvoir : les chrétiens-démocrates du Mouvement républicain populaire (MRP), les socialistes de la SFIO (Section française de l'Internationale ouvrière) et les radicaux. Les communistes, exclus du gouvernement en 1947 à cause du contexte de guerre froide, et les gaullistes constituent les principales forces qui contestent ce système politique.

Charles de Gaulle.

La France ancrée dans l'Europe et dans l'atlantisme

En lien avec les partis chrétiens-démocrates au pouvoir dans les autres pays européens, des hommes proches du MRP, comme Jean Monnet et Maurice Schumann, font participer la France à toutes les étapes de la construction européenne : Conseil de l'Europe en 1949, Communauté européenne du charbon et de l'acier (CECA) en 1950, Communauté économique européenne (CEE) en 1957. La France propose en 1952 une Communauté européenne de défense (CED). Toutefois, le Parlement français refuse de ratifier le traité en 1954, face à l'opposition que rencontre l'idée de la création d'une armée allemande.

Dans le même temps, la France s'inscrit pleinement dans le bloc de l'Ouest : elle accepte l'aide Marshall et est membre de l'OTAN depuis sa fondation en 1950.

La question de la décolonisation

En Indochine, la France tente de reprendre le contrôle de ses colonies (Vietnam, Laos, Cambodge) où les Japonais ont fait proclamer l'indépendance lors de leur retraite en 1945. De 1946 à 1954, la guerre d'Indochine oppose Français et indépendantistes, notamment

ZOOM SUR...

LES MÉMOIRES DE LA GUERRE D'ALGÉRIE

Les historiens qui étudient la guerre d'Algérie sont confrontés à des mémoires plurielles du conflit. Jusqu'aux années 1980, ce sont les mémoires officielles qui ont prévalu. Le FLN, au pouvoir en Algérie, présentait le conflit comme une lutte contre le colonialisme, alors que la France ne reconnaissait pas officiellement le nom de « guerre » pour qualifier le conflit. D'autres mémoires existaient, marquées par les récits et les transmissions orales. La première était celle des Français d'Algérie, rapatriés en 1962 – souvent appelés « pieds noirs » –, obligés de quitter le pays à la suite des violences dont ils ont été victimes, alors que les accords d'Évian leur laissaient la possibilité de rester en Algérie. Les harkis, combattants algériens partisans de l'Algérie française, sont également rapatriés mais sont installés dans des camps et ne reçoivent pas de la part de la France le traitement tenant compte de leur engagement. Enfin, tant en Algérie qu'en France, des voix d'intellectuels et de journalistes se sont élevées depuis les années 1960 pour dénoncer les crimes commis pendant la guerre, comme la torture pratiquée par certains soldats français ou les actions menées par le FLN contre les autres mouvements politiques algériens. Depuis 1999, l'expression « guerre d'Algérie » est reconnue par le gouvernement français, et des historiens comme Benjamin Stora

les communistes du Viet Minh au Vietnam. Au Maroc, le sultan Mohamed V souhaite retrouver la pleine souveraineté. En Tunisie, le parti du Néo-Destour d'Habib Bourguiba milite pour l'indépendance.

Pierre Mendès France, président du Conseil du 18 juin 1954 au 5 février 1955, décide d'ouvrir la voie aux indépendances. Par les accords de Genève, le 20 juillet 1954, il accorde l'indépendance aux pays formant l'Indochine. Par le discours de Carthage, il ouvre la voie à celles du Maroc et de la Tunisie, qui sont effectives en 1956.

La crise algérienne

La IVe République s'enlise dans la crise algérienne. L'Algérie est constituée de départements français et compte près d'un million d'Européens dans sa population. La République n'a pas réussi à établir une réelle égalité entre citoyens français et algériens, et le statut de 1947 n'accorde que de timides avancées.

Depuis le 1er novembre 1954, le Front de libération nationale (FLN) s'engage dans des actions terroristes contre les Français d'Algérie. Les gouvernements successifs choisissent la voie de la fermeté. Le socialiste Guy Mollet s'engage dans la bataille d'Alger pour reprendre le contrôle de la ville, puis dans la répression des maquis du FLN. Les Français d'Algérie sont inquiets d'une possible indépendance accordée à l'Algérie.

Le 13 mai 1958, une tentative de coup d'État a lieu à Alger. Devant l'incapacité du gouvernement à reprendre en main la situation, le président René Coty fait appel au général de Gaulle. Celui-ci accepte d'intervenir, à condition de pouvoir mettre en œuvre une nouvelle Constitution.

Fondation de la Ve République

La Ve République est fondée le 4 octobre 1958, avec une Constitution écrite en grande partie sous la direction de Michel Debré. Elle assure au président de la République des pouvoirs importants en cas de crise, grâce à l'article 16, et permet au gouvernement de faire adopter un texte de loi sans vote du Parlement en recourant à l'article 49.3.

En 1962, le général de Gaulle fait adopter l'élection du président de la République au suffrage universel.

Résolution de la crise algérienne

Après avoir rassuré les Français d'Algérie dans une déclaration ambiguë (« Je vous ai compris ! »), le général de Gaulle s'engage dans des négociations ayant pour but de mettre fin au conflit et d'envisager les conditions d'indépendance du pays. Certains Français d'Algérie, soutenus par une partie de l'armée, refusent cette évolution et constituent une organisation terroriste, l'Organisation de l'armée secrète (OAS). En avril 1961, quatre généraux organisent une tentative de putsch qui échoue.

Le 18 mars 1962, les accords d'Évian sont signés. L'indépendance de l'Algérie est prononcée le 5 juillet 1962, avant d'être validée par un référendum. Les accords ne sont toutefois pas respectés et les Français d'Algérie, victimes de violences, ainsi que les Algériens ayant servi dans l'armée française (les harkis) doivent fuir le pays.

Modernisation du pays et indépendance nationale

Après la résolution de la crise algérienne, le général de Gaulle engage la France dans la restauration de sa puissance. Le pays avait en effet été condamné par l'ONU à cause de sa politique de répression en Algérie.

Afin d'affirmer l'indépendance de la France au sein du bloc de l'Ouest, le général de Gaulle fait aboutir le programme nucléaire lancé au cours de la IVe République. En 1960, la première bombe atomique française est testée dans le Sahara. La France peut ainsi disposer seule (sans le soutien des États-Unis) d'une force de dissuasion face à la menace soviétique. De Gaulle critique en effet l'hégémonie des Américains sur leurs alliés. En 1966, la France quitte le commandement intégré de l'OTAN, tout en restant membre de cette organisation.

De Gaulle confirme l'ancrage de la France dans la CEE, mais il la considère avant tout comme une organisation de nations souveraine. Il privilégie les bons rapports avec l'Allemagne, tout en s'opposant à l'adhésion du Royaume-Uni à la CEE, ce pays étant considéré comme « le cheval de Troie des États-Unis ».

Du point de vue économique, la confiance est restaurée avec la création du nouveau franc en 1960. La France s'engage dans la modernisation de son système de transport et bénéficie de la croissance des années 1950-1970, les trois décennies que l'on a appelées les « Trente Glorieuses ».

Dans le domaine des technologies de pointe, la collaboration entre Français et Britanniques permet, en 1969, la réalisation du Concorde, premier avion de transport supersonique.

Par l'ensemble de ces actions, la France apparaît à la fin des années 1960 comme une puissance certes moyenne, mais indépendante et disposant d'une réelle influence sur le plan international. Elle maintient notamment son influence en Afrique durant toute la période.

DES ARTICLES DU *MONDE* À CONSULTER

- 4 mars 1969 : le rêve brisé du Concorde p. 45
(Dominique Buffier, dans *Le Monde* daté du 30.07.2009)
- Entre les deux grands, la France d'abord p. 46
(Michel Tatu, dans *Le Monde* daté du 12.11.1970)
- Il y a trente ans : la première bombe A française p. 48
(Dominique Mongin, dans *Le Monde* daté du 12.02.1990)

mènent des recherches pour mieux comprendre le conflit à partir des sources disponibles et par une lecture critique des héritages mémoriels.

LES INSTITUTIONS DE LA Ve RÉPUBLIQUE

Les institutions de la Ve République, modifiées en 1962, mettent en place un régime parlementaire dans lequel le président de la République dispose de pouvoirs étendus. On parle parfois de régime semi-présidentiel à son sujet.
Le pouvoir législatif est détenu par le Parlement dans le cadre d'un système bicaméral : le Sénat et l'Assemblée nationale disposent de l'initiative des lois et les discutent successivement. Les députés sont désignés au suffrage universel uninominal, ce qui permet de disposer d'une majorité solide et d'éviter l'instabilité ministérielle.
Le pouvoir exécutif est détenu par le président de la République et le gouvernement. Le président est chef de l'État et de l'armée. Il vote les décrets d'application des lois. Il peut dissoudre l'Assemblée nationale en cas de crise politique grave. Le Premier ministre est choisi par le président de la République au sein de la majorité parlementaire : c'est lui qui dirige le gouvernement, lequel partage avec l'Assemblée nationale l'initiative des lois.

Composition : La fin de la Seconde Guerre mondiale et les débuts d'un nouvel ordre mondial

SUJET

En quoi le nouvel ordre mondial, en 1945, est-il issu à la fois d'un rapport de force à la fin de la guerre et de la recherche d'une nouvelle gouvernance mondiale permettant de prévenir les conflits ?

Conférence de Yalta en présence de (de gauche à droite) : Winston Churchill, Franklin Roosevelt et Joseph Staline.

Analyse du sujet

Il s'agit d'un sujet de type « tableau », demandant l'analyse d'une situation historique sous l'angle géopolitique. Il convient donc d'adopter un plan thématique, tout en tenant bien compte de la chronologie pour ne pas commettre d'erreur – il faut bien avoir à l'esprit la date de fin de la guerre en Europe (8 mai) et en Asie (2 septembre), par exemple.

« Ordre mondial » : implique soit un classement des puissances en fonction de leurs capacités, soit une volonté de créer les conditions d'un fonctionnement du monde qui évite un nouveau conflit, d'où l'importance du terme *nouvel*.

« Gouvernance mondiale » doit être entendue comme un ensemble d'institutions multilatérales permettant un fonctionnement harmonieux du monde, tant du point de vue politique qu'économique.

Problématique

Entre l'idéalisme lié à une possible gouvernance mondiale et la réalité d'un rapport de force entre les deux supergrands, comment analyser l'ordre mondial qui se met en place en 1945 ?

Proposition de plan

I. Un reclassement des puissances

A. L'écrasement des puissances de l'Axe

B. L'effacement des puissances européennes
Les cas de la France et de la Grande-Bretagne.

C. L'affirmation des supergrands
Avancée de l'Armée rouge en Europe de l'Est et gains territoriaux soviétiques, monopole nucléaire des États-Unis et présence de bases militaires en Europe et en Asie, ainsi que de flottes sur tous les océans.

II. La volonté d'un ordre juste

A. Le rejet des fascismes
Condamnation des crimes commis.

B. La mise en place d'une gouvernance mondiale
Fondation de l'ONU.

C. La première année d'un nouvel ordre économique
L'héritage de Bretton Woods.

III. Le début d'une bipolarisation

A. Deux modèles opposés
Communisme et libéralisme.

B. Les grandes conférences
L'affirmation de l'ordre des supergrands (Yalta, Potsdam).

C. Les premières oppositions
Entrée en guerre de l'URSS, partage de la Corée, soutien aux guérillas communistes par l'URSS.

Conclusion

L'année 1945 est marquée par le triomphe sur l'Allemagne nazie et ses alliés. Mais la présence parmi les vainqueurs d'un État totalitaire, l'URSS, conduit à de nouvelles tensions, que l'universalisme de l'ONU ne peut espérer endiguer. Le monde s'oriente vers un nouvel affrontement : la guerre froide.

Composition : Une nouvelle donne géopolitique : bipolarisation et émergence du tiers monde

SUJET

Peut-on parler de bipolarisation du monde de 1947 aux années 1970 ?

Analyse du sujet

Le sujet, sous la forme d'une question, conduit le candidat à mener une réflexion à la fois chronologique et thématique.

Le terme de *bipolarisation* fait référence à la guerre froide et à la coexistence des deux blocs et leur affrontement. Si 1947 marque le début de la guerre froide, la coupure, dans les années 1970, est plus ouverte. On peut s'arrêter à 1975, avec le début de la « guerre fraîche », ou à l'invasion de l'Afghanistan par les Soviétiques.

La remise en cause de la bipolarisation conduit à s'interroger sur d'autres forces structurant le monde, comme les pays neutres ou indépendants au sein des blocs, ou encore les acteurs du tiers monde ou du mouvement des non-alignés. Le plan choisi doit donc être chrono-thématique, de façon à montrer à la fois les logiques en vigueur et leur évolution.

Problématique

Dans le contexte de la guerre froide, la situation géopolitique mondiale se réduit-elle à l'affrontement entre les deux blocs ?

Proposition de plan

I. L'affirmation de deux blocs opposés (1947-1955)

A. La rupture de 1947

Deux idéologies opposées (doctrine Truman et doctrine Jdanov).

B. La construction de deux systèmes d'alliances

OTAN et pacte de Varsovie.

C. Des crises et des conflits entre les blocs

Crises de Berlin et de Cuba.

II. Bipolarisation et tentatives d'indépendance au sein des blocs (1955 - années 1970)

A. Des fissures dans le bloc de l'Est

Révoltes et rupture sino-soviétique (Budapest en 1956, Prague en 1968).

B. Des fissures dans le bloc de l'Ouest

Des puissances indépendantes (cas de la France).

C. La détente

Une entente nécessaire mais précaire (persistance des crises).

III. L'émergence du tiers monde et le non-alignement : une alternative à la bipolarisation ? (années 1950-1970)

A. L'émergence du tiers monde et du non-alignement

Une remise en cause de la bipolarisation (de la conférence de Bandung à celle de Belgrade).

B. Une affirmation contrariée par la bipolarisation

Difficulté à échapper à la logique des blocs.

C. De nouvelles logiques opposées à la bipolarisation dans les années 1970

Exemple de l'Iran et du contexte du Moyen-Orient échappant en partie à la logique de guerre froide ; alliance de la Chine avec les États-Unis dès 1971 contre les Soviétiques.

Conclusion

Pendant toute la période, la bipolarisation préside à l'organisation géopolitique du monde, même si elle doit être nuancée.

Organisation du traité de l'Atlantique nord (OTAN).

Étude critique de document : Une nouvelle donne géopolitique : bipolarisation et émergence du tiers monde

En analysant ce document, que vous replacerez dans son contexte, vous expliquerez en quoi il est caractéristique du modèle américain, mais aussi de ses limites.

Au cours de l'année écoulée, j'ai voyagé non seulement à travers notre propre pays, mais dans d'autres – au Nord, au Sud et par-delà les mers. Et j'ai constaté que les peuples du monde entier, malgré des déceptions passagères, comptent sur nous – non sur notre richesse ou notre puissance, mais sur la splendeur de nos idéaux, car notre nation a reçu mission de l'histoire d'être soit le témoin de l'échec de la liberté, soit l'artisan de son triomphe. [...] Cette tâche doit d'abord être accomplie chez nous, car si nous ne pouvons réaliser nos propres idéaux, nous ne pouvons pas espérer que d'autres les acceptent. [...] Une Amérique forte ne peut négliger les aspirations de ses concitoyens – l'amélioration de la condition des nécessiteux, les soins aux personnes âgées, l'éducation de la jeunesse. Car nous ne développons pas les richesses de la nation pour elles-mêmes. La richesse n'est qu'un moyen, dont la population est une fin. Toutes nos richesses matérielles ne nous apporteront pas grand-chose si nous ne les employons pas pour augmenter les chances offertes à la population. [...] Nous avons entrepris l'an dernier un nouvel effort massif dans l'espace exosphérique. Notre but n'est pas seulement d'arriver les premiers sur la Lune, pas plus que le véritable but de Charles Lindbergh n'était d'arriver le premier à Paris. Son but était de développer les techniques et la maîtrise de son pays et d'autres pays dans le domaine de l'atmosphère. Et l'objectif que nous poursuivons en entreprenant cet effort qui, nous l'espérons, nous permettra de déposer l'un de nos concitoyens sur la Lune, est de développer au sein d'une nouvelle frontière de la science, du commerce et de la coopération, la position des États-Unis et celle du monde libre. Cette nation est parmi les premières à explorer cette nouvelle frontière et nous entendons être parmi les premiers, sinon les premiers. Nous offrons nos connaissances et notre coopération aux Nations unies. Nos satellites fourniront bientôt aux autres nations des renseignements météorologiques améliorés. Et j'enverrai au Congrès une mesure tendant à régir le financement et le fonctionnement d'un système international de communications par satellites, d'une façon compatible avec l'intérêt public et notre politique étrangère.

Deuxième message de J. F. Kennedy sur l'état de l'Union (11 janvier 1962)

Analyse du sujet

À travers le discours du président Kennedy, il convient de montrer comment sont mobilisés les grands thèmes structurants de l'identité américaine et de son rapport spécifique au monde. Le plan à suivre vous est donné implicitement : le contexte, le modèle américain, ses limites.

John F. Kennedy et Nikita Krouchtchev.

Proposition de plan

I. Un contexte international incertain

Il faut rappeler le contexte de guerre froide, mais aussi l'élection récente de Kennedy, de même que l'imminence de la crise de Cuba, qui constituera le véritable test de vérité pour le plus jeune président de l'histoire des États-Unis.

II. Une réaffirmation du modèle américain

Dans son discours, Kennedy réaffirme en effet les valeurs et les principes qui fondent le modèle américain et qui constituent sa principale force d'attraction dans le monde. Il espère ainsi rassurer ses alliés, qui pourraient douter de la capacité américaine à les défendre et les aider.

III. Un modèle perfectible

Si Kennedy vante les vertus du modèle américain, il ne néglige cependant pas d'en pointer les limites, notamment sociales. En effet, combattre la misère aux États-Unis est un moyen de valoriser le modèle américain et de contrecarrer la propagande soviétique.

CE QU'IL NE FAUT PAS FAIRE

Le document fait surtout référence à des problèmes internes aux États-Unis, ce qui peut vous conduire à faire un hors-sujet, puisque vous devez parler du rapport des États-Unis au monde. Il faut donc être en mesure de montrer en quoi les problèmes intérieurs des États-Unis ont des répercussions sur leur position internationale.

Composition :
La France : une nouvelle place dans le monde

SUJET

La France dans le monde de 1946 au début des années 1960.

Makam El Chahid, mémorial du Martyr à Alger.

Analyse du sujet

Le sujet ne précise pas de domaine spécifique : il convient donc de traiter à la fois les aspects diplomatiques, militaires, culturels et politiques de la présence de la France dans le monde. Les notions de puissance et d'influence doivent être au cœur de la réflexion.

Il faut partir du constat que la France, à cette époque, doit accepter d'être devenue une puissance moyenne et de voir les fondements traditionnels de sa puissance remis en cause, en particulier le fait de posséder un vaste empire colonial.

Problématique

Quelles sont les modalités d'affirmation de la France dans le monde de 1946 au début des années 1960 ? Par quelles voies renouvelées le pays tente-t-il de rester une puissance influente ? Quel est le bilan de ces ambitions ?

Proposition de plan

I. Le choix de l'atlantisme

A. Une puissance moyenne au lendemain de la guerre
Une France qui échappe à l'occupation américaine, mais qui n'a plus les moyens d'être une grande puissance.

B. Le choix de l'alliance atlantique
Le choix de s'inscrire dans l'alliance avec les États-Unis (aide Marshall, OTAN en 1954).

C. Après 1958
De Gaulle et l'idée de « grandeur » ; la bombe atomique.

II. Solder l'héritage colonial

A. La guerre d'Indochine

B. Les premières indépendances et l'effacement du Moyen-Orient
Indépendance du Maroc et de la Tunisie et crise de Suez en 1956.

C. La guerre d'Algérie
La France placée face au dilemme algérien et condamnée sur la scène internationale ; la chute du régime.

D. L'indépendance des pays d'Afrique subsaharienne

III. S'inscrire dans la construction européenne

A. La France au cœur des premières initiatives européennes
Rôle des « pères fondateurs » français (Monnet et Schumann), Conseil de l'Europe, CECA, CED.

B. Un pays fondateur de la CEE
Conférence de Messine, traité de Rome.

C. De Gaulle et l'« Europe des nations »
Primauté des nations sur la supranationalité et du couple franco-allemand.

Conclusion

En changeant la nature de sa puissance et en affirmant son indépendance stratégique, la France transforme sa place dans le monde. Tout en s'inscrivant dans le bloc de l'Ouest, elle conserve des spécificités et un rayonnement à l'échelle mondiale.

Histoire d'une notion : multilatéralisme

Apparue au XVIIIe siècle, cette idée ne se concrétise qu'après la première guerre mondiale. Ce vieux rêve, remis en cause notamment par l'arrivée de Donald Trump aux États-Unis, est pourtant plus nécessaire que jamais

> **POURQUOI CET ARTICLE ?**
> Cet article retrace l'histoire de la notion de multilatéralisme et en propose une analyse. Ce système de relations internationales, qui privilégie les négociations, la coopération et les accords entre plusieurs pays en vue de prendre des décisions communes, se concrétise après les deux conflits mondiaux, notamment en 1945 avec la création de l'Organisation des Nations unies. Sous-tendue par cet idéal de paix et de coopération, elle comporte néanmoins des déséquilibres dans son application et semble constamment menacée par les rivalités et les rapports de force entre puissances.

C'est un vieux rêve que celui du multilatéralisme. Il inspira le système onusien né du « plus jamais ça » d'après la seconde guerre mondiale – et il est aujourd'hui remis en cause par le pays qui en fut autrefois le pilier. *« En tant que président des États-Unis, je mettrai toujours l'Amérique en premier. Tout comme vous, en tant que leaders de vos pays, vous mettez toujours et devez toujours mettre vos pays en premier »*, lançait Donald Trump en septembre 2017. Depuis son arrivée à la Maison Blanche, il a retiré la signature des États-Unis sur nombre de traités signés par Washington, de l'accord de Paris sur le climat à celui sur le nucléaire iranien en passant par le texte conclu avec la Russie sur la limitation des armements nucléaires intermédiaires. Le multilatéralisme est aujourd'hui menacé comme jamais.

L'idée est pourtant très ancienne : elle remonte aux Lumières. Créer, en lieu et place d'un monde fondé sur la loi du plus fort, une large société d'États, égaux en droit comme en devoirs, dotée de mécanismes de règlement pacifique des différends : le concept apparaît, dès le XVIIIe siècle, sous la plume de Grotius, Jean-Jacques Rousseau et Emmanuel Kant, qui rédige en 1795 un *Projet de paix perpétuelle*. Le contrat social ne doit pas, selon eux, se limiter à quelques nations mais impliquer l'humanité tout entière. *« Il est difficile de déterminer la date de l'apparition du mot lui-même mais on parle déjà, à l'époque, de latéralité et de multilatéralité*, assure Bertrand Badie, professeur émérite à Sciences Po Paris. *Le concept d'universel est bien là. »*

Même si elle est tâtonnante, la première expression diplomatique de cette approche collective est le congrès de Vienne de 1815. Sur les décombres de l'aventure napoléonienne, les quatre vainqueurs (le Royaume-Uni, l'empire d'Autriche, l'empire de Russie et le royaume de Prusse), ensuite rejoints par la France, comprennent qu'ils risquent d'être balayés s'ils ne construisent pas un ordre européen stable fondé sur un véritable *« concert des nations »*. Ce projet inclusif garantit un siècle de paix relative sur le Vieux Continent : c'est dans cet esprit que se tient, en 1856, à Paris, après la guerre de Crimée, la première véritable conférence de paix multilatérale. La communauté internationale commence à prendre forme.

Trois piliers

L'idée d'un multilatéralisme global et politique ne se concrétise cependant qu'après la première guerre mondiale. En janvier 1918, le président américain Wilson appelle à la création *« d'une assemblée générale des nations dans le but de fournir des garanties mutuelles d'indépendance politique et des garanties territoriales aux grands comme aux petits États »*. Ce sera la Société des nations (SDN). *« La paternité de l'idée revient à Léon Bourgeois*, poursuit Bertrand Badie. *Dès 1909, il publie un livre intitulé Pour la Société des nations qui conceptualise le multilatéralisme et évoque même l'idée d'une opinion publique internationale. »* Léon Bourgeois deviendra le premier président de la SDN, une institution pleine de bonnes intentions qui est structurellement condamnée à l'impuissance dans l'entre-deux-guerres.

Créée à New York en 1945, l'ONU a l'ambition de tirer la leçon de cet échec. Le système est fondé sur trois piliers : la sécurité et la paix avec l'ONU proprement dite, l'économie avec le FMI et le GATT (devenu l'OMC) et les droits humains avec le Conseil des droits de l'homme. S'y ajoute toute une galaxie d'organisations spécifiques dont le Haut-Commissariat aux réfugiés. Au lieu d'instaurer un concert égalitaire des États, la charte des Nations unies confie cependant un rôle spécifique aux cinq vainqueurs du conflit – les États-Unis, le Royaume-Uni, la France, l'URSS et la Chine. Nommés membres permanents du Conseil de sécurité, ils sont dotés d'un droit de veto.

Ce déséquilibre offre aux grandes puissances un levier important : elles peuvent bloquer à tout instant les décisions contraires à leurs intérêts ou à ceux de leurs protégés. *« Le multilatéralisme est marqué par une contradiction de naissance*, souligne, en 2004, Philippe Moreau-Defarges, chercheur à l'Institut français des relations internationales (IFRI), dans la revue *Politique étrangère*. *Conçu comme "agéographique" et universel, il est indissociable d'un dessein géopolitique : celui de la sécurité de l'île américaine par le ralliement de la planète aux valeurs démocratiques produites au cœur de cette île par les États-Unis. »*

L'effondrement de l'URSS et la fin de la guerre froide font brièvement resurgir le concept de communauté internationale, mais le rêve est éphémère. *« La multipolarité ne s'est pas accompagnée d'un multilatéralisme permettant de mieux réguler les échanges,* note Thomas Gomart, le directeur de l'IFRI. *Au contraire, elle a donné lieu à de nouveaux rapports de force, qui ont conduit les trois principales puissances – les États-Unis, la Russie et la Chine – à s'affranchir de la règle de droit ou à l'instrumentaliser quand bon leur semble. »*

Le multilatéralisme est pourtant plus nécessaire que jamais : dans un monde interconnecté, la lutte contre le réchauffement climatique, le développement économique et l'éducation ne peuvent être abordés qu'ensemble.

Marc Semo, dans *Le Monde* daté du 19.09.2019

---

15 décembre 1949 – L'an prochain à Jérusalem

David Ben Gourion annonce qu'Israël a décidé d'installer son gouvernement dans la Ville sainte. Un défi aux Nations unies.

Le 5 décembre 1949, le premier ministre israélien, David Ben Gourion (1886-1973), prend solennellement la parole devant la première Knesset, l'assemblée nationale élue quelques mois auparavant, qui siège alors dans un cinéma désaffecté de Tel-Aviv. Le 11 mai de la même année, Israël a formellement adhéré aux Nations unies, mais c'est pourtant un véritable défi que le premier ministre israélien va lancer à la jeune organisation internationale en déclarant qu'il est de son devoir *« d'affirmer que la Jérusalem juive fait partie intégrante de l'État d'Israël ». « Jérusalem représente le cœur même de l'État d'Israël »*, ajoute Ben Gourion. Une ambiguïté persistante sur une partie des contours de l'État juif va être levée.

Deux ans auparavant, le 29 novembre 1947, l'ONU a voté le partage de la Palestine mandataire, découpée en deux États, un arabe et un juif. Cette résolution, repoussée par les Arabes et qui n'empêchera pas la première guerre israélo-arabe, comporte une réserve de taille pour les dirigeants de ce qui n'est encore que le Yichouv (terme utilisé par les juifs pour désigner ceux d'entre eux qui vivaient en Palestine avant la création de l'État d'Israël). L'ONU exclut en effet Jérusalem du plan de partage. La Ville sainte se voit attribuer un statut particulier, le *corpus separatum*, prévu pour s'appliquer à une vaste zone taillée d'ouest en est entre les villages d'Ein Kerem et d'Abou Dis et, du nord au sud, entre Shoufat et Bethléem. En clair, la Ville sainte passe sous le contrôle des Nations unies, qui doivent garantir en échange la liberté d'accès aux lieux de culte juifs, chrétiens et musulmans.

Une décision mal accueillie

Deux ans et une victoire israélienne sur les troupes arabes plus tard, la question de Jérusalem revient sur le devant de la scène. Les Nations unies, bien que marginalisées par les combats, n'ont pas renoncé à l'internationalisation de cette ville meurtrie par l'histoire. C'était d'ailleurs l'une des recommandations de son émissaire, le Suédois Folke Bernadotte, nommé médiateur en juin mais assassiné à Jérusalem, le 17 septembre 1948, par des membres du groupe terroriste israélien Lehi.

Ben Gourion rêve, depuis la déclaration d'indépendance du 14 mai 1948, d'établir sa capitale à Jérusalem. Selon son biographe, Michel Bar-Zohar, il a conservé une clef des bureaux de l'Agence juive installés dans la Ville sainte lorsqu'il les a quittés en 1947. *« Je suis sûr que je reviendrai »*, a-t-il assuré à l'un de ses proches. Cette volonté est confortée pendant les deux années de guerre par le lourd tribut humain payé par les Israéliens pour conserver le contrôle des quartiers juifs de la ville. Le premier ministre reproche en outre aux Nations unies leur passivité pendant le siège des quartiers juifs de la ville. Aussi, lorsque l'ONU revient à la charge après l'assassinat de Bernadotte avec son idée de *corpus separatum*, le premier ministre israélien décide de passer outre, au grand dam du ministre des affaires étrangères,

POURQUOI CET ARTICLE ?

Le statut de Jérusalem est au cœur des rapports entre Israël et le monde arabe. C'est en 1947 que l'ONU propose un plan de partage de la Palestine, mandat britannique depuis le lendemain de la Première Guerre mondiale. Jérusalem aurait dû rester sous le contrôle des Nations unies. Toutefois, la guerre israélo-arabe de 1948-1949, puis celle de 1967, ont profondément changé la donne, conduisant Israël à prendre le contrôle de la Ville sainte des trois monothéismes abrahamiques.

Moshé Sharett, contrarié par cette perspective qui menace de jeter à bas son patient ouvrage de normalisation avec les Nations unies.

La décision israélienne est pour le moins mal accueillie, mais Ben Gourion n'en a cure. Spéculant sur un émoi formel et sans lendemain, il pousse au contraire les feux. L'ONU a beau voter un budget de 8 millions de dollars pour la mise en pratique du plan d'internationalisation de la Ville sainte, ce plan est condamné par un rapprochement judéo-hachémite. *« Israël et la Jordanie ont déjà décidé de fixer une ligne de démarcation spéciale dans la partie centrale de la Ville sainte »*, note *Le Monde* du 13 décembre.

Le même jour, Ben Gourion officialise le transfert de la capitale de l'État juif de Tel-Aviv à Jérusalem-Ouest et réintègre triomphalement les locaux de l'Agence juive. *« Les Nations unies n'ont aucun moyen de faire appliquer leur décision »*, commente *Le Monde* dans son bulletin de l'étranger du 14 décembre.

Sur place, des bureaux sont aménagés à la hâte pour accueillir l'administration du nouvel État, même si le ministère de la défense, pour des raisons de sécurité, reste à Tel-Aviv (il y est toujours). Celui des affaires étrangères ne suivra que quatre ans plus tard, en 1953. Après une prospection engagée en novembre 1949, soit avant l'annonce de David Ben Gourion, il faudra attendre 1955 pour que les travaux de construction de l'actuelle Knesset puissent être lancés, sur une colline louée au patriarcat grec-orthodoxe.

Depuis la guerre de 1967 et la conquête des quartiers Est, Jérusalem est la capitale *« indivisible et éternelle »* d'Israël. Les ambassades étrangères sont pourtant restées à Tel-Aviv, dans l'attente d'une solution négociée avec les Palestiniens, qui ont pris le relais des Jordaniens pour revendiquer la souveraineté de la partie orientale de la ville. Le *corpus separatum* a bien vécu. Mais le coup de force de David Ben Gourion n'a pas encore été définitivement accepté.

Gilles Paris, dans *Le Monde*
daté du 25.07.2009

De Bretton Woods à l'abandon de l'étalon-or

Comment s'est construite, au fil du temps, une référence monétaire mondiale.

Devise officielle des États-Unis depuis 1785, l'irrésistible ascension du dollar suit à la trace celle de l'économie américaine. Dès la fin de la seconde guerre mondiale, le billet vert supplante la livre britannique en tant que monnaie internationale.

En affaiblissant le Vieux Continent, la première guerre mondiale amorce le basculement vers un nouvel ordre monétaire. Depuis le XIXe siècle, chaque monnaie est convertible en or. Dans ce système dit du « Gold Standard » (étalon-or), la livre-sterling fait figure de référence. Néanmoins, elle perd définitivement la confiance des acteurs financiers en 1931, à l'annonce de la fin de sa parité en or. *« Comme les autres monnaies européennes sont en repli, il ne reste que le dollar pour financer les échanges »*, explique Michèle Giacobbi, professeur d'économie à l'université Paris-I. La devise américaine est convertible en or depuis 1900, mais la Réserve fédérale (Fed), aux prises avec la crise de 1929, est contrainte en 1933 de suspendre la convertibilité du dollar puis de le dévaluer.

La seconde guerre mondiale met un terme définitif à la suprématie du sterling. Les États-Unis détiennent 75 % de l'or mondial en 1945, et le dollar n'a plus de concurrent : le Royaume-Uni s'est lourdement endetté auprès de ses partenaires du Commonwealth et de Washington. *« Cette position de force a permis aux Américains d'imposer leurs vues contre les Britanniques, qui voulaient abandonner toute référence à l'or »*, rappelle Mme Giacobbi.

Le dollar devient le pivot du nouveau système monétaire international en juillet 1944, à l'issue de la conférence de Bretton Woods, dans le New Hampshire. Chaque monnaie se voit attribuer une parité fixe par rapport à l'or. Cependant, seul le dollar est *« as good as gold »*, c'est-à-dire convertible en lingots. *« L'instauration du système de 1944 s'est faite dans une situation très particulière, à la fin de la guerre, alors que les États-Unis dominaient le monde »*, rappelle Antoine Dupont-Fauville, qui fut de 1966 à 1968 directeur du cabinet de Michel Debré, ministre de l'économie du général de Gaulle.

« Manœuvres inamicales »

Malgré sa position de force, le dollar connaît rapidement ses premières difficultés. Dès 1960, il circule davantage de billets verts dans le monde qu'il y a d'or dans les

POURQUOI CET ARTICLE ?

En juillet 1944, le système de Bretton Woods est adopté pour mettre en place un nouvel ordre monétaire mondial. Consacrant la primauté du dollar, il accorde aux États-Unis une place particulière, compte-tenu de leur hégémonie financière à l'issue du deuxième conflit mondial. Cependant, l'héritage de Bretton Woods est mis à l'épreuve au point d'être abandonné en 1971 sous la présidence de Nixon.

coffres-forts du Département du Trésor, à Fort Knox dans le Kentucky. La monnaie américaine est devenue vitale pour le commerce international et les marchés financiers. « *Le Général en avait assez de cette situation qui assurait aux États-Unis une domination par la monnaie. Dès 1964, il souhaite mettre en place un système monétaire qui échappe à la volonté du pays le plus puissant* », explique M. Dupont-Fauville. « *Il rapatrie l'or français entreposé à New York depuis la guerre et convertit en lingots une partie des réserves françaises de devises, pour un montant d'un milliard de dollars.* »

Le général de Gaulle ne parvient cependant pas à déloger le dollar de sa position dominante mais, au fil des années, celui-ci perd de sa crédibilité. La guerre du Vietnam, l'inflation et le déficit budgétaire minent l'Amérique de la fin des années 1960. Les spéculateurs jouent sur la date de l'annonce de la fin de sa convertibilité. « *La référence à l'or était fictive, et le risque de manœuvres inamicales de la part de pays comme l'URSS, réel* », explique Pierre Bezbakh, maître de conférences à l'université Paris-Dauphine et chroniqueur au « Monde Economie ». Par prudence, Richard Nixon annonce unilatéralement l'abandon de la référence au métal jaune, un dimanche soir d'été à la télévision, le 15 août 1971 : Bretton Woods est enterré, les accords de la Jamaïque du 8 janvier 1976 officialisent les changes flottants.

Le cours du dollar chute, mais le gouvernement américain s'en accommode : « *L'or limitait les émissions de dollars. Son abandon ouvre la porte à la dollarisation du monde* », indique M. Bezbakh. Dans un système de changes flottants, les monnaies évoluent librement entre elles. Les conséquences des variations du dollar, les risques de change notamment, ne concernent pas les États-Unis. Au début des années 1970, John Connolly, secrétaire d'État au Trésor sous la présidence Nixon, résume délicatement la situation à ses homologues : « *The dollar is our currency, but your problem* » (notre monnaie, votre problème). Le dollar baisse jusqu'à ce que Paul Volcker, président de la Fed durant la présidence de Ronald Reagan, élève à partir de 1980 les taux d'intérêt américains : ils grimpent à 20 % en 1980, et le dollar passe de 5 à 10 francs en cinq ans.

Une monnaie aussi forte pénalise les exportations américaines. Elle enfonce également les économies européennes, qui subissent un traumatisme monétaire après les deux chocs pétroliers de 1973 et 1979. « *Lors des accords du Plazza en 1985, les grandes banques centrales décident d'intervenir pour faire baisser le dollar. Mais ce n'est pas facile dans un système de changes flottants : les banques centrales peuvent agir de manière concertée sur l'offre en limitant la création monétaire, mais pas sur la demande* », explique M. Bezbakh. Les banques centrales sont encore intervenues en 2000 pour soutenir l'euro, et observent depuis la chute du billet vert.

Julien Dupont,
dans *Le Monde Économie*
daté du 01.04.2008

Il y a trente ans
La crise des missiles de Cuba

« *La décision soudaine et clandestine d'installer, pour la première fois, des armes stratégiques en dehors du territoire soviétique constitue une provocation délibérée, une modification injustifiée du* statu quo. *Le gouvernement soviétique a ainsi créé une situation que notre pays ne saurait accepter...* »

Dès le début de son discours télévisé, ce lundi 22 octobre 1962 à 19 heures, John Kennedy annonce l'enjeu : en installant à Cuba des fusées à tête nucléaire visant pratiquement l'ensemble du territoire nord-américain, Nikita Khrouchtchev, le dirigeant de Moscou, a non seulement renié toutes ses promesses antérieures, mais il a créé une menace inacceptable pour les États-Unis. La réponse, mise au point au cours d'innombrables conciliabules secrets à Washington pendant toute la semaine précédente, est à la fois ferme et nuancée : le président américain impose à Cuba un régime de « *quarantaine défensive* ».

On a préféré cet euphémisme au terme de blocus, mais c'est bien de cela qu'il s'agit : la marine américaine, qui a pris position dans un rayon de 800 kilomètres autour de l'île, interceptera tous les navires se dirigeant vers Cuba, et ceux qui transportent des armes jugées « *offensives* » devront rebrousser chemin. Mais la vraie cible n'est pas Fidel Castro et son régime : « *Toute fusée nucléaire lancée à partir de Cuba contre l'une quelconque des nations de l'hémisphère occidental,* poursuit John Kennedy, *sera considérée comme l'équivalent d'une attaque soviétique contre les États-Unis, attaque qui entraînerait des représailles massives contre l'Union soviétique.* »

A Moscou, on est déjà le mardi 23 octobre, mais la première réaction ne viendra qu'en fin d'après-midi, plus de douze heures plus tard. Le « *gouvernement soviétique* [rejette] *avec décision* » des prétentions américaines que « *naturellement aucun État soucieux de son indépendance ne peut accepter* ». Même fermeté dans la *Pravda* du lendemain, qui, sous le titre très en vogue à l'époque de « Bas les pattes à Cuba ! », appelle le monde entier à « *juguler les agresseurs américains déchaînés* ». Mais, déjà, on respire un peu à Washington : la réponse n'est encore que verbale, les actions de diversion redoutées par certains à Berlin, voire en Iran – et tout le dispositif militaire américain dans le monde entier a été mis en état d'alerte maximale, – n'ont pas eu lieu.

De fait, les journées suivantes vont confirmer le désir des deux superpuissances, bien conscientes que le bras de fer engagé est aussi une partie au bord du gouffre, d'éviter ou de retarder toute action violente. Dès le mercredi 24, on observe qu'une moitié des quelque vingt-quatre navires soviétiques qui se dirigeaient vers Cuba changent de cap ou s'arrêtent en pleine mer, avant d'arriver en vue du barrage américain. De son côté, le président Kennedy se contente d'une assurance verbale du commandant du pétrolier soviétique *Bucarest* pour le laisser passer. Le seul navire effectivement fouillé sera un cargo panaméen affrété par les Soviétiques...

Quarante mille militaires soviétiques

Mais le président américain est tout de même le plus pressé. Face à Khrouchtchev, qui, s'appuyant sur une proposition du secrétaire général de l'ONU, U Thant, essaye d'engager une vaste négociation et suggère même une rencontre au sommet, « JFK » doit faire monter la pression s'il veut obtenir ce qu'il a exigé depuis le début : le retrait des fusées et, d'abord, l'arrêt de leur déploiement. Car, pendant toute la semaine cruciale, des milliers de militaires russes (les Américains en estimaient alors le nombre à quatre ou cinq mille, on saura plus tard qu'ils étaient, tous personnels confondus, quarante mille) vont travailler jour et nuit dans l'espoir de rendre opérationnelles les quelque trente fusées SS-4 et SS-5 – les mêmes qui sont alors braquées par centaines sur l'Europe, mais à partir de l'URSS – déjà sur place : selon des documents récemment rendus publics par la CIA (*International Herald Tribune* du 20 octobre), Kennedy aurait « flanché » en apprenant, le samedi 27 octobre, que vingt-quatre de ces engins étaient déjà en position de tir et pouvaient être mis à feu dans un délai de six heures...

C'est bien pourquoi le président américain et son frère Bob relancent les options qu'ils avaient écartées pendant la semaine précédente. On fait savoir aux Russes par divers canaux que, si Khrouchtchev ne cède pas, on passera du blocus à l'action militaire : un bombardement des rampes de missiles pourrait avoir lieu dès le mardi suivant, 30 octobre, suivi à bref délai par un débarquement sur l'île, une opération pour laquelle d'importants préparatifs se déroulent au grand jour en Floride et ailleurs.

Les imprudences de Fidel Castro

Pour Khrouchtchev, c'est l'impasse. En dehors de ses armes nucléaires, il n'a aucun moyen de riposter à un bombardement de l'île ni de la défendre contre un débarquement en force, qui sera cette fois beaucoup plus massif que l'opération manquée menée par la CIA à la baie des Cochons un an et demi plus tôt et qui signifiera la fin du régime castriste. Mais un « échange » nucléaire signifiera aussi la fin de l'URSS. Déjà, le « missile gap », que dénonçait Kennedy, n'en était pas un en 1960. Il était devenu en 1962 un gouffre en faveur de l'Amérique, qui disposait de près de 300 fusées intercontinentales et de 144 missiles sous-marins Polaris, contre quelque 75 et 0 respectivement pour Moscou. Sans parler de près de 2000 bombardiers lourds américains, contre moins de 150 appareils soviétiques équivalents...

Or Castro a eu le tort de croire aux innombrables vantardises de Khrouchtchev à propos de la supériorité de ses fusées et de leur traduction spatiale, les spoutniks. Dans une lettre adressée au dirigeant soviétique le 26 octobre, le chef de la révolution cubaine affirme que si Washington décide d'envahir Cuba (une hypothèse qu'il juge *« moins probable »* que celle d'une attaque aérienne, mais *« possible »*), alors l'Union soviétique se doit de *« ne pas laisser se créer une situation dans laquelle les impérialistes pourraient frapper contre elle le premier coup d'une guerre nucléaire »*. Autrement dit – et Fidel Castro le répétera dans une autre lettre envoyée deux jours plus tard, – il s'agit de répondre à l'agresseur *« par un coup capable de l'anéantir »*, profitant de *« l'avantage considérable »* qui revient au *« premier utilisateur »*. Une inconscience qui persistera longtemps, puisque le Lider maximo n'a pas hésité, il y a deux ans, à faire publier ces documents compromettants (*le Monde* du 24 novembre 1990). Tout ce qu'il admet aujourd'hui, c'est que, s'il avait su quelle serait l'*« hésitation »* des Soviétiques, il n'aurait pas accepté les missiles, vient-il de dire à la chaîne américaine NBC.

Toujours est-il qu'en octobre 1962, Khrouchtchev, et c'est à son honneur, n'envisage pas une seconde de suivre le « conseil » de cet allié encombrant. Le vendredi 26 octobre, il adresse à Kennedy une lettre longtemps restée secrète, et plutôt confuse, mais qui contient en filigrane les éléments d'un marchandage qu'un émissaire officieux, le « diplomate » Alexandre Fomine, fait parvenir le même jour au département d'État par l'intermédiaire du journaliste américain John Scali : l'URSS est prête à retirer ses fusées, en échange d'une promesse américaine de ne pas envahir Cuba.

Telle est en effet la solution qui sera officiellement annoncée deux jours plus tard, le dimanche 28 octobre, mettant fin à la crise. Non sans que de nouvelles émotions aient transformé la journée précédente en « samedi noir » : la DCA cubaine a abattu ce jour-là un des avions espions qui survolaient l'île en permanence, causant la première et unique victime de la crise en la personne du pilote Anderson, celui-là

POURQUOI CET ARTICLE ?

Journaliste spécialiste des relations Est-Ouest pendant la guerre froide, Michel Tatu revient sur la crise de Cuba dans cet article rédigé en 1992, pour le vingtième anniversaire de cet événement, alors que l'URSS vient de disparaître. Il montre qu'au-delà de l'escalade, les négociations n'ont jamais cessé entre les acteurs de la crise et qu'elles aboutissent à un ensemble de compromis acceptables, qui sont aux sources de la détente.

même qui avait rapporté, le 14 octobre, les premières photos des bases de missiles.

Les « Jupiter » de Turquie

En second lieu, Khrouchtchev a envoyé, publiquement cette fois, une nouvelle lettre proposant bien le retrait des fusées de Cuba, mais en échange d'un retrait des fusées américaines Jupiter alors déployées en Turquie. Kennedy avait bien l'intention de renoncer à ces engins devenus obsolètes – et il le fera dès l'année suivante, – mais, pour éviter les complications avec ses alliés, il ne souhaitait pas lier les deux problèmes : ce sera la partie « non dite » du règlement.

Il restera à calmer Fidel Castro, qui refuse tout contrôle sur son sol (les fusées seront « déshabillées » en haute mer, lors de leur retrait, par les marins soviétiques, sous les regards des officiers de l'US Navy) et qui attendra jusqu'au 20 novembre pour renoncer aux bombardiers semi-lourds Iliouchine-18 que Moscou lui avait livrés et dont Kennedy exige également le retrait.

Trente ans après les faits, tout ou presque a été dit sur la crise – un colloque a même réuni en janvier 1989 à Moscou les principaux protagonistes, dont McNamara, le secrétaire à la défense de John Kennedy, et Andreï Gromyko, le ministre soviétique des affaires étrangères, qui devait mourir la même année, – et le bilan est clair. Certes, plusieurs ultra-conservateurs américains et quelques analystes en Europe ont prétendu que les États-Unis avaient subi un échec en s'engageant à ne pas attaquer Cuba, ce qui permet au régime castriste d'être toujours là aujourd'hui. Mais le grand perdant n'en fut pas moins Khrouchtchev, que Mao Zedong, à Pékin, put accuser avec une certaine pertinence d'avoir doublement péché, par *« aventurisme d'abord »*, par *« capitulationnisme ensuite »*. Le dirigeant soviétique paya la note également sur le plan intérieur, par un affaiblissement qui devait conduire à sa destitution deux ans plus tard.

Le véritable objectif : Berlin

Car son ambition initiale, lorsqu'il avait décidé, pendant l'été 1962, d'installer des missiles nucléaires à Cuba, dépassait de loin les seules nécessités de la défense de l'île. Son véritable objectif était Berlin-Ouest, qu'il avait promis depuis plusieurs années de transformer en *« ville libre »* (en fait d'en chasser les garnisons occidentales), et pour lequel il comptait revenir à la charge à l'occasion d'une grande négociation à ouvrir avant la fin de 1962, *« après les élections américaines »* de novembre, précisait-il aimablement. Une négociation dont on peut imaginer le déroulement si Kennedy avait accepté le fait accompli des missiles soviétiques à Cuba : non seulement l'équilibre des forces eût été gravement rompu par ce pistolet nucléaire soudainement braqué sur le cœur des États-Unis, mais le jeune président américain, déjà bousculé par Khrouchtchev lors de leur rencontre de Vienne en juin 1961, aurait perdu beaucoup de son prestige aux yeux de ses adversaires comme de ses alliés.

Mais l'erreur de calcul aura été au fond partagée par les deux « K ». Khrouchtchev pensait que Kennedy n'allait pas réagir, ce dernier croyait son homologue soviétique suffisamment au courant de ses intentions pour ne pas se lancer dans une telle aventure : tout en affirmant qu'il ne laisserait pas Moscou installer des armes offensives à Cuba, le président américain négligea les éléments de preuve qui lui parvenaient depuis plusieurs semaines (le premier cargo suspect était arrivé à Cuba dès le 8 septembre), de même que les avertissements du sénateur républicain Keating, qui avait sonné le tocsin bien avant la « découverte » du 14 octobre.

C'est bien pourquoi un premier effet de la crise fut l'amélioration des communications entre les deux capitales : l'accord installant une liaison directe entre la Maison Blanche et le Kremlin (le « téléphone rouge ») fut signé quelques semaines plus tard, avant même le traité d'août 1963 sur l'arrêt des expériences nucléaires dans l'atmosphère, premier accord de la nouvelle – et éphémère – « détente ».

Michel Tatu,
dans *Le Monde* daté du 26.10.1992

Il y a cinquante ans De la conférence de Genève sortent deux Vietnams

C'est in extremis, le 21 juillet 1954 à l'aube, que Pierre Mendès France signe l'armistice au Palais des Nations de Genève, où se déroulaient les négociations. Cet accord sanctionnait la victoire militaire d'un mouvement révolutionnaire sur une grande puissance et liquidait un empire colonial hérité du XIXe siècle.

C'est au cours de la nuit du 20 au 21 juillet 1954 que prit fin à Genève la phase « française » de la guerre d'Indochine, entamée le 19 décembre 1946 après une vaine tentative de règlement politique. Le conflit qui opposait le mouvement révolutionnaire constitué en « République démocratique du Vietnam » à la IVe République, divisée et malade des complexes hérités de la défaite de 1940, aboutissait à une incomplète victoire des combattants vietnamiens, dont la souveraineté était enfin reconnue, mais dans un premier temps sur une moitié seulement du territoire national, et à une défaite limitée de l'ancien colonisateur qui devait quitter la place, dans un délai raisonnable et avec la chance de préserver, à moyen terme, d'importants intérêts matériels et culturels.

Beaucoup d'observateurs de l'époque étaient conscients du caractère précaire de ce règlement qui confisquait aux révolutionnaires une partie de leur victoire en attendant la substitution, dans la partie sud du pays, d'un néocolonisateur à celui qui battait en retraite. Mais l'accord de Genève n'en revêtait pas moins une signification historique considérable parce qu'il sanctionnait la victoire militaire d'un mouvement révolutionnaire sur une grande puissance et ouvrait la voie à la liquidation d'un des deux grands empires coloniaux du XIXe siècle.

Le camp retranché de Dien Bien Phu, où le commandement français avait investi le meilleur de ses moyens et tout son prestige, était tombé aux mains du général Giap le 7 mai 1954. Le désastre, qui privait le corps expéditionnaire de ses troupes de choc, avait fait tomber les masques au moment même où, à Genève, la conférence internationale, convoquée trois mois plus tôt pour trouver une solution au conflit coréen et, éventuellement, à d'autres affaires asiatiques, abordait la question d'Indochine. Le gouvernement français, qui se refusait obstinément depuis des mois à négocier directement avec l'adversaire, qui n'avait pas pris au sérieux la déclaration faite au journal suédois *Expressen*, en novembre 1953, par Ho Chi Minh, offrant de discuter des conditions d'un cessez-le-feu, ni soutenu officiellement la mission de contact entreprise par le député socialiste Alain Savary, entamait la négociation dans le cadre qu'il avait souhaité, celui d'une conférence des cinq grandes puissances : États-Unis, URSS, Chine populaire, Grande-Bretagne et France, auxquelles s'étaient jointes les « parties intéressées » : Cambodge, Laos et les deux Vietnams.

POURQUOI CET ARTICLE ?

Le 20 juillet 1954, la guerre d'Indochine prend fin. Cet événement a une double portée. Il marque l'effacement de la puissance coloniale française en Asie du Sud-Est, ainsi que la prévalence, dans la région, de la logique de guerre froide. Divisé en deux États, l'un communiste au nord et l'autre pro-américain au sud, le pays entre dans une logique qui aboutit, dès 1955, à la guerre du Vietnam.

Ce que n'avaient évidemment pas souhaité Joseph Laniel, alors président du conseil, et ses collègues, c'est que la conférence s'ouvre ainsi sous le signe de la victoire adverse. La brusque modification du rapport des forces qu'elle entraîne ne laisse aux mains du ministre des affaires étrangères et chef de la délégation française, Georges Bidault, que des cartes dérisoires, *« le deux de trèfle et le trois de carreau »*, dit-il lui-même.

Les positions françaises n'ont pas été seulement sapées par l'adversaire, elles l'ont été aussi par le principal allié de la France. Après avoir hésité tout un mois, Washington vient de faire savoir *urbi et orbi* qu'il n'était pas question d'une intervention militaire en Indochine.

Tandis que les Britanniques ne cessent de plaider pour une négociation à n'importe quel prix et que les baodaïstes, exaspérés par les tergiversations de Paris, ne pensent qu'à arracher à la France les attributs d'une réelle indépendance, les membres du camp socialiste – URSS, Chine, République démocratique du Vietnam – affichent leur solidarité. Celle-ci n'est pourtant pas sans faille. Si Pékin et Moscou ne se différencient guère que par l'orientation de leurs préoccupations principales (asiatiques de la part des Chinois, plus européennes de la part des Soviétiques), les uns et les autres divergent des Vietnamiens en ce qu'ils donnent alors la priorité à l'instauration de la détente internationale alors que les vainqueurs de Dien Bien Phu songent tout naturellement à tirer les conséquences de leur succès et de leurs sacrifices.

De l'époque Bidault à la méthode Mendès

Ainsi, dans le camp occidental, les Français tenteront de mettre les Américains dans leur jeu pour grandir leur stature de négociateurs. Alors que, dans le camp socialiste, les Russes et les Chinois s'efforceront de contenir les légitimes impatiences vietnamiennes. D'entrée de jeu, les révolutionnaires vietnamiens et leurs alliés ont repoussé la demande faite par le négociateur français d'un cessez-le-feu préalable. Pour les vainqueurs, l'arrêt des combats ne saurait être que le couronnement de la négociation politique. Ainsi la négociation se déroulera-t-elle, du 7 mai au 21 juillet, sur une toile de fond militaire, marquées par Dien Bien Phu et l'ascendant décisif alors pris par Giap sur le commandement français : pour le corps expéditionnaire, chaque jour qui passe est lourd d'une épreuve nouvelle et ses chefs ne manqueront jamais de rappeler aux négociateurs de Genève qu'il n'y a pas de temps à perdre.

L'histoire de la conférence indochinoise de Genève se divise en deux phases. Du 7 mai au 17 juin, ce fut l'époque Bidault, marquée par un esprit de méfiance, de rancune, par des illusions aussi de l'ancien président du conseil dont le réel talent semblait tendu vers un seul objectif : gagner du temps en obtenant une trêve, pour permettre aux Américains de se préparer à la grande contre-attaque face aux « rouges ».

Du 18 juin au 21 juillet, c'est Pierre Mendès France, auquel le Parlement venait de confier, avec la présidence du gouvernement, la tâche expresse d'en finir, qui dirigea la négociation à la tête d'une délégation qu'animaient toujours l'ambassadeur Chauvel et Claude Cheysson, qui avaient tenté en vain d'inciter Georges Bidault à traiter hardiment avec le véritable interlocuteur, celui qui se battait dans les rizières du Vietnam. Le nouveau négociateur français, qui plaidait, depuis des années, pour un tête-à-tête avec l'adversaire et qui faisait du dégagement en Asie le préalable absolu à tout effort de redressement de la France, donna une impulsion différente à la négociation, assurant son succès.

C'est dans la nuit du 20 au 21 juillet que tout se joua. L'ultimatum Mendès France expirait à minuit. Trop de problèmes restant à régler, on eut l'idée d'arrêter les pendules du Palais des Nations où devait être signé l'accord. En quelques heures, de l'après-midi du 20 juillet à l'aube du 21, Mendès France, Eden et Bedell Smith réussirent à convaincre Pham Van Dong – paternellement chapitré par Molotov et Chou En-laï – d'accepter le partage à la hauteur du 17e parallèle (il avait, quelques jours plus tôt, réclamé pour ligne de démarcation le 13e...), de consentir à un délai de deux ans pour la réunification politique du pays (qui ne devait, on le sait, jamais avoir lieu) et le contrôle des accords par une commission présidée par un « neutre », un Indien, assisté de Canadiens et de Polonais.

Cet accord d'armistice, signé par les seuls représentants de l'armée populaire vietnamienne, M. Ta Quang Buu, et de l'armée de « l'Union française », le général Delteil, devait être complété par une convention engageant les neuf participants de la conférence. Mais Foster Dulles refusa de parapher un texte aux côtés du représentant de la Chine « rouge ». On se contenta donc d'une déclaration commune non signée, la délégation américaine faisant savoir que les États-Unis s'engageaient à ne remettre en question les textes visés le 21 juillet ni par la force ni par la menace. Propos en l'air, s'il en fut.

Les textes de Genève reflétaient assez fidèlement la situation politico-militaire, fruit de 90 mois d'une guerre absurdement déclenchée et médiocrement conduite. Ils comportaient beaucoup d'obscurités qui allaient permettre aux adversaires de la paix de transformer le partage provisoire du Vietnam en deux États ennemis, d'organiser la relève du colonisateur français par le néocolonisateur américain, autrement armé, et de substituer à la douloureuse trêve de 1954 le brutal affrontement de 1959 à 1973 entre une révolution vietnamienne mal résignée à se laisser enfermer dans le « ghetto » tonkinois et les stratèges américains de l'élimination des foyers communistes dans le tiers-monde.

Jean Lacouture,
dans *Le Monde* daté du 12.04.2004

---

4 mars 1969
Le rêve brisé du Concorde

Quarante ans après son premier décollage, et neuf ans après son seul crash, à Gonesse, l'avion a été remisé au rayon des souvenirs.

Plus qu'un avion, Concorde est une icône de l'aéronautique, l'avion civil le plus photographié. Car à l'élégance de sa forme, l'avion franco-britannique alliait des prouesses techniques, dont celle si particulière de la vitesse supersonique.

Le 2 mars 1969, le Concorde prototype 001 arrachait ses 112 tonnes de la piste de Toulouse Blagnac pour un premier vol de 42 minutes. L'équipage était composé d'André Turcat, commandant de bord et directeur des essais en vol, de Jacques Guignard, copilote, d'Henri Perrier, ingénieur navigant d'essai, et de Michel Rétif, mécanicien navigant. *« Nous savions que nous nous battions à égalité avec les Américains et les Russes, sans savoir que nous serions les seuls à réussir le défi réellement historique »*, rappelle André Turcat aujourd'hui.

Le concept, évoqué dès 1954, officialisé en 1962 avec un accord gouvernemental franco-britannique, s'inscrit dans la recherche mondiale d'un avion civil supersonique. *« Dans les années 1950, les avions à moteurs à pistons avaient cédé la place aux Caravelle, Boeing 707 et Douglas DC-8, qui volaient beaucoup plus vite, c'est-à-dire à plus de 800 km/h. Il était techniquement possible d'aller encore plus vite »*, souligne Pierre Sparaco, de l'Académie de l'air et de l'espace, spécialiste de l'histoire de Concorde. Pour la France, cet avion était l'héritier logique de la Caravelle. Il portait même, à ses débuts, le nom de Super Caravelle.

Alors que la construction de Concorde est lancée, les États-Unis ont l'ambition de fabriquer un modèle plus gros (250 places), capable de franchir Mach 3. Même volonté chez les Soviétiques qui, en 1963, présentent le Tupolev TU-144, surnommé « Concordski » par ses détracteurs.

POURQUOI CET ARTICLE ?

Pour le général de Gaulle, le projet du Concorde est lié à une vision politique du rôle de la France dans le monde. Cet avion supersonique est élaboré en partenariat avec le Royaume-Uni : un accord bilatéral est pour de Gaulle une façon de rappeler son souhait d'une « Europe des nations », quoiqu'il s'oppose simultanément à l'entrée de la Grande-Bretagne au sein de la CEE. Avec une avance technologique majeure, la France peut ainsi montrer qu'elle est capable, dans certains secteurs, de dépasser les États-Unis. Pourtant, ce projet n'a pas eu la portée escomptée.

Sans attendre, Concorde remplit ses objectifs : le 1er octobre 1969, il franchit Mach 1, le 4 novembre 1970, Mach 2. Les records d'altitude (68 000 pieds) et de vitesse (Mach 2,23, soit environ 2 754 km/h), seront établis en 1973 et 1974. Les constructeurs de Concorde, Sud-Aviation (future Aérospatiale) et la British Aircraft Corporation (BAC), évoquent la vente de 150 exemplaires ; les plus optimistes jusqu'à 500...

Le premier choc pétrolier, en 1973, brise ce bel élan. Cet avion, conçu en un temps où le paramètre énergétique était inexistant, consommait une tonne de carburant par passager sur un trajet Paris-New York ! Avec la flambée des prix du pétrole, l'idée du supersonique n'est plus d'actualité. Le Tupolev 144 ne sera en exploitation que quelques années (1975-1978).

« Vietnam industriel »

L'Amérique renoncera aussi. Dès mars 1971, le Congrès stoppe la construction du Boeing 2707 200 SST. Seul désormais sur le marché, Concorde voit ses commandes fondre à 35, pour terminer à 20 avions : 2 prototypes, 2 préséries et 16 exemplaires de série, livrés aux seules compagnies Air France et British Airways. Alors député, Jean-Jacques Servan-Schreiber parle de *« Vietnam industriel »*.

Mille turbulences surgissent sur le plan de vol économique du projet. Concorde se voit interdire de survoler les terres habitées, ses opposants l'accusant d'importantes nuisances sonores et atmosphériques.

Les nuages politiques s'amoncellent sur la seule liaison où il conserve une pertinence économique : la traversée de l'Atlantique. Mis en service par Air France le 21 janvier 1976 sur Paris-Rio de Janeiro, via Dakar, et sur Londres-Bahrein par British Airways, il lui faudra attendre presque deux ans, jusqu'au 22 novembre 1977, pour décrocher l'ouverture de la desserte de New York. La liaison prend 3 h 30. Concorde apparaît très vite comme l'avion des membres d'une élite privilégiée, qui se flattent d'arriver à New York à une heure (locale) où ils étaient encore à Paris... Le crash de Gonesse, qui fit 113 morts, le 25 juillet 2000, après un décollage de Roissy, sonne le glas de l'exploitation commerciale. Et l'entrée dans le champ judiciaire : le procès de cet accident s'ouvrira au tribunal de Pontoise, en février 2010.

Le 27 juin 2003, Concorde est définitivement remisé. Jean-Cyril Spinetta, le président d'Air France, lui rend un ultime hommage : *« Concorde ne s'arrêtera pas vraiment, parce qu'il ne sortira jamais de l'imaginaire des hommes. »* Il reste surtout le symbole d'une époque révolue.

Le bilan économique de l'aventure n'est guère probant. Les dépenses consenties par la France et la Grande-Bretagne seraient de l'ordre de 20 milliards d'euros, pour un retour sur investissement proche de zéro. Et puis, *« en 2009, la vitesse c'est dépassé !* dit Philippe Jarry, ancien responsable des produits futurs chez Airbus. *Il ne se passera rien d'ici vingt à trente ans, aussi bien chez Boeing que chez Airbus. »* Cette perspective donne d'autant plus de singularité à l'aventure de Concorde.

En ce début du XXIe siècle, priorité est donnée à la capacité de transport des avions (jusqu'à 853 passagers pour l'A380). Les vitesses de croisière, elles, sont presque les mêmes qu'à la fin des années 1950.

Dominique Buffier,
dans *Le Monde* daté du 30.07.2009

Entre les Deux Grands, la France d'abord

« Il n'y a pas de France qui vaille sans responsabilité mondiale. » (*Mémoires d'espoir*, p. 221.)

Appliquer cette maxime dans un monde dominé par le spectre de Yalta et en s'appuyant sur une France ruinée par la guerre tenait déjà de la gageure en 1944. La tâche était-elle plus facile en 1958 et plus tard, alors qu'un arsenal nucléaire fantastique avait ajouté encore au poids des deux Super-Grands, et que le reste du monde semblait avoir pris son parti de la division en blocs ? En tout cas, de Gaulle n'a jamais douté que sa mission consistait précisément en cela : restaurer le rôle de la France en tant que puissance mondiale, lui rendre sa « grandeur » et son « rang ». Toute son attitude, souvent changeante envers l'une ou l'autre des deux « hégémonies » rivales, s'explique par cette préoccupation essentielle.

Il était en effet contradictoire de dénoncer cette « double hégémonie » et en même temps de demander à s'y joindre ; de condamner le « protectorat » américain sur l'Europe et en même temps de proposer qu'un directoire à trois dirigeât toutes les affaires de l'alliance atlantique ; de plaider pour l'indépendance des petits États et d'insister en même temps pour que les problèmes du Proche-Orient, de l'Asie du Sud-Est, de l'assistance au tiers-monde, fussent réglés à quatre, à la rigueur à cinq avec la Chine. A tel point qu'on peut se demander si l'hostilité systématique affichée envers les accords de Yalta était

POURQUOI CET ARTICLE ?

La politique du général de Gaulle, surtout après son retour au pouvoir en 1958, a consisté à ancrer la France dans le bloc occidental, tout en lui permettant de garder une réelle souveraineté face aux États-Unis. Cet équilibre diplomatique imposait de maintenir un certain dialogue avec l'URSS. Cet article revient sur le bilan de cette politique.

motivée par une authentique répulsion pour le caractère « immoral » de ce partage en sphères d'influence ou plus simplement par le fait que la France, donc de Gaulle, n'y fut pas conviée.

Le gaullisme étant d'abord la recherche de la liberté d'action, il était normal que celle-ci fût conquise au premier chef contre l'allié américain trop puissant : le retrait de la France de l'organisation militaire atlantique, l'évacuation du territoire national par les troupes américaines et la création d'une force de frappe indépendante sont des acquis qui ne seront pas remis en cause avant longtemps, si même ils le sont un jour. Le besoin de jouer un rôle mondial pousse, il est vrai, le général à aller beaucoup plus loin que cela, à piétiner les plates-bandes américaines partout où il le peut, du Canada à l'Amérique latine, et même à partir en guerre contre le dollar. Peut-on parler pour autant d'« anti-américanisme » ? La question est sans objet pour un homme qui a fait de l'« égoïsme sacré » du pays le critère fondamental. De même qu'il conclut une alliance privilégiée avec une Allemagne qu'il voulait dépecer vingt ans plus tôt, de même de Gaulle s'oppose aux États-Unis dans les périodes calmes, mais resserre, à l'heure des « grandes tragédie », une alliance en laquelle il voit toujours l'« ultime précaution ».

S'il est vrai que les relations avec Moscou servent d'abord à équilibrer l'excès d'influence de l'autre Grand et à appuyer l'effort d'indépendance à l'Ouest, qui reste l'essentiel, leur dimension réelle est faite aussi d'autres éléments. En 1944 comme en 1966, de Gaulle voit dans la Russie à la fois plus et moins qu'un Super-Grand : c'est la première puissance continentale en Europe, celle avec laquelle cette autre grande puissance continentale qu'est la France doit pouvoir traiter de manière privilégiée des problèmes européens, et d'abord du sort d'une Allemagne qui peut redevenir une menace pour l'une et l'autre.

Le bilan est-il pour autant décisif, malgré le succès de prestige du voyage à Moscou de 1966 ? Si de Gaulle obtient, en principe, ce que Staline lui avait refusé en 1944, à savoir un dialogue relativement privilégié sur les affaires européennes, la position soviétique est trop rigide à l'époque pour permettre une négociation fructueuse, et les autres affaires mondiales sont plus volontiers traitées par Moscou avec Washington. En outre, de Gaulle sous-estime assez l'idéologie pour prévoir, apparemment seul parmi les grands hommes d'État occidentaux, la brouille soviéto-chinoise, mais trop tout de même pour comprendre certains changements de ligne à Moscou. C'est ainsi que le rapprochement avec l'Est est amorcé réellement en 1965 – il a fallu notamment attendre la levée de l'hypothèque algérienne et l'apaisement à Berlin, –soit à un moment où la prémisse qui lui sert de base, le relâchement des contraintes et la tendance à l'effritement du bloc occidental, est précisément remise en question à Moscou avec la chute de Khrouchtchev et le retour au dogmatisme conservateur. En outre, le désir de s'adresser en priorité aux dirigeants soviétiques, seuls partenaires que de Gaulle estime à sa taille, le conduit à négliger quelque peu, malgré les voyages tardifs à Varsovie et à Bucarest, les « petits » pays d'Europe de l'Est. La mollesse de la réaction devant les événements de Tchécoslovaquie, tant avant qu'après le 21 août 1968, et l'empressement avec lequel la main du pardon sera tendue aux dirigeants soviétiques confirmeront cette faiblesse d'analyse.

Rien n'indique, par exemple, que les principaux développements des relations Est-Ouest survenus depuis son départ des affaires – ni le traité de Moscou, ni le cessez-le-feu au Proche-Orient, ni même l'invasion du Cambodge, malgré une brève allusion dans les « Mémoires d'espoir » (1) – se fussent déroulés différemment s'il était resté au pouvoir. Comme on l'a dit souvent, le général de Gaulle jouait « au-dessus de ses moyens », par l'éclat et par le défi, mettant à profit une méthode qui lui avait brillamment réussi pendant la guerre et un « charisme » qu'aucun de ses partenaires, à l'exception de Staline et de Churchill, n'eut jamais. Au total, il aura été pour quelque chose dans l'effacement relatif du rôle des États-Unis sur la scène politique européenne, dans la multiplication des contacts Est-Ouest et dans le plus grand intérêt que Moscou semble prendre pour l'Europe de l'Ouest depuis quelque temps. S'il n'a pas influé sur le conflit vietnamien malgré ses mises en garde aux États-Unis, il a peut-être, involontairement, renforcé le rôle des Deux Grands au Proche-Orient en laissant Israël face à face avec ses seuls fournisseurs américains d'armement. A l'égard du cinquième Grand enfin, la Chine, le général de Gaulle a joué un rôle de précurseur en prenant il y a plus de six ans la décision que viennent d'annoncer le Canada puis l'Italie..

Michel Tatu,
dans *Le Monde* daté du 12.11.1970

(1) « De fait, la tragédie vietnamienne va se dérouler sur les frontières de ces deux pays (Laos et Cambodge) et déborder sur leur territoire, sans que ni l'un ni l'autre, tant que je serai moi-même en place, laissent aliéner leur souveraineté » (p. 277).

Il y a trente ans
La première bombe A française

Ce samedi 13 février 1960, alors que le soleil ne s'est pas encore levé sur les départements français d'Algérie, quelques hommes s'apprêtent à faire franchir à la politique de défense de leur pays un tournant capital : l'accès de la France au rang des puissances atomiques. Club très fermé qui ne comprenait jusque-là que trois pays : les États-Unis (depuis 1945), l'Union soviétique (depuis 1949) et la Grande-Bretagne (depuis 1952).

C'est en plein désert du Tanezrouft que le gouvernement Bourgès-Maunoury a décidé en juillet 1957 d'implanter le Centre saharien des expérimentations militaires. Et plus précisément à Reggan (reg anh), oasis située à 150 km au sud d'Adrar. Le choix du site a été motivé par plusieurs critères : Reggan est éloigné des grands centres habités (la première grande agglomération est Colomb-Béchar, à plus de 700 km au nord), une immense étendue désertique autorise la propagation sans risque du nuage provoqué par l'explosion atomique, enfin, des possibilités d'aménagements rapides ont été confirmées par la présence dans le sous-sol d'importantes nappes d'eau.

Les travaux de construction du centre d'expérimentation démarrent à l'automne 1957. C'est le Génie qui est chargé de bâtir l'infrastructure proprement dite du centre, c'est-à-dire :

– La base-vie, ou « Reggan-plateau », située à environ 15 km au sud de l'oasis de Reggan. Cette base comprend les quartiers d'habitation pour les cadres et les troupes, les laboratoires du Commissariat à l'énergie atomique (CEA) et des armées, les quartiers des services (moyens de soutien et de fourniture d'énergie), un hôpital moderne, une centrale de dessalement, ainsi qu'une piste de 2 400 mètres susceptible d'accueillir des avions de transport lourds.

– Le PC d'Hamoudia, poste central d'observation et de conduite de tir, d'où sera donné l'ordre de mise à feu de l'engin nucléaire M1. Ce PC est situé à 45 km au sud-ouest de Reggan-plateau.

– Le champ de tir, distant de 16 km du PC d'Hamoudia. Au point zéro, une tour métallique de 106 mètres a été érigée afin de supporter l'engin nucléaire expérimental, qui est encore très lourd.

Opération « Gerboise bleue »

Tout autour, et de façon concentrique, ont été disposés un système de balisage et une série de blockhaus où sont entreposés les différents instruments de mesure. De nombreux matériels militaires (la marine nationale a par exemple reconstitué des superstructures de navires de guerre) ont par ailleurs été disposés autour du point zéro afin d'éprouver leur résistance au feu nucléaire.

Initialement fixé au 10 février, le tir est à plusieurs reprises repoussé, essentiellement pour des raisons météorologiques. Déjà pleinement conscient du caractère éminemment politique de l'armement atomique, l'Elysée presse le général Ailleret, qui, en tant que commandant interarmées des armes spéciales, est le responsable de l'opération baptisée « Gerboise bleue », de procéder au plus vite au tir expérimental. On craint en effet que la conférence au sommet qui doit se tenir en mai à Paris ne débouche sur une négociation concernant l'arrêt des essais nucléaires.

A 6 h 56, alors que l'amorçage de M1 est dans sa phase terminale (un système vidéo permet de suivre le déroulement des opérations depuis le PC d'Hamoudia), il ne reste plus derrière les consoles du poste de conduite de tir que le général Ailleret, l'ingénieur en chef Robert, directeur des études et de la fabrication de la direction des applications militaires (DAM) du CEA, le capitaine de corvette Kaufmant, chef du service des essais à la DAM, Marc de Lacoste Lareymondie, chef de l'engin M1, ainsi qu'une vingtaine d'assistants. Les personnalités arrivées de Paris la veille au soir, Pierre Guillaumat, ministre responsable de l'énergie nucléaire, Pierre Couture, administrateur général du CEA, le général Lavaud, chef d'état-major des armées, et le général Buchalet, directeur des applications militaires du CEA, vont quant à eux assister à l'explosion à l'extérieur du PC.

Il est 7 h 4 min 20 s lorsque le compte à rebours (qui a été enregistré pour prévenir une éventuelle défaillance humaine provoquée par l'émotion) prend fin. Un très violent éclair se substitue alors à ce qui était jusque-là le sommet de la tour. Puis, instantanément, une énorme boule de feu monte très rapidement dans le ciel, aveuglante malgré les lunettes noires spéciales dont se sont munis les expérimentateurs. Alors que le sol est toujours plongé dans l'obscurité, un nuage virant de l'orange au mauve, puis au gris bleu, s'élève dans le ciel. Le spectacle apparaît tellement grandiose à ceux qui y assistent qu'ils en oublient l'onde de choc à venir (une quarantaine de secondes pour atteindre le PC d'Hamoudia).

L'explosion de Gerboise bleue venait de donner une puissance voisine de 70 kilotonnes de TNT, soit quatre fois la puissance d'Hiroshima (1).

Dès 7 h 46, le général de Gaulle adresse un message de félicitations à Pierre Guillaumat : *« Hourra pour la France ! Depuis ce matin, elle est plus forte et plus fière. Du fond du cœur, merci à vous et à ceux qui ont pour elle remporté ce magnifique succès. »*

Le succès du tir expérimental de Reggan est le fruit d'un consensus implicite qui unit des fidèles du général de Gaulle et quelques responsables de la IVe République.

Alors président du gouvernement provisoire, le général de Gaulle créa par l'ordonnance du 18 octobre 1945 (deux mois après Hiroshima) la structure sur laquelle allait pouvoir reposer cette politique, à savoir le Commissariat à l'énergie atomique. L'article premier de cette ordonnance spécifie bien, en effet, que le CEA *« poursuit les recherches scientifiques et techniques en vue de l'utilisation de l'énergie atomique dans les divers domaines de la science, de l'industrie et de la défense nationale. »*

Adopté par le Parlement en juillet 1952, le premier plan quinquennal de l'énergie atomique (1952-1957), dont l'artisan fut Félix Gaillard, secrétaire d'État à la présidence du conseil dans le cabinet Pinay, allait marquer le passage de la phase purement scientifique à la phase industrielle de l'énergie atomique (par la création à Marcoule, dans le Gard, d'un centre de production de plutonium). A l'époque, on ne parlait pas de l'arme atomique, même si on l'avait à l'esprit, car on ne peut produire celle-ci qu'à l'issue d'un tronc commun, qui est la base même du programme civil.

Avant de soumettre ce plan au Parlement, Félix Gaillard a obtenu la nomination en 1951 de Pierre Guillaumat au poste d'administrateur général du CEA. Polytechnicien et ingénieur des mines, ancien membre du BCRA (2), ce dernier allait bénéficier de la continuité indispensable au lancement du programme atomique militaire. D'abord en dirigeant le CEA de 1951 à 1958, puis comme ministre des armées du général de Gaulle de juin 1958 au 5 février 1960 (il change de portefeuille après la « semaine des barricades »). Pierre Guillaumat sut convaincre les responsables politiques que ce programme devait relever du CEA, et de lui seul, et non des armées, qui pourtant s'y intéressaient depuis 1945. Son argumentaire était solide : le CEA, grâce au plan quinquennal de 1952, est le seul détenteur de matière fissile, il a des moyens en personnel et en matériels, il dispose d'une souplesse administrative extraordinaire, il permet enfin de mener de manière souterraine les recherches atomiques militaires (donc à l'écart des pressions de l'opinion publique), étant un organisme civil.

Arrivé au pouvoir, Pierre Mendès France prend conscience du décalage existant entre les puissances possédant l'arme atomique et les autres. Dien Bien Phu a révélé les failles d'un système de défense basé uniquement sur l'armement conventionnel. Arme politique, l'arme atomique est la seule susceptible de permettre à la France d'accroître son rôle au sein de l'alliance atlantique (à une époque où les États-Unis viennent d'adopter la doctrine des « représailles massives »), tout en rendant plus acceptable l'inévitable réarmement allemand.

Pierre Mendès France encourage donc les études sur la faisabilité de l'armement nucléaire. Le gouvernement Edgar Faure qui succède allait faire poursuivre les travaux, grâce en particulier à l'action de Gaston Palewski, ministre chargé de l'énergie atomique, et à celle du général Koenig, ministre de la défense. Les deux hommes concluent un accord en mars 1955 spécifiant qu'un nouvel organisme, le Bureau des études générales (BEG), directement rattaché au CEA, sera chargé d'étudier et de développer un programme de bombe atomique. Le colonel Buchalet prend alors la direction du BEG (dénommé direction des applications militaires à partir de septembre 1958), devenant ainsi le grand coordinateur du programme de la bombe A jusqu'au succès de Reggan. Le financement du programme allait être assuré par un accord passé en mai 1955 entre Gaston Palewski, le général Koenig et Pierre Pflimlin, ministre des finances, qui autorisait le transfert de crédits de la section commune du budget des armées au CEA.

« Par nos seuls moyens »

Le programme était maintenant lancé. Guy Mollet allait s'y rallier durant l'année 1956. L'échec politique de l'expédition de Suez semble avoir été prédominant dans cette évolution. Le 30 novembre 1956, le ministre de la défense, Maurice Bourgès-Maunoury, et le secrétaire d'État chargé de l'énergie atomique, Georges Guille, signent un accord définissant la répartition des tâches entre le CEA et les armées dans la conduite du programme atomique militaire. Auparavant, dès février 1956, Maurice Bourgès-Maunoury avait créé le Cabinet armement (nucléaire), dont il confia la direction au général Lavaud. Ce dernier joua un rôle capital, ayant la délégation de signature du ministre de la défense pour tout ce qui touchait au nucléaire. Un décret du 5 décembre 1956 crée le Comité des applications militaires de l'énergie atomique, présidé par le chef d'état-major général des forces armées, le général Ely. Contraintes de se rallier au monopole du CEA dans le domaine de l'atome militaire, les armées se voient confier dès mars 1957 la direction sur le terrain de la préparation et de l'exécution des essais atomiques. Puis, conscient qu'une bombe atomique est la combinaison de matière fissile, d'un vecteur et d'un système de guidage, Guy Mollet passe, dès avril 1957, aux Avions Marcel Dassault les premières commandes du Mirage-IV-A.

En votant en juillet 1957 le deuxième plan quinquennal de l'énergie atomique, qui prévoit la construction d'une usine de séparation isotopique, le Parlement entérine les travaux effectués jusque-là dans le plus grand secret. Le 11 avril 1958,

POURQUOI CET ARTICLE ?

L'explosion de la première bombe atomique française, le 13 février 1960, marque le triomphe de la politique gaullienne d'indépendance de la France, qui développe désormais sa propre dissuasion nucléaire. Toutefois, c'est sous la IVe République que la France commence sa course à la bombe, l'action du général de Gaulle s'inscrivant ainsi dans la continuité de ses prédécesseurs, qui cherchaient également à garantir des outils de puissance pour le pays dans un nouveau contexte international.

le président du conseil Félix Gaillard signe une décision ordonnant de prendre toutes les mesures permettant de réaliser à partir du premier trimestre 1960, sur ordre gouvernemental, la première série d'explosions expérimentales d'engins atomiques.

Décision confirmée par le général de Gaulle dès juillet 1958. Du même coup, celui-ci allait officialiser un programme mené de façon clandestine par la IVe République, en en faisant la clé de voûte de l'indépendance nationale.

En appelant à se libérer du *« joug d'une double hégémonie convenue entre les deux rivaux »*, le général de Gaulle justifie ainsi l'accès de la France au rang des puissances atomiques : *« Faute que l'Amérique et l'Union soviétique aient détruit leurs armes absolues, il fallait rompre le charme. Nous le faisons, pour ce qui nous concerne, et par nos seuls moyens* (3). »

Afin de préserver la crédibilité de cette arme de dissuasion, les expérimentations nucléaires devaient nécessairement se poursuivre afin de passer des armes à fission aux charges thermonucléaires mégatonniques, puis aux têtes multiples qui équipent aujourd'hui le dernier-né des sous-marins nucléaires lanceurs d'engins (SNLE), l'*Inflexible*.

Dominique Mongin,
dans *Le Monde* daté du 12.02.1990

(1) Ce n'est que le 16 mars 1960 que le gouvernement indique une puissance comprise entre 60 et 70 kt.
(2) Le Bureau central de renseignement et d'action était le service de renseignement de la France libre.
(3) Conférence de presse, 28 octobre 1966.

LES REMISES EN CAUSE ÉCONOMIQUES, POLITIQUES ET SOCIALES DES ANNÉES 1970 À 1991

La modification des grands équilibres économiques et politiques mondiaux (1973-1991)

De 1973 à 1991, les équilibres mondiaux sont profondément transformés. Une nouvelle crise frappe les économies de marché libérales. À la suite des chocs pétroliers et de la dérégulation monétaire, la croissance économique cesse, sauf dans certains secteurs comme les hautes technologies et les services financiers. Les réponses apportées par les États montrent un basculement vers des solutions néolibérales. C'est dans ce contexte que s'achève la guerre froide : si l'on a pu observer une avance soviétique de 1975 à 1981, un retour de la puissance américaine a ensuite pu se constater. L'effondrement du bloc de l'Est en 1989, puis de l'URSS elle-même en 1991, conduit à un ordre mondial nouveau, marqué non seulement par l'affirmation de la démocratie libérale, mais aussi par l'émergence de régimes hostiles aux États-Unis comme l'Iran, depuis la révolution islamique de 1979.

Un contexte de crise économique depuis 1973

Depuis le début des années 1970, l'ordre économique instauré lors de la conférence de Bretton Woods en 1944 est remis en cause. En 1971, le président américain Richard Nixon suspend la convertibilité du dollar en or et le dévalue. Les accords de la Jamaïque mettent en place, en 1976, un système de change flottant.

Deux chocs pétroliers montrent la dépendance des pays industriels à économie de marché vis-à-vis des matières premières. En 1973, pour protester contre la défaite arabe face à Israël lors de la guerre du Kippour, l'Organisation des pays exportateurs de pétrole (OPEP) multiplie le prix du pétrole par trois. En 1979, à la suite de la révolution islamique en Iran, ils sont multipliés par neuf. Dans les pays occidentaux, l'augmentation du coût des matières premières conduit à une crise économique. Les solutions keynésiennes se révèlent inopérantes, car la crise de 1973 se caractérise à la fois par la stagnation économique et par l'inflation : l'argent investi par les États ne conduit pas à une reprise économique.

À partir de la fin des années 1970 arrivent au pouvoir des chefs d'État et de gouvernement qui se tournent vers les idées néolibérales : Margaret Thatcher au Royaume-Uni, en 1979, et Ronald Reagan aux États-Unis, en 1981, s'inspirent des théories d'économistes comme Schumpeter et Hayek. Les politiques néolibérales considèrent que les États ne doivent pas soutenir les secteurs économiques en difficulté mais laisser émerger des secteurs innovants qui relanceront l'économie. Si les secteurs de haute technologie et de la finance continuent leur croissance, de nombreux secteurs industriels sont abandonnés et délocalisés dans des régions du monde où la main-d'œuvre est moins chère. Ces politiques impliquent une dérégulation des marchés financiers pour ne pas entraver la circulation des capitaux. La Chine elle-même s'engage en 1978 dans une ouverture vers le capitalisme. Après la mort de Mao en 1976, Deng Xiaoping accède au pouvoir. Tout en conservant le rôle politique du Parti communiste chinois, il crée quatre zones économiques spéciales (ZES) pour échanger avec les économies de marché.

Du retour de la guerre froide à l'effondrement du bloc soviétique

Après huit années de détente entre les deux Grands, les années 1970 sont marquées par une reprise de l'affrontement entre les deux blocs. Les dirigeants de l'URSS, dont Léonid Brejnev qui est à la tête de l'État, pensent que la crise économique de 1973 est un signe de la « crise finale du capitalisme ». On parle, de 1975 à 1985, de « guerre fraîche ».

L'avance soviétique se manifeste tout d'abord en Asie. En 1973, les États-Unis se désengagent du Vietnam. Le Sud Vietnam

ZOOM SUR...

RONALD REAGAN ET DENG XIAOPING : DEUX ACTEURS MAJEURS D'UN NOUVEAU CAPITALISME

Les chefs d'État américain et chinois engagent leur pays dans un nouveau capitalisme. En 1976, Mao meurt. Après avoir éliminé les partisans d'un communisme intégral (la « bande des Quatre », dont la veuve de Mao), Deng Xiaoping accède au pouvoir. S'il en a été écarté pendant la révolution culturelle, il est désormais soutenu par des modérés qui considèrent que, pour consolider le régime communiste, il faut travailler au développement et à l'enrichissement du pays. Deng Xiaoping souhaite que la Chine profite du besoin qu'ont les économies de marché libérales de sous-traiter une partie de leur production dans des pays où la main-d'œuvre est bon marché. La Chine communiste profite ainsi de la nouvelle division internationale des processus de production.
Ronald Reagan, président des États-Unis de 1981 à 1989, incarne le redressement politique et économique du pays. Républicain, il adopte les idées néolibérales. Il relance l'économie en dérégulant les marchés et en libéralisant les échanges. Plusieurs secteurs économiques connaissent une crise profonde : dans le nord-est du pays, les villes liées à l'industrie lourde comme Détroit ou Pittsburgh déclinent, alors que s'affirment les espaces dédiés aux secteurs innovants, comme la Californie. Le coût social de ces réformes a souvent été critiqué, de même que la financiarisation de l'économie qu'elles impliquent.

Mur de Berlin.

est alors attaqué par le Nord : lors de la chute de Saigon en 1975, le pays est réunifié et s'allie à l'URSS. En Afrique, les communistes prennent le pouvoir en Angola, au Mozambique et en Éthiopie en 1975. En 1979, les Soviétiques avancent à nouveau en Amérique du Sud et un gouvernement prosoviétique est installé au Nicaragua. La même année, ils envahissent l'Afghanistan pour soutenir un gouvernement procommuniste. En Europe, Soviétiques et Américains installent des fusées à moyenne portée, qui laissent penser qu'une guerre nucléaire limitée à l'Europe serait possible. Cette crise des Euromissiles y crée de nouvelles tensions.

Aux États-Unis, l'élection de Ronald Reagan, en 1980, change la donne. Il souhaite stopper l'avance de l'URSS, qu'il qualifie d'« empire du mal ». Cette politique de fermeté passe par le soutien aux guérillas anticommunistes au Nicaragua et en Afghanistan, où les Soviétiques s'enlisent et perdent du terrain. Afin de les pousser dans une course aux armements dont ils n'ont plus les moyens étant donné les déficiences de leur système économique, Reagan met en œuvre un projet antimissile depuis l'orbite terrestre : l'Initiative de défense stratégique. En 1985, Mikhaïl Gorbatchev arrive au pouvoir en URSS et lance le mouvement de réforme appelé Perestroïka. Rien ne peut toutefois enrayer la crise économique et politique. Gorbatchev entreprend alors des négociations avec Reagan et se retire d'Afghanistan.

Des évolutions politiques contrastées

La période est marquée notamment par le retour de la démocratie dans plusieurs pays, particulièrement en Europe. Dans les années 1970 et 1980, les dictatures qui existaient au sein du bloc occidental tombent et des démocraties libérales sont instaurées. En 1974, le régime des colonels, en Grèce, et la dictature salazarienne, au Portugal, laissent place à des républiques libérales. En 1975, après la mort de Franco, la monarchie est rétablie en Espagne ; Juan Carlos Ier rétablit la démocratie sous la forme d'une monarchie constitutionnelle. Ces trois États intègrent progressivement la Communauté économique européenne : la Grèce en 1981, l'Espagne et le Portugal en 1986.

La démocratie est également rétablie, en 1989, en Europe de l'Est. Dans les démocraties populaires, des mouvements de contestation existaient depuis plusieurs années, comme le syndicat catholique Solidarność, en Pologne. En 1989, l'effacement de la puissance soviétique conduit à la victoire d'un mouvement démocratique. À partir de 1990, plusieurs républiques de l'URSS proclament leur indépendance, dont la Russie. Le 25 décembre 1991, Mikhaïl Gorbatchev annonce la dissolution de l'URSS, qui fait place à vingt-deux États indépendants abandonnant le communisme. C'est la fin de la guerre froide et le triomphe des États-Unis.

Toutefois, on voit émerger de nouveaux modèles politiques, hostiles à la démocratie libérale. Au sein du monde musulman, la politique américaine de soutien à Israël et d'alliance avec l'Arabie saoudite est de plus en plus critiquée. En 1979, le shah d'Iran est renversé. Régnant sur une population majoritairement chiite, il était l'un des principaux soutiens des États-Unis dans la région. Le régime qui se met en place est une république islamique dans laquelle le clergé chiite exerce un contrôle sur l'État et impose une législation conforme à son interprétation de la charia. Ce régime est violemment anti-américain : le personnel de l'ambassade des États-Unis à Téhéran est retenu en otage pendant 444 jours entre 1979 et 1981. Cette évolution de l'Iran est symptomatique d'un rejet toujours croissant du modèle américain à l'échelle mondiale.

DES ARTICLES DU *MONDE* À CONSULTER

- Les princes du pétrole se rebiffent p. 58
(Dominique Gallois, dans *Le Monde* daté du 26.10.1998)
- Après la chute du mur de Berlin, l'Europe à la recherche d'une unité p. 60
(Marc Semo, dans *Le Monde* daté du 31.08.2020)
- Le fiasco de la libération des otages américains à Téhéran p. 62
(Michel Tatu, dans *Le Monde* daté du 23.11.2004)

L'ANNÉE 1989 DANS LE MONDE

Dans le bloc de l'Est, les mouvements de contestation, comme les grèves organisées en Pologne en 1980 par le syndicat chrétien Solidarność, sont violemment réprimés : l'état de siège est proclamé dans ce pays de 1981 à 1983. Mais l'affaiblissement progressif de l'URSS conduit à l'affirmation d'un mouvement démocratique. À partir du mois de septembre 1989 commence « l'automne des peuples ». En Hongrie, le pluralisme politique est rétabli, de même qu'en Tchécoslovaquie, avec la « révolution de Velours ». En Pologne, Lech Wałęsa, chef du syndicat Solidarność, accède au pouvoir. En Roumanie, le dictateur Nicolae Ceaușescu est exécuté. La disparition du bloc soviétique conduit à l'ouverture en 1989 du « rideau de fer » – nom donné aux frontières entre États des blocs de l'Est et de l'Ouest en Europe – et coïncide avec le début de la fin de la guerre froide. En République démocratique allemande (RDA) ont lieu des mouvements de protestation contre le gouvernement communiste et sa police politique, la Stasi. De nombreux Allemands de l'Est quittent le pays et rejoignent la République fédérale d'Allemagne (RFA) en passant par les pays voisins. Le 9 novembre 1989, le gouvernement de la RDA cède devant la pression et le mur de Berlin est démoli. Le 9 novembre 1990, la réunification des deux Allemagnes est prononcée. C'est la fin de la « question allemande », un des principaux points de tension de la guerre froide.

Un tournant social, politique et culturel, la France de 1974 à 1988

De 1974 à 1988, la France connaît de profondes évolutions politiques, sociales et culturelles. Les septennats de deux présidents (Valéry Giscard d'Estaing de 1974 à 1981 et François Mitterrand, dont le premier septennat s'achève en 1988) engagent le pays dans de nombreuses réformes. Ces dernières répondent au désir des Français d'obtenir davantage de libertés et de droits, mais aussi au contexte de crise économique qui sévit depuis 1973.

De nouvelles expériences politiques

Lors des élections de 1974 convoquées après la mort du président Georges Pompidou, la volonté des Français de rompre avec le gaullisme apparaît : le second tour oppose le candidat de la gauche, François Mitterrand, au républicain indépendant, Valéry Giscard d'Estaing. Ce dernier est élu avec 50,81 % des voix. À 48 ans, le président le plus jeune alors jamais élu incarne le renouvellement de la droite : il est attaché à l'économie libérale mais affirme vouloir rompre avec les traditions et le conservatisme. Il entreprend des réformes qui inscrivent dans la loi certaines aspirations des jeunes et des femmes issues des mutations nées dans les années 1960 et portées par le mouvement de Mai 68. Toutefois, face à la crise économique, sa politique est critiquée par la gauche, qui lui reproche de ne pas apporter de remède efficace au chômage et à l'exclusion.

Lors des élections présidentielles de 1981, la victoire de François Mitterrand soulève de grands espoirs dans le pays. Le président de gauche, qui a permis l'« alternance », met en œuvre une politique visant à compenser la crise par des mesures sociales :

1. instauration d'une cinquième semaine de congés payés ;
2. augmentation des salaires ;
3. nationalisation de certaines grandes entreprises ;
4. instauration d'un impôt sur la fortune (ISF) ;
5. retraite à 60 ans.

Certaines mesures adoptées en 1981 sont également destinées à promouvoir des valeurs humanistes, comme l'abolition de la peine de mort, portée par Robert Badinter, garde des Sceaux.

Toutefois, en 1983, devant le coût de ces mesures et à cause de la crise qui perdure, François Mitterrand met en œuvre une politique d'austérité. Il perd ainsi le soutien d'une partie de la gauche. En 1986, la droite remporte les élections législatives, entamant une période dite de « cohabitation ».

La droite ayant obtenu la majorité des sièges à l'Assemblée nationale, François Mitterrand nomme Jacques Chirac Premier ministre. Entre le président de gauche et le gouvernement de droite, un partage du pouvoir s'opère. Le président conserve les prérogatives régaliennes comme la force de frappe nucléaire ou la participation aux grands sommets internationaux, alors que le gouvernement décide des orientations politiques en procédant à des privatisations d'entreprises nationales (TF1, Paribas) et en revenant sur certains acquis sociaux. Jouant sur l'impopularité de ces réformes, François Mitterrand l'emporte face à Jacques Chirac lors des élections présidentielles de 1988. Il dissout l'Assemblée nationale, et la gauche redevient majoritaire lors des élections législatives.

Une société en mutation

Les changements politiques de cette époque sont liés à des mutations sociales qu'ont permises les Trente Glorieuses, pendant lesquelles les rapports traditionnels à l'autorité ont été contestés, notamment lors de Mai 68. Les femmes et les jeunes demandent que leurs revendications soient prises en compte.

Depuis les années 1960, les revendications des femmes sont portées par des mouvements structurés, comme le Mouvement de libération de la femme (MLF). Les femmes sont de plus en plus nombreuses à exercer un emploi salarié et à mener des études longues.

François Mitterrand et Jacques Chirac lors de la cohabitation entre 1986 et 1988.

Elles demandent donc davantage d'égalité. Valéry Giscard d'Estaing crée un secrétariat d'État à la condition féminine, dirigé par Françoise Giroud. Les femmes veulent également pouvoir disposer pleinement de leur corps. Depuis 1967, la contraception est autorisée par la loi Neuwirth. En 1975, devant le drame des avortements clandestins et les demandes de nombreuses femmes connues (le Manifeste des 343), Simone Veil est chargée de porter un projet de loi en faveur de l'interruption volontaire de grossesse (IVG), adoptée le 17 janvier 1975.

Les jeunes issus du baby-boom avaient exprimé en mai 1968 des revendications montrant leur volonté de participer davantage à la vie politique et sociale du pays. Valéry Giscard d'Estaing accède à cette demande en abaissant à 18 ans l'âge de la majorité. Tous les gouvernements contribuent successivement à démocratiser l'accès aux études et à la formation. La loi Haby permet, en 1975, la création du collège unique. L'enseignement secondaire et supérieur continue à se démocratiser. En 1985, Jean-Pierre Chevènement, ministre de l'Éducation nationale, se fixe pour objectif que 80 % d'une classe d'âge accède désormais au baccalauréat. Toutefois, des inégalités sociales demeurent dans l'accès à l'enseignement supérieur, où l'on observe que les enfants d'ouvriers sont moins nombreux.

La diversité de la société française s'accroît également. Dans les années 1960, une nouvelle vague de travailleurs immigrés est appelée en France pour soutenir le secteur industriel. Outre les Européens du Sud, comme les Portugais, ces nouveaux immigrants viennent des pays du Maghreb puis d'Afrique subsaharienne. Valéry Giscard d'Estaing, afin de contribuer à leur intégration, met en place une politique de regroupement familial, permettant à ces travailleurs de faire venir en France leur famille. Or, les travailleurs immigrés sont frappés par la crise économique dès les années 1970. Le chômage et la relégation dans des quartiers paupérisés montrent les limites de la politique d'intégration, malgré l'émergence d'une seconde génération issue de l'immigration, née ou naturalisée française. En 1981, l'élection de François Mitterrand suscite l'espoir. La « marche des Beurs » montre une volonté de revendiquer des mesures favorisant l'intégration. Une partie de l'électorat s'y oppose toutefois et se tourne vers l'extrême droite : le Front national obtient trente députés en 1986.

DES ARTICLES DU *MONDE* À CONSULTER

- Article 1er. La peine de mort est abolie p. 63
(Bertrand Le Gendre, dans *Le Monde* daté du 23.09.1996)
- La longue marche des beurs p. 64
(Philippe Bernard, dans *Le Monde* daté du 03.12.1993)

De nouvelles formes d'expression culturelle

De 1974 à 1988, la culture devient un enjeu politique. Le pouvoir soutient la création française et lui permet de bénéficier de structures qui font sa spécificité. Giscard d'Estaing, puis Mitterrand, dans le sillage de Pompidou, lancent de grands chantiers présidentiels liés au monde des arts et de la culture. Giscard d'Estaing lance le projet du musée d'Orsay ; Mitterrand entreprend le Grand Louvre et l'Opéra Bastille dans le but de permettre un accès à la culture au plus grand nombre. Cette démocratisation de la culture est portée, dès 1981, par un ministère de la Culture aux attributions élargies, dont le portefeuille est confié à Jack Lang. La culture se décloisonne en accordant des subventions aux lieux de création et en renforçant les réseaux de conservatoires et de scènes nationales. La création de la Fête de la musique, le 21 juin 1982, montre par ailleurs la volonté de célébrer toutes les musiques.

L'audiovisuel français est marqué dans les années 1970 par un monopole de l'État. Les chaînes privées sont interdites à la télévision, et il n'existe alors que trois chaînes nationales. Il en va de même dans le domaine de la radio, où les rares radios privées, comme Europe 1, RTL ou RMC, émettent en réalité depuis l'étranger. Dès 1981, François Mitterrand entreprend d'accorder davantage de libertés. Il autorise la création de « radios libres » sur la bande FM et permet la création de Canal+, chaîne privée payante, puis lance en 1985 le projet de deux nouvelles chaînes privées gratuites, La Cinq et TV6, ainsi que d'une chaîne culturelle pour le service public, La Sept, devenue Arte quelques années plus tard. La place de l'audiovisuel répond donc à la fois à des impératifs commerciaux et aux missions de service public.

La vie culturelle française est profondément transformée également par les mutations des cultures populaires. Les films sont diffusés non seulement au cinéma, mais également en vidéo, avec l'apparition du magnétoscope en 1980. Au sein de cette culture apparaissent des figures contestant les modèles politiques, comme Coluche, qui compte en 1986 se présenter aux prochaines élections présidentielles et s'engage sur le front de la solidarité avec la création des Restos du Cœur. Au sein des quartiers populaires, on assiste à l'émergence de nouvelles formes musicales calquées sur le modèle américain comme le rap, portant les revendications des minorités et le refus des autorités instituées.

ZOOM SUR...

L'ABOLITION DE LA PEINE DE MORT

La France est, dans les années 1970, l'un des derniers pays d'Europe à pratiquer la peine de mort. De nombreuses voix s'élèvent pour demander son abolition, en raison de principes humanistes. Toutefois, même si Valéry Giscard d'Estaing est favorable à cette abolition à titre privé, il ne franchit pas le pas, compte tenu du fait que l'opinion de droite est partagée à ce sujet. Mais, après 1977, date de la dernière exécution capitale en France, le président gracie la plupart des condamnés. En 1981, pendant la campagne électorale, François Mitterrand s'engage en faveur de l'abolition de la peine de mort. Il charge Robert Badinter, garde des Sceaux et ancien avocat ayant défendu des accusés passibles de cette peine, de présenter un projet de loi en ce sens. Le 18 septembre 1981, la loi est votée. La France s'ancre ainsi dans la famille des pays démocratiques considérant que la privation de liberté est la seule peine légitime, quel que soit le crime commis.

Composition : La modification des équilibres politiques et économiques mondiaux, 1973-1991

SUJET

Les États-Unis dans le monde de 1973 à 1991.

Analyse du sujet

Le sujet demande à analyser la place des États-Unis dans le monde. Il s'agit d'une réflexion sur la notion de puissance. Les aspects géopolitiques, économiques, militaires et diplomatiques, ainsi que l'influence culturelle doivent être évoqués, mobilisant ainsi les notions de *hard power* et de *soft power*. Les bornes chronologiques invitent à une réflexion paradoxale : malgré la crise économique de 1973, les États-Unis sont, en 1991, une hyperpuissance débarrassée de la concurrence soviétique par l'effondrement de l'URSS.

Problématique

Comment la puissance des États-Unis se traduit-elle dans le monde de 1973 à 1991 ? À quels obstacles se heurte-t-elle et pour quel bilan ?

Proposition de plan

I. Une puissance remise en cause (1973-1981)

A. Une puissance affaiblie

– Les chocs pétroliers et les effets du choc Nixon.
– Une parité dans la course aux armements stratégiques avec l'URSS.

B. Une puissance délégitimée

– Démission de Nixon à la suite du scandale du Watergate.
– Effets de la guerre du Vietnam.
– Condamnation du soutien aux dictatures.

C. Une puissance contestée

– « Guerre fraîche » et avancées communistes en Asie du Sud-Est et en Afrique.
– Contestation par l'Iran et naissance de l'islamisme anti-américain.

II. *« America is back »* (1981-1991)

A. Reagan et la réaffirmation du modèle américain

– Contre l'« empire du mal » : retour à une rhétorique anticommuniste.
– Choix de la défense du « monde libre ».

B. Le retour de la politique du Big Stick

– Crise des Euromissiles.
– Intervention sur l'île de la Grenade.

C. La fin de la guerre froide

– Course aux armements pour achever l'URSS (IDS).
– Reprise des négociations en position de force.

III. 1991 : une *Pax americana* ?

A. La fin de l'URSS : la fin des concurrences ?

– Fin de l'URSS.
– L'OTAN : seule alliance encore présente en Europe.
– Triomphe du modèle économique néolibéral.

B. La guerre du Golfe comme manifestation d'une hyperpuissance

– Les difficultés demeurent pour les États-Unis au Moyen-Orient.
– Manifestation de la puissance militaire des États-Unis.

C. Les États-Unis, l'ONU et les États du monde

– Pendant la guerre du Golfe : choix d'une intervention sous mandat de l'ONU.
– De nouvelles formes d'opposition : la menace des mouvements terroristes.

Conclusion

Les États-Unis ont su moduler leur présence dans le monde pour renouveler les voies de leur puissance. Malgré l'émergence de nouvelles menaces et contestations, le pays est la seule hyperpuissance en 1991, mais dans un monde qui reste instable et où de nouvelles concurrences s'affirment.

Char d'assaut lors de la guerre du Golfe entre 1990 et 1991.

Composition : La France de 1974 à 1988 : un tournant social, politique et culturel

SUJET

Les mutations culturelles en France, de 1974 à 1988.

Analyse du sujet

« Mutations culturelles » : le sujet doit amener à réfléchir aux éléments qui changent en France dans le domaine de la culture durant la période considérée.

Le terme de *culture* doit être envisagé dans son sens le plus large possible : à la fois les disciplines culturelles et les cultures populaires.

Ce sujet nécessite de montrer les évolutions des pratiques liées à la culture et du rapport entre culture et politique, entre culture et économie.

L'Opéra Bastille à Paris.

Problématique

Quelles sont les transformations dans la culture française de 1974 à 1988 ? Comment ces mutations sont-elles révélatrices de mutations sociales et comment sont-elles prises en compte par le pouvoir politique ?

Proposition de plan

I. Une profonde transformation des cultures

A. La démocratisation de la haute culture
Grâce à la scolarisation et aux médias, de plus en plus de Français ont une pratique culturelle.

B. La révolution des cultures traditionnelles
Bouleversement des modes de vie traditionnels et des cultures qui lui sont attachées, notamment dans le monde rural.

C. Culture et économie
Lien avec le tourisme, notamment le patrimoine.

II. Un nouveau lien entre culture et politique

A. L'enjeu du ministère de la Culture.

B. Décloisonner cultures traditionnelles et cultures populaires
L'action de Jack Lang de 1981 à 1988.

C. Les grands chantiers présidentiels
Une révolution des institutions culturelles.

III. Une plus grande diversité culturelle

A. Une « contre-culture » à la française, héritière de « Mai 68 »
Cinéma, performances et chanson dans les années 1970.

B. Les apports de la « culture mondiale »
Influences extra-européennes.

C. Les cultures de la contestation
Punk, rap, etc.

Conclusion

Les mutations culturelles que connaît la France de 1974 à 1988 sont révélatrices de l'effacement des structures sociales traditionnelles et de l'ouverture du pays au monde. Le pouvoir politique a accompagné ce processus, en travaillant à une démocratisation des cultures.

Les princes du pétrole se rebiffent

Il y a vingt-cinq ans, la guerre du Kippour déclenchait une hausse vertigineuse du prix de l'or noir. Décidés à se réapproprier leur sous-sol, les pays producteurs multiplièrent les cours par quatre en trois mois. Ce « choc pétrolier » sonna en Occident la fin des « trente glorieuses ».

Koweit, mercredi 17 octobre 1973 : à la stupéfaction générale, les ministres de l'Organisation des pays arabes exportateurs de pétrole (Opaep) décident de réduire chaque mois de 5 % leur production de brut. Cette rétention durera, précise le communiqué, *« jusqu'à ce que les Israéliens se soient complètement retirés des territoires occupés et que les droits légaux du peuple palestinien aient été restaurés »*.

Cette sanction, prise onze jours après le déclenchement de la guerre du Kippour, vise à soutenir les Egyptiens et les Syriens qui ont attaqué par surprise Israël. Il s'agit de faire pression, via les États-Unis, sur l'État hébreu afin que soit appliquée la résolution 242 du Conseil de sécurité des Nations unies de 1967, imposant le retrait des troupes israéliennes des territoires occupés depuis la guerre de six jours. Cette mesure, qui s'ajoute au relèvement unilatéral des prix de 70 % décidé la veille par six pays du Golfe, provoque le premier choc pétrolier. En l'espace de vingt-quatre heures, le baril de pétrole passe de 3 à 5,12 dollars. Il dépassera les 11,6 dollars en fin d'année. Ce premier choc clôt la période de croissance économique, dite des « trente glorieuses ».

Philippe Simonnot, l'envoyé spécial du *Monde* à Koweït, relatait ainsi cette journée historique : *« Une poignée d'hommes dont la moitié étaient vêtus de djellabas se sont enfermés dans la minuscule salle de conférence de l'Opaep pendant plusieurs heures consécutives. Le jeûne du ramadan n'a été rompu qu'à 17 heures. "Nous allons prendre maintenant notre petit déjeuner", dirent alors en souriant ces ministres du pétrole au fabuleux pouvoir. A aucun moment un observateur non averti n'aurait pu soupçonner l'importance de la partie qui se jouait en quelques heures. »*

Retour en arrière, au début de la décennie, pour comprendre ce recours à l'arme pétrolière. *« L'embargo, tout comme la guerre, fut une surprise et un choc. Pourtant, avec le recul, les deux semblaient à bien des égards inévitables »*, raconte Daniel Yergin dans son ouvrage *Les Hommes du pétrole* (Stock). A l'époque, l'or noir *« était devenu le sang des économies industrielles, on le pompait et on le faisait circuler avec une grande prodigalité. Jamais auparavant, dans toute la période de l'après-guerre, l'équation offre-demande n'avait été aussi serrée, alors que les relations entre les pays exportateurs de pétrole et les compagnies pétrolières continuaient à s'embrouiller. C'était une situation dans laquelle la moindre pression supplémentaire pouvait déclencher une crise, dans ce cas une crise de proportion mondiale »*.

L'une des clés de la crise se trouve aux États-Unis. Depuis plusieurs années, ce pays, premier producteur mondial d'hydrocarbures et également premier consommateur, était confronté à un double problème : un essoufflement de sa production et une forte augmentation de sa demande, ce qui provoquait parfois des pannes de courant ou des risques de pénurie d'essence. En baisse depuis le milieu des années 50, le nombre de forages n'avait cessé de décroître pour tomber à son plus bas niveau au début des années 70. Simultanément, un système de quotas limitait les importations pour assurer aux producteurs indépendants des prix supérieurs aux cours mondiaux. Ce système contraignant ne permettait pas de garantir un approvisionnement suffisant pour répondre aux besoins du pays.

Préoccupés par cette situation de crise, le président Richard Nixon s'emploie à définir une nouvelle politique énergétique, pour permettre de retrouver à terme l'indépendance du pays. En avril 1973, il décide d'abolir les quotas. L'effet est double : cette mesure dope les importations et relève les prix du baril. Durant l'été, les achats américains atteignent 6,2 millions de barils/jour, contre 4,5 millions l'année précédente et 3,2 millions en 1970. Les menaces de pénurie de carburant sont écartées. La remontée des prix entre également dans la stratégie américaine. Un pétrole plus cher rend possible et rentable l'exploitation de nouveaux gisements hors du Proche-Orient, les champs étant dans ces zones plus onéreux à exploiter que les sables du désert.

Mais, paradoxalement, cette remontée des prix, qui doublent entre 1970 et 1973, ne satisfait pas les États pétroliers. Au contraire, elles exacerbent leurs relations avec les compagnies pétrolières, car le régime de concession leur est défavorable. Ce statut laisse à la firme exploitante le soin de décider en fonction de la conjoncture, du prix et des quantités de pétrole qu'elle extrait du sol. L'État se cantonne à la perception de royalties et d'impôts sur les bénéfices des entreprises. Or ces taxes sont calculées à partir d'un prix de pétrole fixe dit « prix affiché ». Le risque du marché est entièrement supporté par les compagnies mais, en période de hausse des cours, les firmes pétrolières profitent plus de la situation que les pays où elles sont implantées.

Depuis plusieurs années les producteurs, emmenés principalement par l'Algérie, l'Irak et surtout la Libye du colonel Kadhafi, arrivé récemment au pouvoir, revendiquent une révision de cet accord. En septembre 1970, la compagnie Occidental est contrainte par le nouveau dirigeant libyen d'accepter une revalorisation des tarifs. Simultanément, l'Algérie de Boumediene lutte contre le gouvernement français et ses compagnies pétrolières, qui seront nationalisées ensuite. Sous ces pressions, les pays producteurs obtiennent en 1971,

POURQUOI CET ARTICLE ?

Le premier choc pétrolier, en 1973, est un séisme géopolitique. Indépendamment de la logique de guerre froide, un conflit du Moyen-Orient - la guerre du Kippour - conduit des États de l'OPEP à une décision qui bouleverse les économies occidentales. Les prix du pétrole quadruplent en quelques mois. Toutefois, sur le long terme, cette décision a été compensée par une transformation des économies occidentales et une diversification de leurs sources d'approvisionnement énergétiques.

grâce à « l'accord de Téhéran », une revalorisation annuelle des prix fixés.

Simultanément, les majors américaines, soutenues par leur gouvernement, nouent des accords avec les pays de l'OPEP (Organisation des pays exportateurs de pétrole). Rapidement, un axe Washington-Riyad se crée. *« A Washington de calmer les pays alliés consommateurs, à Riyad de maintenir le couvercle sur la marmite de l'OPEP »*, racontait Pierre Péan en 1986 dans les colonnes du *Monde*. *« Deux hommes vont symboliser ce dialogue extraordinaire entre le royaume wahhabite, qui a le Coran pour Constitution, et la démocratie américaine : Cheikh Yamani, le ministre saoudien du pétrole, et George Piercy, d'Exxon, la première et plus puissante compagnie du monde. »*

En 1972, les brèches ouvertes par les pays dits « progressistes » sont colmatées et les pays du Golfe n'envisagent plus d'utiliser le pétrole comme arme politique en cas de litige. L'accalmie sera brève et les tensions resurgissent rapidement. Sur le plan diplomatique, les tensions se font vives dans le Golfe, l'Egypte d'Anouar El Sadate, le successeur de Nasser, se prépare depuis plusieurs mois à attaquer Israël et souhaite que les autres pays du Golfe, emmenés par l'Arabie saoudite, utilisent l'arme pétrolière.

Face à cette dégradation des relations sur les rives du canal de Suez, les producteurs de pétrole demandent aux États-Unis un changement de leur politique au Proche-Orient. Selon Daniel Yergin, le roi Fayçal d'Arabie saoudite certifiait dans la presse américaine n'avoir *« aucune envie de restreindre nos exportations de pétrole vers les États-Unis »*. Cependant, ajoutait-il, *« le total soutien de l'Amérique au sionisme et sa position défavorable aux Arabes nous rendent extrêmement difficile de continuer à lui fournir du pétrole ou même de demeurer ses amis »*.

Simultanément, les États producteurs se mettent à contester les « accords de Téhéran », les réévaluations des prix fixés n'étant pas suffisantes pour combler le manque à gagner dû aux dévaluations du dollar et à l'inflation. Des négociations laborieuses s'engagent alors entre l'OPEP et les compagnies pétrolières. Une réunion est convoquée le lundi 8 octobre 1973 à Vienne, en Autriche, pour revoir les clauses d'indexation.

C'est alors que les deux événements diplomatiques et économiques se conjuguent. Le 6 octobre, jour de Yom Kippour, quarante-huit heures avant cette réunion, les armées égyptienne et syrienne lancent une attaque surprise sur Israël. *« La réunion se tint comme prévu. La délégation OPEP, présidée par Cheikh Yamani, demanda le doublement des prix postés, les compagnies préalablement à toute prise de position consultèrent leurs gouvernements respectifs ; les réponses furent pratiquement unanimes : étant donnée l'ampleur des augmentations réclamées, aucune contre-offre raisonnable n'est envisageable pour le moment, et un délai de réflexion doit être demandé à l'OPEP »*, racontent Etienne Dalemont et Jean Carrié dans l'*Histoire du pétrole* (PUF). Jusqu'au bout, dans les suites de l'Hôtel Intercontinental de Vienne, George Piercy, pour Exxon, et André Bénard, pour Shell, tentent avec Yamani de trouver un terrain d'entente, et d'obtenir le temps de réflexion souhaité d'une dizaine de jours. En vain. *« Vous entendrez notre décision dans quelques jours à la radio »*, concluait Yamani avant de se retirer. La réponse fut donnée les 16 et 17 à Koweït : les membres de l'OPEP décident unilatéralement de fixer eux-mêmes les prix.

Le lendemain, l'Opaep, à l'exception de l'Irak, décrète une réduction de 5 % par mois des exportations en guise de représailles contre Israël. Le 21 octobre, ces mêmes pays franchissent un pas supplémentaire avec l'annonce d'un embargo pétrolier à l'encontre des États-Unis, des Pays-Bas, du Portugal, de la République sud-africaine et de la Rhodésie. Le 4 novembre, la réduction de 5 % par mois fut portée à 25 %. Et, à la veille de Noël, le chah d'Iran vole la vedette à Cheikh Yamani en décidant un nouveau doublement du prix affiché. En l'espace d'un trimestre, les prix du pétrole ont ainsi quadruplé, laissant croire aux producteurs ravis, face à des consommateurs effrayés, qu'ils avaient désormais la maîtrise des prix sur le marché mondial.

L'illusion a duré une dizaine d'années. Entre-temps, les pays consommateurs ont réagi, en devenant moins gourmands en énergie, en diversifiant leurs sources d'approvisionnement, pendant que d'autres gisements ont été découverts hors du Golfe. Vingt-cinq ans plus tard, les prix sont retombés, en termes réels, à leur niveau de 1973. A l'illusion de la pénurie s'est substituée celle de l'abondance.

Dominique Gallois,
dans *Le Monde* daté du 26.10.1998

Après la chute du mur de Berlin, l'Europe à la recherche d'une unité

Fin 1989, le symbole de la division du Vieux Continent n'est plus. De la « pax americana » souhaitée par les pays de l'Est à la « confédération européenne » de François Mitterrand, différentes visions se confrontent

Ce 31 décembre 1989, les vœux présidentiels se veulent à la hauteur de l'histoire en train de s'écrire. *« L'Europe, c'est évident, ne sera plus celle que nous connaissons depuis un demi-siècle. Hier dépendante des deux superpuissances, elle va, comme on rentre chez soi, rentrer dans son histoire et sa géographie »*, martèle François Mitterrand. Un mois et demi plus tôt, le 9 novembre 1989, le mur de Berlin est tombé dans l'enthousiasme et la confusion. Contesté par la rue depuis des semaines, déstabilisé par la décision historique de Mikhaïl Gorbatchev de ne plus recourir à la force contre des *« pays frères »* déviants, le régime est-allemand est aux abois. Il s'est finalement résigné ce soir-là à considérablement assouplir les déplacements de ses ressortissants vers l'Ouest.

Assailli de questions par les journalistes, le porte-parole du parti, Günter Schabowski, lâche que la décision entre en mesure immédiatement. La nouvelle fait aussitôt le tour de l'ex-capitale allemande et les Berlinois de l'Est affluent vers le Mur. La police laisse faire. Construit en 1961, ce symbole de la division de la ville, de l'Allemagne et de l'Europe n'est plus. Dans les semaines qui suivent, les régimes des démocraties dites populaires tombent les uns après les autres. Deux ans plus tard, en décembre 1991, c'est la fin de l'URSS elle-même, et la démission de son président, Mikhaïl Gorbatchev.

« Ce n'est pas la chute du mur de Berlin qui a entraîné l'effondrement de l'URSS mais le contraire : l'affaiblissement soviétique a permis l'ouverture d'un Mur déjà bien lézardé », aime à rappeler l'ancien ministre des affaires étrangères Hubert Védrine. Mikhaïl Gorbatchev avait espéré, avec la glasnost (transparence) et la perestroïka (restructuration), rénover le communisme. En sacrifiant le glacis, il espérait sauver l'URSS. Il a perdu son double pari. *« Ce qui se passa entre 1989 et 1991 ne fut rien de moins qu'une véritable révolution européenne »*, note le grand historien britannique Ian Kershaw. Le Vieux Continent a cessé d'être le potentiel champ de bataille d'un affrontement entre les deux grands. Ces années 1989-1991 sont celles de tous les possibles pour une Europe à même de retrouver son unité perdue.

« Un moment unipolaire »

La fin du communisme est un événement aux répercussions planétaires. *« Les années 1990 furent un grand moment libéral où l'on a cru à un nouvel ordre mondial, la* victoire définitive de la démocratie, la fin de la guerre, voire, et pour cette raison, "la fin de l'histoire" », explique Jean-Baptiste Jeangène-Vilmer, philosophe et directeur de l'Institut de recherche stratégique de l'École militaire (Irsem). Il ajoute : *« Que la décennie ait été pourtant marquée par un certain nombre de drames (Somalie, Rwanda, Balkans) n'a pas empêché cette perception, à la faveur d'un "moment unipolaire", c'est-à-dire d'une hégémonie américaine qui avait désormais le champ libre. »*

L'Europe n'en reste pas moins l'épicentre de la nouvelle donne en train de s'établir. Les interrogations sont innombrables, aussi bien sur l'avenir des alliances militaires – Organisation du traité de l'Atlantique nord (OTAN) d'un côté, pacte de Varsovie de l'autre – que sur le destin de l'Allemagne. Peut-on intégrer au projet communautaire européen les ex-démocraties populaires avec leurs économies en lambeaux, des problèmes de nationalités irrésolus et des frontières parfois contestées ? Et sinon, quelle coopération paneuropéenne instaurer ? Quoi faire avec Moscou et un Mikhaïl Gorbatchev affaibli mais continuant à croire au dialogue avec les Occidentaux, adaptant à la nouvelle donne de l'après-Mur sa grande idée de *« maison commune européenne »*, lancée des 1987-1988 sur les possibles convergences entre ce qui étaient encore les deux Europe ?

« Nous avons gagné la guerre froide, et l'Amérique est désormais la seule grande puissance », triomphe le président américain George Bush devant le Congrès. *« Peu de gens hormis les équipes au pouvoir à Washington et Londres imaginaient vraiment une victoire du libéralisme sur toute la ligne idéologique, politique, économique de la guerre froide »*, note l'historien Georges-Henri Soutou. La fermeté de Ronald Reagan, qui lançait aux Soviétiques, lors d'une visite à Berlin, en 1987 : *« Abattez ce Mur ! »*, tout en relançant une course aux armements que Moscou ne pouvait suivre, a payé. Son successeur, entré à la Maison Blanche en janvier 1989, est peu ou prou sur la même ligne. L'objectif premier de Washington est de maintenir son leadership sur le Vieux Continent, de garantir la pérennité de l'OTAN et de bien contrôler l'évolution des relations entre Moscou et la nouvelle Europe en train de se dessiner. Le secrétaire d'État James Baker évoque une architecture de sécurité globale avec Moscou, allant *« de Vancouver à Vladivostok »*.

À cette « pax americana », François Mitterrand préfère une Europe *« de l'Atlantique à l'Oural »*, selon la célèbre formule du général de Gaulle. Et lors de ses vœux du 31 décembre 1989, il propose, à la surprise générale, *« une confédération européenne »*. Aujourd'hui bien oublié, ce projet mobilise pendant presque deux ans la diplomatie française. L'idée est ambitieuse : *« Imaginer une Europe qui enfin se prend en main pour assumer son destin : raisonnant de façon très gaullienne, François Mitterrand pensait qu'un tel projet était impossible sans penser une relation différente avec la Russie ; en revanche il n'y mettait pas les États-Unis »*, résume Hubert Védrine.

Helmut Kohl, qui, le 28 novembre 1989, avait proposé devant le Bundestag un plan en dix points pour une future réunification allemande, affirme ne pas y être opposé. Les pays de l'ex-Est sont impatients de revenir dans le giron européen, mais l'élargissement de ce qui était encore la Communauté économique européenne (CEE) n'est pas à l'ordre du jour de ses douze États membres, qui planchent en priorité sur le projet d'Union économique et monétaire. La confédération peut être une solution d'attente. Rapidement, pourtant, tout se bloque.

Varsovie, Prague ou Budapest voient le projet mitterrandien comme une voie de garage. Ces capitales, en outre, préfèrent de loin, en termes de sécurité, la garantie américaine, et veulent avant tout adhérer à l'OTAN. Le seul fait que la Russie puisse être associée au projet est à leurs yeux rédhibitoire. Le président tchèque Vaclav Havel est parmi les plus réticents. C'est pour tenter de le convaincre que Prague est choisie pour accueillir, le 13 juin 1991, les premières *« assises pour une confédération européenne »*, une conférence internationale avec 150 représentants de tous les pays européens. Ce grandiose coup d'envoi est aussi le chant du cygne d'un projet lancé trop tôt, mal formulé et mal préparé. Même Moscou s'en détourne. *« Réaliste, Gorbatchev avait compris que rien n'était possible en Europe sans, et a fortiori contre, les Américains »*, témoigne Andreï Gratchev, qui assista à la dernière rencontre entre les deux présidents dans la maison que Mitterrand possédait à Latche (Landes).

Le projet est enterré, mais ses thématiques n'entrent pas moins en résonance avec celles d'aujourd'hui, notamment les options prônées depuis un an par la diplomatie macronienne, sans grands résultats jusqu'ici. *« L'Europe de l'Atlantique à l'Oural est une image récurrente de la diplomatie française, mais c'est un idéal à atteindre plus qu'un réel projet »*, explique Bruno Tertrais, directeur adjoint de la Fondation pour la recherche stratégique. Il souligne *« qu'entre l'OTAN, symbole du lien transatlantique, la CEE, incarnant le projet communautaire, et la CSCE – Conférence pour la sécurité et la coopération en Europe –, qui structure le dialogue Est-Ouest, il n'y a pas la place pour la confédération rêvée par Mitterrand »*.

Cela d'autant plus qu'en ces années 1989-1991, l'essentiel se joue autour de l'Allemagne. *« Parmi les responsables politiques comme parmi les experts, les craintes étaient au moins aussi fortes que les espoirs suscités par la chute du Mur, qui rouvrait la question allemande »*, se souvient l'ancien diplomate Michel Duclos. La pression très forte de l'opinion dans l'ex-RDA accélère un processus de réunification dont les conséquences sont potentiellement explosives.

Ressentiment russe

« La création de deux Allemagnes était la conséquence directe des conditions imposées en 1945 par les Alliés, et toute modification du statut de la RDA a donc d'importantes conséquences internationales », explique Ian Kershaw. Les accords de Potsdam, en 1945, n'étaient pas un traité de paix. Les nouvelles frontières, notamment celle de l'est, avec la Pologne sur la ligne Oder-Neisse, n'étaient pas formellement reconnues par les autorités de Bonn. Une Allemagne réunifiée, devenant le pays le plus peuplé et le plus puissant économiquement d'Europe, inquiète. À Moscou bien sûr, mais pas seulement. *« Si nous ne faisons pas attention, les Allemands risquent d'obtenir par la paix ce qu'Hitler n'avait pas réussi par la guerre »*, confie la première ministre britannique Margaret Thatcher à George Bush, qui le raconte dans ses Mémoires. Pour sa part, François Mitterrand reste méfiant. Il mise à terme sur une accélération de la construction européenne et la création d'une monnaie unique pour arrimer à l'Europe une Allemagne réunifiée.

Le chancelier allemand a le plein soutien de l'administration Bush, qui, face à Moscou, exige le maintien de l'Allemagne unifiée au sein de l'OTAN. Conscient de l'irréversibilité de la dynamique unitaire, Mikhaïl Gorbatchev accepte le compromis. Les négociations de paix « 2 + 4 » (les deux Allemagnes et les quatre anciennes puissances occupantes) se déroulent dès lors sans anicroche. La dynamique est lancée. Les années suivantes, ce sont les pays de l'ex-Est qui entament leur longue route vers l'Europe, et surtout vers l'OTAN – pour eux la priorité des priorités, face à une menace russe toujours présente. Ainsi, malgré les engagements implicites donnés alors par l'administration Bush de ne pas étendre l'Alliance vers l'est, celle-ci a englobé tout l'ex-glacis, nourrissant un ressentiment que saura capitaliser Vladimir Poutine.

Marc Semo, dans *Le Monde*
daté du 31.08.2020

POURQUOI CET ARTICLE ?

Cet article analyse les causes de la chute du mur de Berlin, sa portée symbolique et les questionnements que cet événement a soulevés dans un contexte de construction européenne. L'Europe devient un véritable laboratoire géopolitique : quelle place accorder aux États-Unis, sortis victorieux de la guerre froide, sans pour autant en subir l'hégémonie ? L'idée mitterrandienne d'associer la Russie au projet européen se heurte à la réticence des anciennes démocraties populaires, qui préfèrent se tourner en priorité vers l'OTAN. Tout en appuyant la réunification allemande, les États-Unis via l'OTAN englobent ainsi tout l'ex-glacis soviétique, ce qui ne manquera pas de créer un ressentiment durable en Russie.

Le fiasco de la libération des otages américains à Téhéran

Le colonel Charles Beckwith, chef de la force Delta, avait prévenu Jimmy Carter : l'expédition risquait de coûter la vie à une trentaine d'Américains, tant parmi les otages de Téhéran que chez leurs libérateurs. Le président américain avait néanmoins donné son feu vert à l'opération *Eagle claw* (la serre de l'aigle), contre l'avis de son secrétaire d'État, Cyrus Vance. Il se devait de « faire quelque chose » pour dénouer ce nouvel épisode, le plus douloureux, d'une crise iranienne qui empoisonnait sa présidence depuis plus d'un an.

Le 4 novembre 1979, quelques jours après qu'il eut autorisé le shah d'Iran à se faire soigner aux États-Unis, son ambassade à Téhéran avait été prise d'assaut par plusieurs centaines d'étudiants se présentant comme « suivant la ligne de l'imam », autrement dit de l'ayatollah Khomeiny, qui observait toute l'affaire depuis sa résidence de Qom. Tout le personnel, 66 personnes au total, avait été capturé. Après la libération, pour raisons « humanitaires », des femmes et des Noirs, il restait toujours 53 otages, détenus depuis plus de six mois maintenant dans le complexe de l'ambassade, au cœur de Téhéran. Toutes les tentatives de négociation avaient été vaines. Les « étudiants » continuaient de réclamer la livraison du shah et de dénoncer le « grand Satan ».

POURQUOI CET ARTICLE ?

La crise des otages de l'ambassade américaine à Téhéran, lors de la Révolution islamique, en 1979, est l'un des principaux échecs de la politique américaine au Moyen-Orient. En 2004, alors que George W. Bush a engagé son pays dans la guerre d'Irak, Michel Tatu, journaliste au *Monde*, revient sur cet épisode fondateur d'un nouvel anti-américanisme au Moyen-Orient, au nom de l'islam politique.

Mission impossible

Comment s'y prendre pour libérer et « exfiltrer » des prisonniers étroitement surveillés au cœur d'une ville de quatre millions d'habitants ? Le plan Eagle Claw était complexe, à l'image de cette mission impossible. La première nuit, six avions de transport Hercule C-130 partis de l'île de Masirah, près d'Oman, devaient se poser en plein désert, avec 130 commandos de la force Delta, à quelque 300 kilomètres de Téhéran, où les rejoindraient huit hélicoptères Sea Stallion, partis du porte-avions Nimitz, stationné dans le Golfe. De cette première base, nommée « Desert 1 », les mêmes hélicoptères, après ravitaillement, devaient gagner « Desert 2 », sur des collines à 80 kilomètres au sud-est de la capitale iranienne.

La nuit suivante, le commando se rendrait à l'ambassade à bord de quatre camions civils loués par des agents américains déguisés en touristes européens. Il devait ouvrir à l'explosif une brèche dans le mur d'enceinte, libérer les otages et leur faire traverser la rue jusqu'à un terrain de football tout proche, où les attendraient les hélicoptères. Le tout sous la protection de trois « canons volants » AC-130 survolant le secteur. Une autre équipe devait pénétrer dans le ministère iranien des affaires étrangères, où étaient détenus séparément le chef de la mission, Bruce Laingen, avec deux adjoints... Après quoi les hélicoptères gagneraient une base aérienne désaffectée à Manzarieh, à 80 kilomètres au sud-ouest, dont une compagnie de Rangers devait s'emparer. De là, des avions C-141 partis d'Arabie saoudite embarqueraient tout le monde vers la base de Wadi Kena, en Egypte.

L'opération devait s'étendre sur deux jours – ou plutôt deux nuits – les 24 et 25 avril 1980. Mais il n'y aura pas de deuxième nuit. Les hélicoptères, qui volent à 200 mètres d'altitude, sont pris dans des tempêtes de sable. L'un d'eux doit être abandonné dans le désert, un autre fait demi-tour après avoir perdu son gyroscope, une troisième tombe en panne irrémédiable à l'arrivée... Or un minimum de six appareils est nécessaire à la mission. A Washington, après avis du Pentagone, ordre est donné d'annuler l'opération. Et comme si cela ne suffisait pas, la farce tourne au drame. Un des hélicoptères qui s'était positionné auprès d'un C-130 pour se ravitailler fait une fausse manœuvre. Ses pales hachent l'avion, qui prend feu. On dénombre huit morts et de nombreux blessés dans les deux appareils.

Humiliation

Tout cela s'est produit sans aucune intervention ennemie : les seuls Iraniens concernés sont les passagers d'un autobus qui a traversé par hasard la piste de Desert 1 : ils seront « retenus » pendant la durée de l'opération. Le 25 avril à 7 heures du matin, un Carter à la figure encore plus triste qu'à l'ordinaire annonce à la télévision à la fois l'existence de la mission et son échec. Il ne sera plus question de recommencer plus tard, car les Iraniens vont disperser les otages aux quatre coins du pays.

Un peu partout dans le monde, les commentaires vont de la dérision à la condamnation de cette nouvelle manifestation d'« impérialisme ». A gauche, en France, seul François Mitterrand se refuse à condamner cette tentative de « *venir en aide à ses frères* ». Mais pour tous, cette humiliation illustre le déclin de la puissance américaine : défaits au Vietnam cinq ans plus tôt, les États-Unis ont vu le rival soviétique s'installer en Angola par Cubains interposés, les guérillas marxistes marquer des points au Nicaragua et au Salvador, enfin l'allié stratégique capital qu'était l'Iran se transformer en ennemi, à l'heure même où

Moscou, installé chez le voisin afghan, se rapproche dangereusement du Golfe...

C'est aussi un drame personnel pour Jimmy Carter, dont la figure prend plus de relief aujourd'hui, à l'heure où la religion fait un retour en force dans la politique américaine. Car ce baptiste « born again », ce sudiste profondément religieux, s'est efforcé, bien avant George W. Bush mais d'une manière tout à fait différente, de mettre au premier plan les valeurs chrétiennes, de moraliser la vie publique après les turpitudes de Nixon. Son pacifisme contraste avec le pragmatisme plus ou moins cynique d'un Kissinger, mais il n'hésite pas à faire des droits de l'homme une arme redoutable en politique étrangère. Fort de sa victoire qu'a été la normalisation des relations entre l'Egypte et Israël, négociée sous ses auspices en 1978, il poursuivra sur sa lancée en proposant sa médiation dans divers conflits longtemps après sa présidence, ce qui lui vaudra le prix Nobel de la paix en 2002, à près de 80 ans.

Quant aux dirigeants de Téhéran, ils continuèrent de « punir » Carter en gardant leurs prisonniers américains pendant de long mois – même après la mort du shah en juillet 1980, même après l'agression de Saddam Hussein contre l'Iran en septembre de la même année. Ils ne les « offrirent » qu'à son successeur, Ronald Reagan, le jour de l'inauguration de sa présidence, le 20 janvier 1981.

Encore aujourd'hui, curieusement, la vindicte n'a pas disparu : un de leurs dignitaires, Hossan Rohani, cachait à peine, à la veille des élections américaines, sa préférence pour les républicains, qui *« n'ont rien entrepris de concret et de dangereux contre l'Iran »*, à la différence de Clinton et de ses prédécesseurs démocrates, coupables d'avoir infligé à l'Iran *« les pires sanctions et pressions économiques »*. C'était oublier que l'Iran figure parmi les pays de *« l'axe du mal »* et que George W. Bush, inquiet des programmes nucléaires iraniens, a encore quatre ans devant lui...

Michel Tatu,
dans *Le Monde* daté du 23.11.2004

Article 1er. La peine de mort est abolie

Il y a quinze ans, le « Journal officiel » mettait la guillotine hors la loi. Il avait fallu attendre la victoire de la gauche aux élections de 1981. Jusque-là, les adversaires du châtiment suprême s'étaient mobilisés en vain.

Aujourd'hui que la peine capitale n'existe plus en France, il est difficile d'imaginer les passions qu'elle déchaîna. Il y a quinze ans, le 10 octobre 1981, paraissait au *Journal officiel* la loi n° 81-908, datée de la veille, dont l'article 1er déclarait sobrement : *« La peine de mort est abolie. »* Ce jour-là s'éteignit une querelle séculaire, souvent lassante à force d'être ressassée, mais une querelle qui périodiquement renvoyait la société française à elle-même. Il y avait les pour et les contre de toujours et qui n'en démordaient pas. Les convertis et les tourmentés. Les humanistes et les expéditifs : *« Œil pour œil... »* La gauche était abolitionniste, la droite généralement pour le statu quo, même s'il y avait des exceptions. Nombre d'élus, tiraillés entre leur conscience et la majorité de leurs électeurs, finassaient : philosophiquement pour l'abolition mais politiquement contre. Le chef de l'État, Valéry Giscard d'Estaing, était de ceux-là de même que son ministre de la justice, Alain Peyrefitte.

Le 17 septembre 1981, Robert Badinter, devenu garde des sceaux, plaça chacun devant ses responsabilités : *« J'ai l'honneur, au nom du gouvernement de la République, de demander à l'Assemblée nationale l'abolition de la peine de mort en France. »* Pour les députés de gauche, largement majoritaires depuis le mois de juin 1981, ce ne fut qu'une formalité. Mais la route avait été longue. En 1972, le Programme commun (socialistes, communistes et radicaux) réclamait déjà l'abolition de la peine capitale. Pour Robert Badinter, cet *« honneur »*, qu'il revendiquait ce jour-là d'une Assemblée aux travées clairsemées, avait le goût d'une revanche intime. Pendant des années, ce combat avait été le sien et celui d'une poignée d'abolitionnistes qui jamais ne désarmaient.

Robert Badinter en avait livré la clé dans *L'Exécution* (Grasset, 1973) qui raconte comment, alors qu'il était avocat, il avait tenté de sauver Roger Bontems, condamné à mort l'année précédente par les assises de l'Aube pour complicité de meurtres, ceux d'un surveillant et d'une infirmière, après une prise d'otages à la maison centrale de Clairvaux. Il avait promis à son client : *« Vous en sortirez, Bontems. » « Sûr, maître ? » « Absolument. »* Il lui avait juré que le président Pompidou le gracierait. Bontems n'avait pas tué. C'était Claude Buffet, l'autre preneur d'otages, qui avait porté les coups mortels. Les jurés avaient avalisé cette version. Un petit matin de novembre Bontems fut finalement conduit à la guillotine après un dernier verre de cognac. Robert Badinter était là, dans la cour glaciale de la Santé à Paris, qui n'oubliera jamais *« le claquement sec de la lame sur le butoir »*. La préface qu'il écrivit en 1989 au *Dernier Jour d'un condamné* de Victor Hugo montre à quel point Robert Badinter identifia son combat des années 70 à celui de l'écrivain à l'aube du XIXe siècle : *« Lutteur infatigable, il se battra contre la peine de mort au Parlement comme dans les cours d'assises, par l'écrit comme par la parole. »* Portrait-miroir, reflet d'une égale opiniâtreté.

En 1977, dans la même salle d'assises de l'Aube, Robert Badinter tient enfin sa revanche : il sauve la tête de Patrick Henry, jugé pour l'enlèvement et l'assassinat d'un enfant. La condamnation à perpétuité de Patrick Henry ne répare pas l'exécution de Bontems, qui continue de hanter Robert Badinter. A tel point que, le 17 septembre 1981, devant les députés, il ne peut s'empêcher d'évoquer l'affaire Buffet-Bontems : *« Sachez que dans la foule qui, à Troyes, criait :* "A mort Buffet !", *se trouvait un jeune homme appelé Patrick Henry ! A ma stupéfaction, j'ai alors compris ce que pouvait signifier la valeur dissuasive de la peine de mort ! »* Dissuasive, la peine de mort ? Le débat a fait rage des années durant entre ceux qui croient, comme Montaigne, à l'exemplarité de la peine : *« On ne corrige pas celui qu'on pend, on corrige les autres par lui. »* Et ceux qui approuvent Beccaria, le fondateur de la criminologie moderne, pour lequel la peine capitale n'est pas nécessaire parce qu'elle n'est pas utile.

A l'automne 1981, ce débat touche à sa fin. La France s'apprête à harmoniser son code pénal avec celui des autres États de l'Europe occidentale, tous abolitionnistes *de jure* ou *de facto*, à l'exception de la Turquie. Heureusement pour sa réputation, la patrie de Voltaire, d'Hugo et de Camus fait l'économie d'un ultime combat d'arrière-garde. Majoritairement de droite, les sénateurs vont eux aussi approuver la mise hors la loi de la guillotine. C'est là une véritable surprise.

Parmi les parlementaires que Robert Badinter a poussés dans leurs retranchements figure Jacques Chirac. Candidat à l'élection présidentielle de 1981, l'ancien premier ministre, député (RPR) de Corrèze, s'est prononcé sur le tard, en mars 1981, en faveur de l'abolition de la peine capitale. Un mois plus tôt, il comptait encore au nombre des hésitants. Après révision de la Constitution, argumentait-il, l'abolition de la peine de mort serait soumise à référendum. A des référendums successifs plutôt, puisque, *« en fonction de l'évolution psychologique du peuple, la question* [aurait été] *reposée tous les dix ou vingt ans »*.

Autant dire qu'en donnant ainsi la parole au peuple la peine de mort aurait eu encore de beaux jours devant elle. Car, à de très rares sondages près, les Français se sont toujours prononcés, aujourd'hui comme hier, contre son abolition. Ce divorce entre le pays légal et le pays réel explique la pusillanimité de nombre d'élus et les manœuvres auxquelles les abolitionnistes furent contraints des années durant avant de toucher au but.

Pierre Bas, alors député (RPR) de Paris, est de ces procéduriers imaginatifs qui menait une guérilla inlassable contre la guillotine au Parlement. Lors du débat budgétaire de 1978, il eut l'idée de proposer à ses collègues de repousser les crédits prévus pour les exécutions capitales. La manière était un peu oblique. Mais que faire, face à l'obstination du gouvernement de Raymond Barre qui refusait d'inscrire à l'ordre du jour les propositions de loi favorables à la suppression de la peine de mort ?

La discussion des crédits du bourreau fut l'occasion en 1978, 1979 et 1980 de joutes enflammées. Leur épilogue ne variait guère. Après avoir laissé les députés rabâcher les mêmes arguments, le gouvernement recourait, en cas de besoin, à la bonne vieille recette du vote bloqué, ou à sa menace, qui ressoudait aussitôt la majorité. Les crédits du bourreau étaient alors adoptés, jusqu'au prochain débat budgétaire, l'année suivante.

L'opiniâtreté du gouvernement se nourrissait de pointages qui donnaient les abolitionnistes majoritaires à l'Assemblée. A la veille de l'élection présidentielle, il eût été suicidaire pour Valéry Giscard d'Estaing de passer outre aux aspirations « sécuritaires » de son électorat. A fortiori en laissant apparaître des clivages au sein de sa majorité.

L'abolition de la peine capitale ne fut pas qu'une affaire de principe. Le 10 octobre 1981, lorsqu'elle devint effective, il y avait six condamnés à mort dans les prisons françaises, dans l'attente d'une improbable cassation et qui sauvèrent ainsi leur peau. Quatre jours après son installation à l'Elysée, François Mitterrand, usant de ses prérogatives de chef de l'État, gracia, en outre, Philippe Maurice, dont le pourvoi avait été rejeté deux mois plus tôt.

Ce geste n'étonna personne. Le candidat Mitterrand avait prévenu qu'il agirait de la sorte s'il était élu, tranchant ainsi avec le comportement de ses prédécesseurs. Sous la présidence du général de Gaulle, onze condamnés à mort avaient été guillotinés pour des crimes de droit commun et dix-neuf graciés, dont deux femmes. Le président Pompidou a fait exécuter trois condamnés. Il en a gracié douze. Valéry Giscard d'Estaing a laissé monter à l'échafaud trois criminels. Trois autres lui doivent leur grâce dont un mineur. La dernière exécution capitale, celle de Hamida Djandoubi, remonte en France au 17 septembre 1977. L'Histoire dira s'il s'agit bien de la dernière.

Bertrand Le Gendre,
dans *Le Monde* daté du 23.09.1996

POURQUOI CET ARTICLE ?

L'abolition de la peine de mort, en 1981, marque l'une des évolutions majeures de la République française. Grâce à l'action du garde des Sceaux Robert Badinter, conformément au programme électoral de François Mitterrand, cette vision humaniste s'impose, à la suite d'un débat nourri, dont cet article du *Monde* dresse un bilan.

La longue marche des beurs

Que sont devenus les Français d'origine maghrébine dix ans après la « Marche pour l'égalité et contre le racisme » ?

Toumi Djaïdja a comme disparu. Dix ans après la « Marche des beurs », quel jeune, de ZUP en cité, connaît le nom de celui qui symbolise l'irruption des enfants de l'immigration maghrébine sur la scène française des années 80 ? Pourtant, selon une légende à peine enjolivée, c'est dans la chambre d'hôpital où « Toumi » se remet d'une grave blessure par balle infligée par un policier *« trop nerveux »*, que naît, en juin 1983, l'idée d'une marche pacifique à travers la France. Pas de revendication institutionnelle ni de slogan ronflant. Juste une image fraternelle : un marcheur chaussé à la fois d'une babouche et d'une charentaise sur fond de tour Eiffel. Et surtout un cri désespéré contre l'effrayante rafale de crimes et agressions racistes, cette année-là : *« Rengainez ! On arrive ! »*.

« Toumi » en tête, une poignée de jeunes de la cité des Minguettes, à Vénissieux, au bord de l'émeute, dépassent leur « galère » pour tenter l'aventure de la non-violence sous la houlette d'un prêtre, Christian Delorme, et d'un pasteur, Jean Costil, qui les avaient emmenés au cinéma voir le film *Gandhi*. Ces militants de la CIMADE, organisateurs d'une grève de la faim victorieuse contre les expulsions de jeunes maghrébins en avril 1981, avaient pratiqué avec les jeunes des Minguettes un second jeûne – au printemps 1983 – contre les violences policières.

Rompant l'escalade avec la police, transformant leur hargne en action collective, ils sortent de leur cité et marchent à la rencontre du pays. *« Quinze loubards et deux curés »*, disent-ils en riant d'eux-mêmes. Mille deux cents kilomètres à pied, de meeting en manifestation, de presbytère en maison de jeunes, d'accueil généreux en franche agressivité. C'est « marcher ou craquer ». Craquer, ils sont à deux doigts de le faire en apprenant l'assassinat d'Habib Grimzi, jeté vivant du train Bordeaux-Vintimille par trois apprentis légionnaires. Mais ce drame provoque, au contraire, un sursaut de sympathie envers la « Marche pour l'égalité et contre le racisme ».

Partis à quelques dizaines, le 15 octobre, de Marseille dans l'indifférence générale, et même l'hostilité de certaines associations installées, ces fils de Maghrébins sans expérience militante finiront par réunir autour d'eux cent mille antiracistes, le 3 décembre, sur le pavé parisien. Des ministres, Georgina Dufoix en tête, accompagnent les marcheurs qui sont ensuite reçus par le président de la République.

Ils ne sont plus des « immigrés », mais de jeunes Français en quête de reconnaissance.

Dix ans après, le sourire de Toumi Djaïdja s'illumine encore à l'évocation de la longue marche : *« J'ai découvert que des Français pouvaient comprendre ma douleur. »* En 1983, police et justice s'acharnaient contre ce fils de harki, président de SOS-Avenir Minguettes. Condamné à deux ans de prison pour un délit qu'il a toujours nié, « Toumi », gracié par François Mitterrand, a fait son chemin. En 1993, ce père de famille vit toujours aux Minguettes, vend des poulets hallal (abattage rituel musulman) sur les marchés et fuit les caméras.

En marchant vers Paris, il avait rencontré la foi. Sa très discrète barbe a fait jaser. Il s'insurge contre les caricatures de la religion musulmane, qui est devenue sa *« raison de vivre »* : *« Au lieu de montrer l'islam, religion de tolérance, on fait monter la haine »*, affirme-t-il en évoquant la récente rafle décidée par Charles Pasqua. *« Je me sens intégré car ma religion m'oblige à respecter les lois et les gens, elle m'a donné un code de déontologie »*, dit ce mystique serein qui vante les succès des associations d'obédience musulmane contre la drogue dans les cités et soutient l'acclimatation douce de la religion du Prophète en terre lyonnaise.

« Un instant de bonheur et d'espoir »

Farouk, Djamel, Patrick, Youssef, Fatima et la dizaine d'autres marcheurs de la première heure ont eu, chacun, des destinées bien différentes. Partis de l'ombre, ils ont toujours souhaité y rester. Ils ont refusé les coups de pouce proposés par les politiques et ne se sont jamais plus réunis tous ensemble. Depuis dix ans, leur vie raconte l'intégration en marche de toute leur génération, entre « galères » et insertion sociale.

Si Youssef a été expulsé vers l'Algérie, si Bouzid est retombé dans la délinquance, les autres marcheurs se sont fondus, à leur manière, dans la société française. Farid L'Haoua, le seul marcheur beur qui s'activait déjà dans les associations de soutien aux travailleurs immigrés, est resté militant. A trente-cinq ans, il est permanent des Verts du Rhône après avoir été successivement animateur social, responsable de l'animation dans un Club Méditerranée et salarié d'une agence de communication. La marche de 1983 reste pour lui *« un instant de bonheur et d'espoir »*. *« C'était révolutionnaire de remballer sa haine de l'autre pour faire le premier pas vers lui »*, analyse-t-il en rappelant les multiples initiatives militantes nées de la marche.

Farou Sekkaï, vingt-neuf ans, lui, se bat pour faire vivre « Ombre et lumière », une association de Vénissieux qui utilise l'expression artistique comme mode d'échange et d'ouverture. Il propose des fresques murales réalisées par les jeunes pour décorer des lieux publics, afin de témoigner de la créativité qui existe dans les cités. Une manière pour lui de prolonger *« l'esprit de la marche »*. Le hangar glacial qu'il retape depuis des mois pour aménager un atelier et une galerie d'exposition symbolise les difficultés d'un travail social

POURQUOI CET ARTICLE ?

La « Marche des Beurs » a été une étape importante dans la reconnaissance de l'intégration des jeunes issus de l'immigration, notamment maghrébine. Ce mouvement, né en 1983, est porté par une génération de jeunes dont les parents, depuis les années 1950, sont arrivés en France dans un contexte de plein-emploi puis ont connu les aléas de la crise. L'article dresse un bilan, dix ans plus tard, de leur parcours d'intégration.

en période de crise, face au gouffre du chômage des jeunes. *« En 1983, on a marché pour expliquer la galère. Aujourd'hui, ce n'est plus la peine : même des cadres la vivent »*, constate Farouk qui, après la marche, a entrepris des études de Beaux-arts.

Enfant des Minguettes lui aussi, Farid Lazhar, trente et un ans, investit aujourd'hui dans sa profession. Après une expérience au Sénégal au service d'une ONG, il est entré aux Transports en commun lyonnais (TCL) et suit une formation d'électrotechnicien. Au moment où il était reçu par François Mitterrand avec la délégation des marcheurs, Farid Lazhar se rappelle avoir pensé *« à ceux qui nous balançaient à cause de notre tête d'arabe quand on cherchait du travail »*. *« C'était important qu'ils nous voient dans le bureau de Tonton »*, souligne-t-il.

« On voulait dire : J'ai grandi ici, c'est mon pays. *Avec la marche, la société a pris conscience qu'il existe une catégorie de la population à la fois arabe et française »*, précise Djamel Attalah, trente ans, l'un des plus proches coéquipiers de Christian Delorme en 1983, qui se définit aujourd'hui comme *« Français et musulman »*. Depuis, il a passé une capacité en droit, milité quelque temps au PS avant d'en claquer la porte, fondé une mutuelle tournée vers la clientèle d'origine immigrée, puis une société de transport. Il cherche aujourd'hui à créer son propre emploi à travers une nouvelle société de services. Il rêve toujours du *« grand mouvement de jeunes issus de l'immigration »* que la marche n'a pas enfanté, en dépit de nombreuses tentatives.

« Le droit à la ressemblance »

« La plupart des jeunes ne cherchaient pas, au fond, à se structurer à part, estime Christian Delorme, aujourd'hui chargé des relations avec l'islam au diocèse de Lyon. *Ils voulaient surtout qu'on ne les différencie pas, qu'on leur donne le droit à la ressemblance. »*

La marche a débouché sur une conquête paradoxale mais historique : la carte de dix ans pour les résidents étrangers (que ne sont pas les beurs). Cette promesse, arrachée par les marcheurs à François Mitterrand, s'est concrétisée par un vote unanime en 1984, qui traduit la reconnaissance de l'implantation définitive des immigrés. Mais l'héritage va bien au-delà. Dans le sillage des marcheurs sont nées une myriade d'associations de quartiers qui survivent tant bien que mal, alors que vacillent SOS-Racisme et France Plus. La réhabilitation systématique des cités HLM, la politique de la ville, l'émergence de talents beurs dans le monde de l'enseignement, des arts, du sport, de la politique et des affaires, comptent aussi parmi les fruits de 1983.

En dix ans, les thèmes de l'immigration et du racisme ont sans cesse servi à mobiliser, à diaboliser. Les beurs, eux, ont changé. On les appelait à l'époque abusivement *« jeunes immigrés »*, par assimilation avec leurs parents. Le mot *« beur »*, considéré à l'origine comme sympathique, a été rejeté depuis longtemps par les intéressés comme « stigmatisant ». On lui préfère désormais l'expression « français d'origine maghrébine », où le premier mot n'est pas le moindre. *« Certains sont attirés par la came, d'autres s'accrochent aux études, tous sont atterrés quand la France perd contre la Bulgarie »*, résume un ancien marcheur.

Aux Minguettes, la tour 10 du quartier Monmousseau, épicentre de la révolte en 1983 est un modèle de réhabilitation. Hall d'entrée tapissé de faïence multicolore immaculée, boîtes aux lettres impeccables, petits commerces, jeux d'enfants et gazon. La salle qui abritait la grève de la faim en 1983 est devenue un lieu de prière musulman.

Philippe Bernard,
dans *Le Monde* daté du 03.12.1993

LE MONDE, L'EUROPE ET LA FRANCE DEPUIS LES ANNÉES 1990, ENTRE COOPÉRATIONS ET CONFLITS

Nouveaux rapports de puissance et enjeux mondiaux

Depuis les années 1990, l'ordre international est marqué par des tensions et un bouleversement dans l'ordre des puissances. Alors que les États-Unis apparaissent comme les vainqueurs de la guerre froide, avec l'effondrement du bloc de l'Est en 1989 puis de l'URSS en 1991, leur hégémonie est contestée tant par des mouvements terroristes que par l'affirmation de nouvelles puissances comme la Chine ou l'Inde. Le monde est également marqué par une opposition croissante entre la recherche d'un ordre international et l'apparition de zones déstabilisées dans lesquelles se déroulent des génocides et des crimes de masse.

L'hyperpuissance américaine des années 1990

En 1990, les États-Unis apparaissent comme la seule superpuissance. Cette puissance s'exerce, jusqu'en 2001, dans un certain respect des institutions internationales et dans le but de la construction d'un ordre mondial qui lui soit favorable. C'est ce que l'on appelle la *Pax americana*, à l'œuvre depuis 1945. Les États-Unis s'engagent contre les facteurs de désordre. Ainsi, après l'invasion du Koweït par l'Irak en 1990, les États-Unis prennent la tête de la coalition organisée par l'ONU pour libérer le pays lors de la première guerre du Golfe, de janvier à mars 1991. De même, en 1993, le président Bill Clinton favorise les accords d'Oslo entre Israéliens et Palestiniens.

La puissance américaine est toutefois mise à mal par l'échec militaire au Vietnam. Elle est aussi contestée depuis les années 1970 par des mouvements terroristes dont un grand nombre sont liés à la mouvance islamiste. En 1997, l'action des Talibans en Afghanistan conduit les puissances occidentales à soutenir les factions qui s'opposent à eux et à frapper le régime de sanctions économiques. En réponse à cet interventionnisme, le mouvement terroriste Al-Qaïda et ses affiliés frappent, partout dans le monde occidental, des objectifs militaires et civils. Le 11 septembre 2001, Al-Qaïda lance des attaques sur le territoire des États-Unis. Le président George W. Bush entame alors une lutte contre les terroristes et leurs soutiens, qualifiés d'« axe du mal », renouant ainsi avec l'unilatéralisme dont les États-Unis ont fait preuve au sein de leur bloc pendant la guerre froide. En 2003, sans le soutien de l'ONU, les États-Unis mènent la seconde guerre du Golfe contre l'Irak. Toutefois, en 2008, l'élection de Barack Obama conduit à une inflexion de la politique américaine. En soutenant les « Printemps arabes » en 2011 et en faisant le pari de la démocratie, au risque de voir des partis islamistes gagner les élections, Obama tente de changer l'image des États-Unis au sein du monde arabe.

Depuis les années 2000, l'ordre géopolitique international est aussi marqué par l'affirmation de nouvelles puissances. Dans ce monde plus multipolaire, les États-Unis sont confrontés à de nouvelles oppositions. Dans le domaine stratégique, la Russie, dirigée par Vladimir Poutine depuis 2000, réaffirme sa puissance militaire et son influence. La Chine, quant à elle, s'engage dans une compétition économique, technologique et militaire avec les États-Unis. Depuis l'élection de Donald Trump, et plus encore depuis l'épidémie de COVID-19, les tensions avec la Chine s'accroissent.

Crimes de masse et génocides

Depuis les années 1990, les crimes de masse et les génocides se multiplient dans le monde. Les crimes contre l'humanité sont liés aux déstabilisations régionales et à la multiplication des tensions politiques, ethniques et religieuses.

La Yougoslavie, créée en 1918, était depuis 1945 un État communiste fédéral. Les six républiques qui la constituaient avaient été délimitées selon une présence majoritaire des populations sur le territoire, mais il existait bien sûr des minorités ethniques et religieuses au sein de chacune des républiques. En 1991, après la chute du régime communiste, la Slovénie et la Croatie proclament leur indépendance. En Croatie, la minorité serbe n'accepte pas cette situation, et la guerre s'engage. En 1992, la guerre éclate également en Bosnie. Sur le territoire de cette république, on trouve des Serbes, des Croates, ainsi que des Slaves convertis à l'islam pendant l'occupation ottomane. Un violent conflit oppose d'un côté les Serbes de Bosnie et de l'autre Croates et musulmans. Il fait plus de 100 000 morts, dont la moitié sont des civils en raison notamment de la

ZOOM SUR...

LA FIN DE L'APARTHEID EN AFRIQUE DU SUD

L'Afrique du Sud a obtenu une indépendance presque complète en 1910. Les anciens colons blancs, d'origine hollandaise ou britannique, instaurent l'apartheid en 1948. Il s'agit d'un système de ségrégation raciale et de discrimination à l'encontre de la population noire, des métis et des Indiens venus s'établir dans le pays pendant la période coloniale. Dans les années 1980, ce système est de plus en plus contesté. Nelson Mandela, le principal chef de l'ANC, l'organisation défendant les droits des noirs, est incarcéré. Mais des voix s'élèvent pour le soutenir, comme celle de l'archevêque Desmond Tutu ou encore celles des blancs antiracistes, comme le chanteur Johnny Clegg. L'apartheid étant condamné par la plupart des autres États, l'Afrique du Sud subit des sanctions internationales qui étouffent son économie. En 1989, l'élection du président Frederik de Klerk change la donne : il rend légale l'ANC et libère Nelson Mandela en 1990. Un an plus tard, l'apartheid est aboli. En 1994, Mandela est élu président de la République. L'idée de « nation arc-en-ciel » est désormais évoquée pour envisager l'avenir du pays, entre émergence économique et permanence des inégalités sociales. De 1998 à 2003, le gouvernement institue la Commission Vérité et Réconciliation afin de tenter de

Le World Trade Center lors des attentats terroristes du 11 septembre 2001.

politique d'« épuration ethnique » menée par les Serbes de Bosnie. C'est le conflit le plus meurtrier en Europe après la Seconde Guerre mondiale. Les accords de Dayton, qui y mettent fin, dotent le pays, en 1995, d'une structure fédérale permettant des échanges de populations.

Au Rwanda, en 1994, a lieu un génocide causant plus de 800 000 morts. Dans ce pays de la région des Grands Lacs, deux ethnies cohabitent : les Tutsis et les Hutus. Le 6 avril 1994, saisissant le prétexte de la mort du président rwandais dans ce qui semble être un attentat, les Hutus radicaux s'engagent dans des crimes de masse contre les Tutsis. La communauté internationale peine à réagir de manière efficace : l'ONU ne parvient pas à organiser une réponse armée pour arrêter les massacres. Ce n'est qu'après la fin du conflit que l'institution crée, le 8 novembre 1994, le Tribunal pénal international pour le Rwanda, qui prononce des peines à l'encontre des responsables qui ont pu être jugés.

Dans de nombreuses zones déstabilisées, des crimes contre l'humanité ont également lieu. Des bandes armées perpètrent des enlèvements en Amérique latine, comme les FARC en Colombie. Les mouvements djihadistes mènent des opérations contre les civils, comme Boko Haram au nord du Nigéria, ou Daech, de 2014 à 2018 dans le nord de la Syrie et de l'Irak, contre les populations non sunnites. La défaillance étatique, le fanatisme religieux ou politique, la présence de réseaux criminels tendent à dessiner des « zones grises » où le droit international peine à s'appliquer.

L'effort pour la mise en place d'une gouvernance mondiale

L'Organisation des Nations unies dispose d'une influence réelle mais limitée pour assurer la gouvernance mondiale. Les États-Unis n'agissent pas toujours en suivant ses recommandations. Toutefois, l'organisation mène plusieurs opérations de maintien de la paix, grâce à sa force d'interposition, les « Casques bleus ». La question de la gouvernance se pose également au sein de l'organisation. Le système de prise de décision au Conseil de sécurité accorde aux cinq membres permanents un droit de veto qui peut ralentir certaines décisions. Certaines organisations liées à l'ONU sont par ailleurs dépendantes du financement par certains États. Les États-Unis ont ainsi cessé de financer l'UNESCO en 2017, comme ils cesseront de financer l'OMS en 2021.

La gouvernance économique mondiale s'organise elle aussi autour de plusieurs organisations et acteurs. L'Organisation mondiale du commerce (OMC) est créée en 1995 ; la Chine y adhère en 2002. Les groupes de pays comme le G7 et le G20 permettent également des discussions sur les orientations économiques mondiales, alors que le Forum économique mondial de Davos, en Suisse, associe décideurs politiques et économiques. Des rivalités demeurent dans le cadre de cette gouvernance économique. En 2001, la Chine crée l'Organisation de Shanghai pour structurer les rapports entre ses principaux partenaires. Certaines associations de pays liés au contrôle d'un marché possèdent également un poids important, comme l'Organisation des pays producteurs de pétrole (OPEP).

Les organisations régionales et internationales groupant plusieurs États sont d'autres acteurs importants de la gouvernance économique et politique mondiale. Il existe toutefois des différences entre elles. Certaines, comme l'Union européenne, sont de nature politique et économique ; d'autres, comme l'Organisation des États africains, peuvent mobiliser des troupes dans le cadre de mandats de l'ONU ; d'autres enfin sont fondées sur l'identité culturelle, comme la Ligue arabe. La plupart sont toutefois des organisations régionales dont le but est de faciliter les échanges économiques.

UN ARTICLE DU *MONDE* À CONSULTER

• Rwanda : histoire d'une faillite française p. 78
(Pierre Lepidi, et Piotr Smolar, dans *Le Monde* daté du 29.03.2021)

solder la mémoire de l'apartheid en identifiant les principaux crimes commis au nom de ce système.

LE 11 SEPTEMBRE 2001

Le 11 septembre 2001, une vague d'attentats sans précédent frappe les États-Unis. Dix-neuf terroristes de l'organisation Al-Qaïda, dirigée par Oussama ben Laden, organisent le détournement de quatre vols afin de réaliser des opérations suicides contre plusieurs cibles stratégiques : les deux tours du World Trade Center à New York et le Pentagone à Washington. Le quatrième avion détourné s'écrase avant d'avoir atteint sa cible, sans doute grâce à l'héroïsme de ses passagers. Ce jour-là, 2 977 personnes sont tuées. Ces attentats entraînent une réaction de la part du président George W. Bush : la riposte – qui consiste en des bombardements et des interventions au sol – vise, dès la fin de l'année 2001, les territoires où Al-Qaïda dispose de soutiens, comme l'Afghanistan. Les attentats de 2001 justifient également des actions unilatérales des États-Unis, comme la deuxième guerre du Golfe contre l'Irak en 2003. C'est en 2011, pendant le mandat de Barack Obama, qu'Oussama ben Laden est tué au cours d'une opération spéciale organisée au Pakistan, où se cachait le leader islamiste.

La construction européenne entre élargissement, approfondissement et remises en question

La construction européenne est une expérience unique : une association d'États visant des buts politiques et économiques similaires et se dotant d'institutions communes au nom du principe de supranationalité. Europe des États mais aussi Europe des citoyens ont pris la forme de la Communauté économique européenne (CEE) de 1957 à 1992, puis de l'Union européenne (UE) depuis cette date et le traité de Maastricht. Plusieurs étapes, parfois accompagnées par des crises, marquent la construction européenne.

Les principes fondateurs de la construction européenne

Dès le lendemain de la Seconde Guerre mondiale, des hommes politiques européens, souvent issus des partis chrétiens-démocrates, cherchent un moyen de rendre la guerre impossible entre les pays d'Europe. Jean Monnet et Maurice Schumann en France, Alcide de Gasperi en Italie ou encore Conrad Adenauer en Allemagne contribuent à la fondation du Conseil de l'Europe en 1949, puis de la Communauté européenne du charbon et de l'acier (CECA) en 1951. Toutefois, la Communauté européenne de défense (CED) échoue en 1954. Les États-Unis sont favorables à ce mouvement qui ancre les pays d'Europe occidentale dans le bloc de l'Ouest. Le 25 mars 1957, le traité de Rome institue la Communauté économique européenne (CEE) : elle réunit la France, l'Allemagne de l'Ouest, l'Italie, la Belgique, les Pays-Bas et le Luxembourg.

Les États membres ont toutefois des visions divergentes sur la voie à suivre : le fédéralisme, avec la constitution d'un gouvernement commun, est la voie favorisée par les partis chrétiens-démocrates, notamment en RFA et en Italie ; le souverainisme, qui consiste à maintenir pour chaque État les plus larges attributions possibles, est soutenu par la France du général de Gaulle ; le principe de supranationalité, finalement retenu, établit que chaque État est libre d'accepter des décisions communes qui doivent être le plus consensuelles possible.

Les institutions européennes

Plusieurs institutions sont créées afin de garantir le fonctionnement de l'Union indépendamment de celles des États membres :
– *Le Conseil européen* (1974), formé des chefs d'État ou de gouvernement de chaque État membre, donne les grandes orientations des politiques menées par l'Union.
– *La Commission européenne*, instituée par le traité de Rome en 1957, est constituée d'un commissaire par État membre et propose le budget et les lois votées par le Parlement et le Conseil de l'Union européenne.
– *Le Parlement européen*, héritier de l'Assemblée générale de la CECA, prend son nom actuel en 1962. Il participe au vote des lois européennes, sans en avoir l'initiative. Depuis 1979, il est élu au suffrage universel par l'ensemble des citoyens de l'Union.
– *Le Conseil de l'Union européenne*, également issu de la CECA, est institué en 1957. Il est composé des ministres des États membres concernés par le sujet abordé. Il partage avec le Parlement le pouvoir législatif.

Le fonctionnement de ces institutions a permis la concrétisation de plusieurs programmes européens : Euratom pour l'énergie atomique, la Politique agricole commune (PAC) ou encore des politiques d'aides aux régions.

L'élargissement de l'Union européenne

La spécificité de la CEE puis de l'Union européenne est de comporter une dimension économique et une dimension politique. Le but est de favoriser la libre circulation des hommes et des biens dans l'espace européen et de développer une citoyenneté européenne, accordée à tout citoyen d'un État membre. Les États membres travaillent à une monnaie commune dès 1979, en instituant le Système monétaire européen (SME) afin de limiter l'influence du dollar.

Tout au long de leur histoire, la CEE puis l'UE ont accueilli de nouveaux États membres. Les conditions à remplir pour rejoindre les six fondateurs (France, RFA, Italie, Belgique, Pays-Bas et Luxembourg) sont politiques (être une démocratie) et économiques (satisfaire à certaines normes monétaires et de rigueur budgétaire). Dans les années 1960 et 1970, les nouveaux

ZOOM SUR...

L'EURO : GENÈSE, MISE EN PLACE ET DÉBATS

Le 1er janvier 2002, les premiers billets et pièces en euro commencent à circuler. Dès 1979, l'idée d'une monnaie commune aux États de l'Union européenne se concrétise avec la mise en place du Système monétaire européen et d'une monnaie de compte : l'ECU. En 1992, le traité de Maastricht se donne pour objectif la mise en circulation d'une monnaie commune qui prend le nom d'euro. Afin d'assurer la stabilité de cette monnaie, des critères dits « de convergence » sont adoptés pour sélectionner les pays capables d'entrer dans la zone euro. Ils doivent notamment avoir un déficit budgétaire inférieur à 3 % et un endettement inférieur à 60 % du PIB. Si certains pays ne peuvent donc adopter l'euro, d'autres comme la Suède ou le Royaume-Uni ne l'ont pas souhaité afin de conserver leur souveraineté monétaire. Le poids de ces critères, qui n'ont pas systématiquement été respectés, ainsi qu'un taux de change entre les monnaies nationales et l'euro favorisant l'idée d'une augmentation des prix conduisent certains mouvements politiques à dénoncer le passage à l'euro, que ce soit au nom du nationalisme économique ou pour s'opposer à une Union privilégiant une économie libérale. L'euro est aujourd'hui l'un des éléments majeurs du rayonnement économique de l'Union européenne dans le monde.

membres sont des États de l'Europe du Nord. L'adhésion du Royaume-Uni est refusée par le général de Gaulle, qui voit en lui un « cheval de Troie des États-Unis ». Le Royaume-Uni constitue donc, en 1960, une organisation rivale de la CEE : l'AELE, groupant dix pays européens (ils ne sont plus que quatre actuellement : Islande, Norvège, Suisse et Liechtenstein). Cependant, le départ du général de Gaulle facilite le processus d'adhésion et, en 1973, Royaume-Uni et Danemark entrent dans la CEE.

Dans les années 1980, le retour de la démocratie dans certains pays d'Europe du Sud permet leur adhésion : la Grèce en 1981, l'Espagne et le Portugal en 1986. En 1992, afin de consacrer le resserrement des liens entre les États membres, le traité de Maastricht institue l'Union européenne, qui remplace la CEE.

Avec la fin du bloc soviétique et de la logique de la guerre froide, certains pays neutres entrent dans l'Union en 1995 : l'Autriche, la Suède et la Finlande. Les anciennes démocraties populaires doivent attendre que leur économie satisfasse aux critères de convergence. En 2004, la plupart d'entre elles (Pologne, République tchèque, Slovaquie, Slovénie, Lituanie, Lettonie, Estonie et Hongrie) adhèrent à l'Union, ainsi que Malte et Chypre. En 2007, la Roumanie et la Bulgarie voient leur candidature acceptée et, en 2013, c'est à la Croatie d'intégrer l'Union, portant à vingt-huit le nombre d'États membres.

Cependant, le Royaume-Uni organise en 2016 un référendum à l'issue duquel les Britanniques se prononcent en faveur de la sortie de l'Union européenne. Pour ses partisans, le « Brexit » est lié au refus de continuer de contribuer au financement d'institutions sans que le pays reçoive un soutien proportionnel. Cette tendance s'était déjà exprimée en 1984 lorsque Margaret Thatcher avait déclaré « *I want my money back* ». Les négociations sur le Brexit sont complexes et se traduisent par de nombreux retards et renégociations. Elles aboutissent à la sortie du Royaume-Uni de l'Union européenne le 1er février 2020.

Europe des États, Europe des citoyens : une gouvernance à construire

Afin de s'adapter à la volonté des différents États, l'Union leur laisse la possibilité d'adhérer ou non à certains accords. On parle d'« Europe à géométrie variable ». Ainsi, en 1985, les accords de Schengen ont permis d'établir un espace de libre circulation et un contrôle commun des frontières extérieures à l'Union. Toutefois, la Grande-Bretagne n'y a pas adhéré, causant des crispations autour de la question migratoire, alors que la Suisse, qui n'appartient pas à l'Union, fait partie de l'espace Schengen. La Roumanie, la Bulgarie, la Croatie et Chypre sont encore en attente de leur intégration dans cet espace. L'euro, adopté comme monnaie unique dans dix-neuf pays membres de l'Union en 2002, est un autre exemple d'une Union à plusieurs vitesses.

Afin de renforcer la dimension politique et citoyenne de l'Union européenne, le traité de Maastricht prévoit l'élaboration d'une Constitution européenne. Le projet aboutit en 2005, et plusieurs États décident de le soumettre à un référendum. On constate alors dans l'opinion un divorce entre l'Union et certains citoyens. L'Union européenne est accusée d'être une machine technocratique imposant des normes et qui souffrirait d'un déficit de représentativité. Cette idée est reprise par de nombreux mouvements souverainistes, voire populistes dans les différents pays de l'Union. Les Français et les Néerlandais rejettent le projet : il faut trouver une voie de gouvernance sans Constitution.

Le traité de Lisbonne, qui prolonge le traité de Nice de 2001, y remédie en 2009 : il prévoit que les décisions soient désormais prises à la majorité qualifiée. Le nombre de représentants par pays membre est revu de manière à ne pas désavantager les États les moins peuplés. Aujourd'hui, la question de la gouvernance économique de l'Union se pose avec une nouvelle acuité face à la crise économique liée aux confinements dus à l'épidémie de COVID-19. Les divergences entre les États et le poids de l'Allemagne au sein de l'Union constituent des défis importants.

DES ARTICLES DU *MONDE* À CONSULTER

- Comment l'UE a surmonté la sortie du Royaume-Uni p. 82
(Philippe Ricard, dans *Le Monde* daté du 04.01.2021)
- Les fractures de l'Europe p. 84
(Alain Salles, dans *Le Monde* daté du 12.11.2019)
- Maastricht pour mémoire p. 85
(Jean-Pierre Stroobants, dans *Le Monde* daté du 04.02.2017)

ÉTATS MEMBRES DE L'UNION EUROPÉENNE

L'Union européenne compte vingt-sept membres depuis le 1er février 2020.
Le tableau suivant récapitule les dates auxquelles les États membres ont rejoint l'Union :

Allemagne	1958
Autriche	1995
Belgique	1958
Bulgarie	2007
Chypre	2004
Croatie	2013
Danemark	1973
Espagne	1986
Estonie	2004
Finlande	1995
France	1958
Grèce	1981
Hongrie	2004
Irlande	1973
Italie	1958
Lettonie	2004
Lituanie	2004
Luxembourg	1958
Malte	2004
Pays-Bas	1958
Pologne	2004
Portugal	1986
République tchèque	2004
Roumanie	2007
Slovaquie	2004
Slovénie	2004
Suède	1995

La République française

Depuis les années 1990, la Ve République est un régime politique stable mais qui a connu d'importantes réformes. Celles-ci ont pour objet de mieux faire fonctionner les institutions alors que les cohabitations deviennent plus fréquentes dans les années 1990 et que l'alternance politique se mue en règle. Elles prennent également en compte un nouveau rapport au territoire et répondent au souhait de renforcer la décentralisation et la déconcentration. Les valeurs de la République - la laïcité, mais aussi la liberté - sont également réaffirmées, ce qui se traduit par de nouveaux droits tenant compte des évolutions de la société française.

Des réformes institutionnelles

Les institutions et les pratiques de la Ve République ont été définies entre 1958 et 1962. Le référendum du 28 octobre 1962 modifie le mode de scrutin de l'élection présidentielle. Le premier président élu au suffrage universel direct est le général de Gaulle, en 1965. Mais personne au départ n'a pris en compte la possibilité d'une cohabitation et les institutions ont été conçues pour un pouvoir présidentiel inscrit dans une longue durée. Ces réalités ont profondément changé depuis les années 1970.

Initialement, la Constitution de la Ve République prévoyait que le mandat présidentiel serait de sept ans, alors que le mandat des députés durerait cinq ans. Une élection législative au moins aurait nécessairement lieu pendant le septennat. De 1986 à 1988, le président de la République doit cohabiter pour la première fois avec un Premier ministre qui n'est pas du même parti politique que lui. En 1993, pendant le second septennat de François Mitterrand (1988-1995), la droite est majoritaire aux élections législatives, et Édouard Balladur est nommé Premier ministre. En 1997, le président Jacques Chirac dissout l'Assemblée nationale deux ans après son élection. Il souhaite renforcer la majorité présidentielle pour soutenir le gouvernement d'Alain Juppé, critiqué par les syndicats et la gauche. La droite perd les élections législatives, et Jacques Chirac doit nommer le socialiste Lionel Jospin à Matignon. Cette cohabitation dure cinq ans, jusqu'en 2002.

Afin de répondre à ce risque d'instabilité, Jacques Chirac décide – « poussé » par son Premier ministre Lionel Jospin –, en 2000, de réduire à cinq ans le mandat du président de la République afin de le faire coïncider avec une législature. Cela a l'avantage de donner une cohérence à l'action du président et du Premier ministre, tout en limitant le risque de la cohabitation : les élections législatives se déroulant à la suite de la présidentielle, le parti présidentiel est plus facilement assuré d'emporter la majorité à l'Assemblée nationale.

Cette réforme s'opère dans un contexte dans lequel les Français tendent à favoriser l'alternance, c'est-à-dire qu'ils votent plutôt à droite après une présidence et une législature de gauche, et vice-versa. Ainsi, après Nicolas Sarkozy (président de 2007 à 2012), c'est François Hollande qui est élu et dont le parti remporte les élections législatives. Toutefois, l'alternance est un principe et non une règle : elle peut connaître des exceptions. Ainsi, la présence d'un candidat du Front national au second tour de la présidentielle en 2002 et en 2017 conduit à l'élection du candidat se présentant contre lui, indépendamment du principe d'alternance : Jacques Chirac est réélu en 2002 contre Jean-Marie Le Pen, et Emmanuel Macron remporte l'élection contre Marine Le Pen en 2017. En outre, le fait qu'Emmanuel Macron a créé un nouveau parti attirant à lui à la fois des personnalités de gauche et de droite brouille un peu plus encore les cartes.

La poursuite de la politique de décentralisation

La tradition française en matière d'administration est celle d'un État centralisé, suivant le double héritage de la monarchie absolue et de la République jacobine. Depuis 1982, les lois Defferre confèrent toutefois aux collectivités territoriales de nouveaux pouvoirs : c'est l'acte I de la décentralisation, qui voit la création de vingt-deux régions. À l'instar des départements et des communes, les régions disposent d'un conseil élu par les citoyens. L'État, comme dans les départements, y est représenté par un préfet. Les régions sont notamment chargées d'organiser les transports et les lycées. Ainsi, on assiste à la fois à une décentralisation, avec transfert de pouvoir à des échelons infra-étatiques, et à une déconcentration, c'est-à-dire à un transfert de compétences de l'administration centrale aux administrations régionales.

ZOOM SUR...

LES COMPÉTENCES DES COLLECTIVITÉS TERRITORIALES

Le conseil régional est élu tous les six ans au suffrage universel direct. Il est dirigé par un président issu de la majorité régionale. La région dispose de compétences en matière de transports intrarégionaux, de politique économique régionale, d'aménagement du territoire et de gestion des lycées.

Le conseil départemental est élu tous les six ans au suffrage universel direct. Il est compétent en matière de politiques sociales, de politique économique départementale et de gestion des collèges.

Les métropoles sont des communautés de communes en zone urbaine, dont les responsables sont les membres d'un conseil élus par et parmi les conseillers municipaux des communes membres. Leurs compétences concernent l'aménagement de l'espace urbain, la politique de la ville et l'habitat.

Les communes possèdent un conseil municipal élu par les citoyens au suffrage universel direct, qui désigne un maire. Elles gèrent les équipements municipaux, l'entretien de la voirie et les écoles.

Palais de l'Élysée.

En 2003, Jacques Chirac fait inscrire dans la Constitution le terme de *République décentralisée*, et les lois de 2004 renforcent les pouvoirs régionaux : c'est l'acte II de la décentralisation. L'acte III se produit en 2015, lorsque François Hollande réalise le regroupement de certaines régions et limite leur nombre à quinze. Le statut de métropole est créé, dont celle du « Grand Paris ». En 2020, Emmanuel Macron lance l'acte IV de la décentralisation afin de renforcer son efficacité.

À l'échelle des communes et des départements, les mesures de décentralisation ont permis de donner encore davantage de pouvoir aux élus locaux. L'aide sociale ainsi que les collèges dépendent des départements, alors que les écoles sont gérées par les communes. La France compte plus de 36 000 communes, ce qui est beaucoup en comparaison des autres pays de l'Union européenne. Une politique incitative est menée pour réduire leur nombre, notamment en zone rurale, en élargissant les compétences des communautés de communes.

Des valeurs réaffirmées et de nouveaux droits

Les valeurs de la République sont réaffirmées et adaptées aux évolutions de la société. De nouvelles institutions et de nouvelles lois sont mises en place afin de répondre à la demande, de la part des citoyens, de transparence accrue : une Cour de justice de la République est ainsi créée en 1993 pour juger les ministres pendant l'exercice de leurs fonctions, et les compétences du Conseil constitutionnel sont élargies en 2008, permettant aux citoyens de faire valoir leurs droits. Des lois de financement des partis politiques, promulguées de 1988 à 2017, limitent leurs liens avec les acteurs économiques, tandis que d'autres contribuent à la transparence de la vie publique.

Face aux attaques dont il fait l'objet, le principe de laïcité est réaffirmé, particulièrement à l'école. Certains points des programmes ou certains aspects de la vie des élèves sont en effet remis en cause par une partie de la population, au nom de croyances religieuses. En 2004, une loi sur la laïcité interdit les symboles religieux ostentatoires à l'école primaire et secondaire. Une charte de la laïcité est rédigée en 2013.

Malgré l'affirmation des droits des femmes depuis les années 1960, la parité au sein du monde politique ou des entreprises (que ce soit en termes de salaire ou de représentation dans tous les types d'emploi) n'est toujours pas acquise. En 1999, la parité dans les mandats électoraux est inscrite dans la loi, tout comme l'égalité des salaires et des fonctions professionnelles, en 2008. Malgré des progrès importants, la parité n'est toujours pas inscrite pleinement dans les actes.

La demande de la part d'associations représentant la communauté LGBT d'une possibilité d'institutionnaliser les unions de personnes de même sexe conduit à de nouvelles lois. En 1999, le PACS permet à deux personnes, quels que soient la nature de leur union ou leur genre, de contracter une union protégeant juridiquement les deux partenaires. En 2013, le mariage est ouvert aux personnes de même sexe. En 2020, une loi sur la procréation médicalement assistée (PMA) doit être soumise au Parlement : elle doit permettre à toutes les femmes, y compris les femmes seules ou en couple homosexuel, d'avoir recours à cette méthode de procréation.

DES ARTICLES DU *MONDE* À CONSULTER

• Vote historique de la loi sur le mariage pour tous p. 87
(Gaëlle Dupont, dans *Le Monde* daté du 24.04.2013)

• Une nouvelle génération de femmes s'est lancée en politique p. 89
(Anne Chemin, dans *Le Monde* daté du 08.03.2005)

LES LOIS SUR LA PARITÉ

La parité s'est construite grâce à plusieurs lois, votées de 1999 à nos jours :

1999 : le principe de parité est inscrit dans la Constitution.

2008 : obligation de présenter aux élections autant de candidats femmes qu'hommes, sous peine de pénalité financière pour les partis en cas d'écart de plus de 2 %. L'article sur la parité dans la Constitution est révisé de manière à inclure la dimension professionnelle et sociale.

2011 : obligation, dans les conseils d'administration, d'avoir au minimum un ratio de 40-60 % entre les deux genres.

2011 : instauration d'un seuil de 40 % de nominations de femmes dans la haute fonction publique.

2013 : obligation d'une parité à 50 % aux élections municipales dans les communes de plus de 1 000 habitants, y compris pour l'élection des adjoints.

2014 : loi pour l'égalité réelle entre les hommes et les femmes. La parité doit s'appliquer à l'ensemble des entreprises et du monde culturel et associatif.

Composition : Nouveaux rapports de puissance et enjeux mondiaux

SUJET

Ordre et désordre international depuis les années 1990.

Camp de réfugiés syriens déplacés dans la ville d'Atme (frontière turque).

Analyse du sujet

Les termes *ordre* et *désordre* montrent qu'il s'agit d'un sujet de réflexion géopolitique. La notion d'ordre international peut signifier une situation de paix fondée sur des rapports multilatéraux, mais aussi sur le fait qu'une puissance arrive à imposer sa vision de l'ordre. Le démarrage du sujet après la fin de la guerre froide conduit tout naturellement à réfléchir sur la capacité des États-Unis à imposer leur vision de l'ordre international.

Tout ordre rencontre des facteurs d'opposition et des limites. Certaines situations relèvent donc d'un « désordre » géopolitique. Là encore, il convient de s'interroger sur la différence entre désordre, remise en cause de l'ordre et instauration d'un nouvel ordre.

Le sujet s'applique non seulement aux conflits, à la diplomatie mais aussi à l'économie, et pose la question de la gouvernance mondiale.

Problématique

Quels sont, depuis les années 1990, les facteurs d'ordre et de désordre dans la géopolitique mondiale ?

Proposition de plan

I. Le monde en ordre : entre unilatéralisme américain et dialogue onusien

A. L'hyperpuissance américaine
Le dilemme de l'unilatéralisme (opposer les deux guerres du Golfe).

B. L'ONU comme facteur d'ordre
Interventions, tribunaux pénaux internationaux.

C. Les organisations régionales, les alliances et les organisations de coopération entre États
Les garants d'un ordre (UE, OPEP, OMC, etc.).

II. Le monde en désordre : « arc des crises » et « États parias » ?

A. Le monde en désordre
Une perception que les États-Unis ont de leurs ennemis ?

B. Mouvements séparatistes armés, terroristes et fondamentalistes
Une menace pour les équilibres mondiaux.

C. Les concurrences et affrontements économiques
Entre les États et les acteurs illégaux.

III. Un nouvel ordre s'instaure-t-il ?

A. Vers un ordre multipolaire ?

B. Des régions du monde condamnées au désordre ?

C. Les logiques de la mondialisation
Ordre ou désordre ?

Conclusion

Depuis les années 1990, le monde n'a pas vu son ordre bouleversé, même si les États-Unis n'ont plus, depuis les années 2000 et 2010, les mêmes moyens qu'auparavant pour faire régner une organisation mondiale à leur profit. Bien que la notion de désordre soit relative, force est de constater que la déstabilisation de certaines régions du monde a conduit à des massacres et des crises humanitaires que la collaboration entre les nations n'a pas toujours pu empêcher.

Composition : La construction européenne entre élargissement, approfondissement et remises en question

SUJET

L'Union européenne face aux défis de l'élargissement et de l'approfondissement depuis les années 1990.

Analyse du sujet

Cadre chronologique : commencer le sujet au traité de Maastricht, en 1992, et l'achever au temps présent, au moins en y incluant le Brexit.

« Construction européenne » : processus long de construction d'une identité et d'institutions entre les États membres de la CEE depuis 1957, puis de l'UE depuis 1992.

« Élargissement » : entrée dans l'Union de nouveaux États après acceptation de leur candidature.

« Approfondissement » : resserrement des liens entre les États membres de l'Union.

Problématique

Comment les institutions de l'Union européenne se sont-elles adaptées au défi de l'élargissement à de nouveaux pays, alors même que le resserrement des liens entre un nombre plus grand de pays constituait un défi pour la gouvernance commune ?

Proposition de plan

I. Le pari de l'élargissement

A. L'héritage des élargissements précédents
- Six pays fondateurs en 1957.
- Élargissement à des pays d'Europe du Nord en 1973.
- Élargissement aux nouvelles démocraties d'Europe du Sud en 1981 et 1986.

B. Des critères précis
- Critères économiques : convergence.
- Critères politiques : démocratie.

C. Des vagues d'adhésions
- 1995 : anciens pays neutres de la guerre froide.
- 2004, 2007, 2013 : pays de l'ancien bloc soviétique.

II. De nouveaux modes de gouvernance

A. Des institutions héritées
- Parlement européen.
- Commission européenne.
- Conseils européens.

B. Des institutions à adapter
- Supranationalité et subsidiarité.
- Majorité qualifiée.
- Traités de Nice et de Lisbonne.

C. Une Union à géométrie variable
- Espace Schengen.
- Zone euro.
- Politiques européennes (PAC).

III. Des crises liées à l'élargissement et à l'approfondissement ?

A. Une gouvernance encore à construire
- Refus de la Constitution en 2005 par les Français et les Néerlandais.
- Des élargissements qui posent question : l'exemple de la Turquie.
- Question de la représentativité des institutions.

B. Une Union coupée de ses citoyens ?
- L'UE accusée d'être une « technocratie ».
- L'UE accusée par certains partis politiques d'être contraire aux intérêts nationaux (partis d'extrême droite et populistes), en lien avec la gouvernance européenne sur la crise migratoire.
- L'UE accusée d'être le véhicule de la mondialisation libérale (partis d'extrême gauche).

C. Une Union que l'on veut quitter : des tendances centrifuges
- Multiplication des partis invitant à quitter l'UE.
- Brexit.
- Malgré tout, une Union qui tient bon.

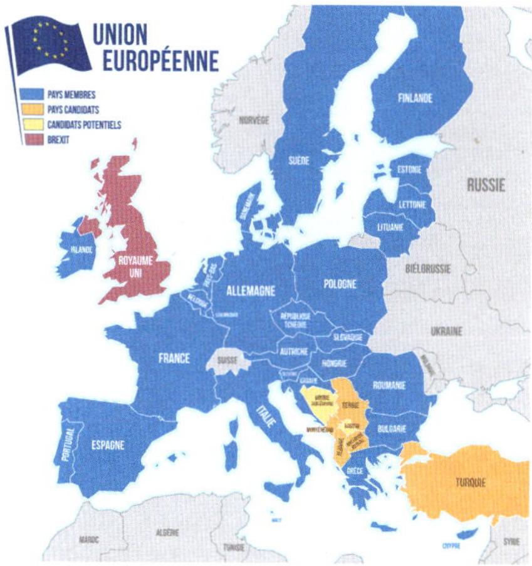

Pays membres de l'Union européenne.

Conclusion

Malgré tous les obstacles, l'Union européenne a maintenu une politique d'élargissement et d'approfondissement. La crise de la COVID-19 est un test qui permet de voir dans quelle mesure l'approfondissement de l'Union permet ou non aux solidarités entre États de s'affirmer. Il y va de l'attractivité de l'Union et de sa capacité à convaincre les États membres.

Étude critique de document : La construction européenne entre élargissement, approfondissement et remises en question

Après avoir replacé le document dans son contexte, montrez en quoi le traité de Maastricht a tenté de donner un nouvel élan à la construction européenne et interrogez-vous sur les réussites et les limites de sa mise en œuvre.

Document - Le traité de Maastricht, 7 février 1992 (extraits)

Par le présent traité, les hautes parties contractantes instituent entre elles une Union européenne. Le présent traité marque une nouvelle étape dans le processus créant une union sans cesse plus étroite entre les peuples de l'Europe, dans laquelle les décisions sont prises au plus près des citoyens. [...] L'Union se donne pour objectifs :

- de promouvoir un progrès économique et social équilibré et durable, notamment par la création d'un espace sans frontières intérieures, par le renforcement de la cohésion économique et sociale et par l'établissement d'une union économique et monétaire comportant à terme une monnaie unique ;
- d'affirmer son identité sur la scène internationale, notamment par la mise en œuvre d'une politique étrangère et de sécurité commune, y compris à terme d'une politique de défense commune ;
- de renforcer la protection des droits et des intérêts des ressortissants de ses États membres par l'instauration d'une citoyenneté de l'Union ;
- de développer une coopération étroite dans le domaine de la justice et des affaires intérieures.

Analyse du sujet

La formulation du sujet insiste sur la nécessité de ne pas se concentrer sur une pure critique interne du document : il faut au contraire le mettre en rapport avec son contexte tant antérieur que postérieur. En clair, on nous demande de montrer ce qu'il apporte de nouveau par rapport aux précédents traités européens, et d'évaluer a posteriori ses retombées concrètes.

Le Parlement européen à Strasbourg.

Problématique

En quoi l'élan impulsé par le traité de Maastricht a-t-il permis à la construction européenne de progresser sans pour autant parvenir à atteindre tous les objectifs ambitieux assignés par ce traité ?

Proposition de plan

I. De l'union économique à l'union politique

La principale innovation du traité de Maastricht, et par là même de l'Union européenne à laquelle il donne naissance, et de mettre en œuvre un rapprochement politique et non plus seulement économique entre les États concernés.

II. La citoyenneté au cœur du projet européen

Le traité crée une citoyenneté européenne. Plus fondamentalement, le mot « citoyen » y est fréquemment cité : on sent là un souci de donner de la chair au projet européen, d'en faire sentir plus clairement les bénéfices aux peuples qui le portent. Il s'agit de répondre aux critiques qui voient dans l'unification européenne un processus purement technocratique coupé des réalités quotidiennes.

III. Une mise en œuvre contrastée

L'essentiel du traité a été mis en œuvre, notamment la création d'une monnaie commune. Mais l'ambition de placer les citoyens au cœur du jeu européen demeure inaccomplie : l'abstention lors des élections européennes et l'euroscepticisme galopant montrent qu'il reste beaucoup à faire sur ce point. Quant au projet d'une défense européenne, il demeure aujourd'hui de l'ordre de l'utopie.

Composition : La République française

SUJET

Les Français et la République depuis les années 1990.

Analyse du sujet

« Les Français » est un terme englobant, et l'on ne doit pas oublier qu'il évoque un groupe d'individus qui possèdent chacun leurs spécificités et disposent des droits, devoirs et libertés fondamentales.

« La République » est à la fois un ensemble d'institutions et un ensemble de valeurs. La République doit donc à la fois édicter les règles de la vie en commun et répondre aux attentes des Français. Cela nécessite des arbitrages du pouvoir politique, car ces attentes peuvent être contradictoires ou opposées aux valeurs républicaines.

Problématique

Comment la République, par ses institutions et ses valeurs, s'est-elle renouvelée depuis les années 1990 afin de répondre aux attentes des Français ?

L'Assemblée nationale à Paris.

Proposition de plan

I. Les Français et les institutions républicaines

A. L'alternance et la cohabitation : de nouvelles pratiques politiques
- Cohabitation de 1997 à 2002.
- Alternances en 2007, 2012 et 2017.

B. Les réformes institutionnelles : le quinquennat présidentiel

C. La décentralisation comme réponse aux attentes des citoyens (quatre actes)

II. La République et le renforcement des droits des citoyens

A. La République et le monde du travail : la réaffirmation d'un État social (loi sur les 35 heures)

B. La République et la parité : lois de 1999 et 2008

C. La République et les nouvelles formes de vie familiale : PACS, mariage pour tous

III. Une République contestée et qui se réaffirme

A. La contestation des valeurs républicaines : montée des extrêmes

B. La remise en cause du principe de laïcité : contestations par les fondamentalistes, nouvelle charte de la laïcité

C. Les séparatismes : nationalisme en Corse, communautarismes religieux et refus des lois républicaines, zones de « non-droit »

Conclusion

Depuis les années 1990, la République a su s'adapter aux nouvelles réalités sociales du pays. Toutefois, ses valeurs et son autorité demeurent contestées, rendant pertinente une réaffirmation des idées républicaines par de nouvelles voies.

Rwanda : histoire d'une faillite française

La commission présidée par l'historien Vincent Duclert a remis vendredi 26 mars son rapport sur le rôle de la France au Rwanda. Sans conclure à la complicité de génocide des Tutsi, le rapport détaille *« un ensemble de responsabilités, lourdes et accablantes »*

Un naufrage politique, militaire, diplomatique, administratif, intellectuel et éthique. Un aveuglement idéologique de François Mitterrand et de ses conseillers, imposé au reste de l'appareil d'État. Un révélateur des stéréotypes coloniaux et d'une lecture purement ethnique qui ont irrigué la politique africaine de la France. Ainsi se dessinent les lignes de force du rapport de la commission d'historiens (présidée par Vincent Duclert) remis vendredi 26 mars dans l'après-midi à Emmanuel Macron.

Le président de la République avait décidé sa formation il y a deux ans, afin d'« analyser le rôle et l'engagement de la France au Rwanda ». Vingt-sept ans après le génocide de près de 800 000 Tutsi par le régime hutu, soutenu par Paris, ce document de 1 200 pages, nourri par un accès sans précédent aux archives, marque une étape fondamentale dans la quête douloureuse de la vérité sur la *« dernière défaite impériale* [de la France], *d'autant plus grave qu'elle n'est ni formulée ni regardée »*.

La conclusion synthétise l'analyse des historiens au terme de leur voyage dans les archives au cours de la période 1990-1994, de l'opération Noroît jusqu'à la fin de l'opération Turquoise. *« La crise rwandaise s'achève en désastre pour le Rwanda, en défaite pour la France,* écrivent-ils. *La France est-elle pour autant complice du génocide des Tutsi ? Si l'on entend par là une volonté de s'associer à l'entreprise génocidaire, rien dans les archives consultées ne vient le démontrer. La France s'est néanmoins longtemps investie au côté d'un régime qui encourageait des massacres racistes. Elle est demeurée aveugle face à la préparation d'un génocide par les éléments les plus radicaux de ce régime. Elle a adopté un schéma binaire opposant d'une part l'ami hutu, incarné par le président Habyarimana, et de l'autre l'ennemi qualifié d'"ougando-tutsi" pour désigner le FPR* [Front patriotique rwandais]. *Au moment du génocide, elle a tardé à rompre avec le gouvernement intérimaire qui le réalisait et a continué à placer la menace du FPR au sommet de ses préoccupations. Elle a réagi tardivement avec l'opération Turquoise, qui a permis de sauver de nombreuses vies, mais non celles de la très grande majorité des Tutsi du Rwanda, exterminés dès les premières semaines du génocide. La recherche établit donc un ensemble de responsabilités, lourdes et accablantes. »*

Signaux d'alerte

Pas de complicité de génocide retenue par la commission, qui ne prétend pas à l'expertise juridique sur cette notion, susceptible d'animer des colloques savants. C'est entendu : les historiens ne forment pas un jury de cour d'assises, ils ne siègent pas dans un tribunal international. Toutefois, l'analyse développée au fil des centaines de pages tend vers ce soupçon de complicité, même si la France n'a pas voulu sciemment participer à une entreprise génocidaire. Elle établit les mobiles, les moyens et les dénégations, en rupture avec la réalité du terrain au Rwanda, et les nombreux signaux d'alerte, lancés à partir de la fin de 1990. En 1998, la mission d'information parlementaire dirigée par Paul Quilès, sans moyens réels d'investigation ni volonté solide de mettre la vérité à nu, s'était contentée d'évoquer une France *« mithridatisée face à un contexte dont elle a sous-estimé la gravité »*.

Le rapport des historiens, avec la distance du temps et l'appui des archives, va bien plus loin. Il ne clôt donc pas les recherches, mais les ouvre davantage. Il rend à présent indiscutables certaines vérités, objets de déformations et de maquillage systématique de la part des gardiens du temple mitterrandien et de certains hauts gradés. Sans éclaircir toutes les zones d'ombre. Exemple : la commission ne se penche pas, curieusement, sur le rôle joué par Paul Barril, cet ancien gendarme sulfureux de l'Élysée reconverti dans la sécurité privée. Proche d'Agathe Habyarimana, la veuve du président assassiné (par ailleurs figure du cercle hutu le plus extrémiste), aujourd'hui réfugiée en France, il a lui-même signalé sa présence au Rwanda pendant le génocide.

Le document comporte une large partie chronologique, remontant aux sources de l'engagement français au Rwanda, puis un dernier chapitre plus thématique, consacré à la *« dérive des institutions »* de la France et à l'*« impensé du génocide »*. Celui-ci offre une sorte de coupe transversale de l'État. Voici démantibulé le circuit de l'information, de la consultation et de la décision au sommet du pouvoir. Les cercles de connivence, les rapports de défiance et de domination, les réflexes administratifs, les stratégies de dissimulation sont exposés de façon méthodique.

Le tableau général est lourd d'enseignements et d'interrogations sur la mécanique de l'État républicain et la conduite des opérations militaires. Le Rwanda est un cas clinique – le plus terrible et opaque qu'il y eut depuis la guerre d'Algérie – du fonctionnement pyramidal de la Ve République, où tout découle du président. Jusqu'à l'excès possible, l'abus, la faute pour l'histoire, sans contre-pouvoirs ni contrôle réel.

Le rapport s'appuie sur près de 8 000 documents, notes manuscrites, télégrammes diplomatiques, analyses de conseillers, synthèses des conseils restreints de défense. Tous déclassifiés, ils seront à la disposition des chercheurs et du grand public. Tel était l'engagement du président Emmanuel Macron, soucieux de surmonter le « triple blocage – mémoriel, politique et archivistique – », constaté depuis plus de vingt-cinq ans, selon la commission. Une partie de ces documents était connue grâce aux travaux déjà publiés. Mais la commission s'évertue d'abord à dresser un tableau cohérent et exhaustif, plutôt que de chercher l'anecdote inédite. À faire œuvre de pédagogie sur les termes, les concepts, les mécanismes. La lecture en est d'autant plus passionnante, malgré certaines répétitions.

La commission reconnaît que *« certains documents ont sans doute échappé »* à sa vigilance. Tout au long du texte, elle signale les cases vides. Les archives de Jean-Christophe Mitterrand, fils du chef de l'État et conseiller Afrique jusqu'en juillet 1992, sont introuvables. Le bureau de l'Assemblée nationale a refusé la consultation des archives de la mission d'information parlementaire de 1998. La grande chancellerie de la Légion d'honneur a fait montre d'un *« manque de coopération »*, empêchant d'obtenir des informations sur la promotion des dignitaires du régime de Kigali, ainsi que sur les Français ayant bénéficié de décorations rwandaises, en particulier les gradés militaires. La *« production brute »*, opérationnelle, des agents de la Direction générale de la sécurité extérieure (DGSE) présents au Rwanda en avril 1994 n'est pas déclassifiée en intégralité.

« Un régime raciste »

Mais le plus grave du point de vue du fonctionnement normal de l'État concerne *« l'indigence »* des archives de l'état-major particulier (EMP) de François Mitterrand à l'Élysée, qui fut au cœur *« des pratiques irrégulières et des dérives institutionnelles. »* Un unique carton subsiste de l'époque. Or le Rwanda fut, de 1990 à 1994, un sujet majeur pour l'EMP. Le pré carré non pas de la France, mais du président lui-même, qui avait noué une relation fraternelle avec Juvénal Habyarimana, son homologue rwandais.

La commission rappelle que *« les autorités françaises ont fait preuve d'un aveuglement continu dans leur soutien à un régime raciste, corrompu et violent, pourtant conçu comme un laboratoire d'une nouvelle politique française en Afrique, introduite par le discours de La Baule »*, prononcé en juin 1990 par François Mitterrand. Pourquoi ce soutien ? L'analyse est faite depuis longtemps.

Après son indépendance en 1962, faisant suite à la domination belge, le Rwanda a développé une grande proximité avec la France. Juvénal Habyarimana, arrivé au pouvoir en 1973, et François Mitterrand vont nouer une vraie connivence, qui se manifeste notamment par un appui aux Forces armées rwandaises (FAR). Déclenchée en octobre 1990, l'opération Noroît a officiellement pour mission de protéger les ressortissants français au Rwanda face à l'offensive du Front patriotique rwandais (FPR). Des violences ciblent déjà les Tutsi et l'opposition, des appels à la délation sont lancés, des exécutions ont lieu.

La France prétend proposer une relation transactionnelle : un soutien politique et militaire au régime, seul légitime pour Paris car représentant la majorité hutu, en échange d'une démocratisation bien improbable. L'« ennemi » tutsi, lui, est qualifié de menace étrangère, de guérilla extérieure. Cette présentation va servir pendant quatre ans à délégitimer le FPR, qui ne serait qu'une excroissance de l'Ouganda anglophone. Ce qui est en jeu, c'est à la fois la défense d'un régime ami, et celle de la francophonie, de la zone d'influence française.

Alors que le cercle des extrémistes hutu autour du président Habyarimana est identifié très tôt par le colonel René Galinié, attaché de défense à Kigali, le soutien au dirigeant rwandais demeurera jusqu'au bout inconditionnel. Le Front patriotique rwandais, lui, est présenté comme *« un parti manipulateur, insincère, faussement politique et national »*, *« ethnique et étranger »*, bref *« un ennemi de la France »*, selon le rapport Duclert. *« Fortement investie au Rwanda à partir d'octobre 1990, la France adopte la vision racialiste sans réaliser la contradiction qu'elle installe avec le projet de démocratisation »* qu'elle prétend promouvoir en appuyant les accords d'Arusha, entre pouvoir et opposition.

La coopération militaire avec le régime hutu est si étroite que ce dernier continue, après le déclenchement du génocide, à réclamer des armes à la France, comme une évidence, un partenariat indéfectible. Une fiche de la Direction du renseignement militaire (DRM), en date du 15 avril 1994, *« fait remonter des demandes précises de munitions et d'aide au transport d'armements achetés en Israël et en Pologne »*, formulées par l'attaché de défense de l'ambassade du Rwanda à Paris. *« La réponse apportée n'est pas connue »*, reconnaît la commission. Les archives étant très parcellaires, *« il est impossible de rendre compte avec certitude de l'existence de flux d'armes transitant de la France vers le Rwanda »* après le 7 avril. Mais, le 25 avril, une nouvelle demande rwandaise de fourniture d'armements est signalée, dans une note du Quai d'Orsay. Sur cette question très sensible, aux nombreuses zones grises, les historiens atteignent les limites de leur exercice.

L'une des occurrences importantes dans le rapport est le mot *« parallèle »*, comme hiérarchie ou circuit parallèle. La confiscation du dossier rwandais par François Mitterrand est allée jusqu'à un contournement des ministères et des administrations figurant dans les chaînons habituels de la prise de décision. *« La commission*, écrivent les historiens, *a démontré l'existence de pratiques irrégulières d'administration, de chaînes parallèles de communication et même de commandement, de contournement des règles d'engagement et des procédures*

POURQUOI CET ARTICLE?

Cet article propose une synthèse du rapport écrit par une commission d'historiens à la demande du président de la République Emmanuel Macron, qui analyse les responsabilités de la France dans le génocide rwandais. En effet, ce génocide des Tutsi perpétré en 1994 par le régime hutu soutenu par Paris, constitue encore une zone d'ombre dans l'histoire française. Les historiens pointent du doigt l'aveuglement de l'État français et une réaction très tardive via l'opération Turquoise. Cela s'explique d'abord par la grande proximité entre la France et le Rwanda après son indépendance en 1962, dans un contexte où la France possède une forte influence qu'elle souhaite conserver. Une lecture « postcoloniale » de la réalité locale est bien à l'origine du soutien inconditionnel au régime hutu, auquel l'État français apporte longtemps un appui militaire. Par ailleurs, le rapport révèle le fonctionnement pyramidal de la Ve République, qui a permis au président François Mitterrand, sans réel contre-pouvoir, de faire du dossier son pré carré, contourner les institutions et ignorer délibérément les signaux d'alerte. Enfin, cet article permet de réfléchir au rôle social de l'historien - enquêter, non juger - et à la manière dont s'écrit l'histoire : celle-ci se construit autour de cases vides et de questions restées parfois sans réponse, faute d'archives.

légales, d'actes d'intimidation et d'entreprises d'éviction de responsables ou d'agents. » Derrière la façade démocratique et institutionnelle de l'État français se dessinent des pratiques qui ne relèvent ni de l'une ni de l'autre.

« *L'implication très grande des militaires français dans la formation des Forces armées rwandaises* », d'octobre 1990 jusqu'au génocide d'avril 1994, et la transformation de ce pays africain en « laboratoire » – autre occurrence du rapport – portent la marque personnelle du président. Le secrétaire général de l'Élysée est alors Hubert Védrine. Il lit tout, annote souvent de quelques mots secs, organise la circulation de l'information. Il veille à la mise en musique des directives présidentielles. « *À chaque moment de crise, une note vient radicaliser les options, cliver les situations* », dit le rapport, au sujet de la remontée des écrits des conseillers, civils et militaires, sur le Rwanda.

En principe, l'état-major particulier répond directement devant le président. Il n'a pas de fonction opérationnelle, en dehors de la dissuasion nucléaire. « *Le dossier rwandais démontre l'inverse* », note le rapport, qui insiste sur une pratique du pouvoir opaque : « *L'ordre par la voix* », qui ne laisse pas d'empreintes. Il « *pose incontestablement problème* », car il « *transfère sur l'exécutant (…) la paternité de la décision* ».

Les archives exhumées par la commission sur ce point sont surtout signées par le général Jean-Pierre Huchon, adjoint au chef d'état-major particulier auprès de l'amiral Jacques Lanxade puis du général Christian Quesnot. L'emprise de l'EMP s'exerce sur toutes les administrations, et même à l'Élysée, sur les conseillers de la cellule Afrique, où Bruno Delaye a remplacé Jean-Christophe Mitterrand. C'est le syndrome de la pièce close enfumée. Même ceux qui ne tirent pas sur une cigarette en véhiculent l'odeur.

« Pratiques irrégulières »

Le général Huchon envoie des courriers directement « *à des agents de l'État aux fins de les influencer voire d'exiger d'eux un alignement sur la politique élyséenne* ». Même chose sur le terrain, au Rwanda. Le rapport évoque notamment « *une collection de télécopies adressées confidentiellement, et toujours hors circuit officiel, à l'attaché de défense à Kigali* ». Dans certains cas, il lui est demandé instamment de les détruire sur le champ. D'où le manque d'archives complètes dans ce domaine sensible. Un grand nettoyage a été opéré.

Objectif de ces envois : s'assurer de la conversion du colonel René Galinié, sur le terrain, à la grille de lecture idéologique promue par l'Élysée. En octobre 1990, celui-ci est conseiller militaire et politique officieux du régime rwandais. Il rencontre le président Habyarimana à quatre reprises en huit jours. Ce qu'exige le général Huchon du colonel Galinié « *pourrait s'apparenter à des pratiques d'officine* », *explique le rapport. Il lui demande ainsi, dans un fax du 27 octobre 1990, d'organiser une « manipulation (…) que l'on peut qualifier d'"intoxication"* », résument les historiens. Il s'agit d'inventer, de brandir des « *preuves* » (les guillemets autour du mot figurent dans le fax lui-même) de l'emprise de l'Ouganda anglophone sur l'offensive lancée par le FPR. Si l'opinion internationale était convaincue de l'existence d'une agression extérieure, alors l'intervention militaire française en serait légitimée.

Mais le rôle de l'état-major particulier dépasse largement la coordination et la partition idéologique. L'EMP « *semble s'être transformé en acteur direct du dossier rwandais, au moyen de pratiques irrégulières* », sous l'approbation du président, « *marginalisant de fait les institutions légalement en charge du commandement opérationnel, l'état-major des armées et la mission de coopération militaire.* » La situation est sans précédent. L'EMP « *exerce un pouvoir direct et permanent sur l'engagement militaire français au Rwanda, jusqu*[e dans] *ses aspects matériels et opérationnels* ».

L'année 1991 est celle du développement des « *liaisons parallèles* ». Sont alors mis en place « *des dispositifs de communication entre les unités sur le terrain, c'est-à-dire le DAMI "Panda"* [Détachement d'assistance militaire et d'instruction], *armé par les opérateurs du 1er RPIMa* [régiment de parachutistes d'infanterie de marine], *et une chaîne de commandement qui apparaît au premier regard polycéphale* ». Le rapport cite notamment un fax du 26 juillet 1991, envoyé de Ruhengeri, une ville du nord du Rwanda, par le chef du DAMI « Panda ».

Il fait mention de deux types de liaisons, radioélectriques et téléphoniques, chiffrées et cryptées, qui relient le détachement à l'opération Noroît, également au Rwanda, et à une double tutelle à Paris : le ministère de la coopération et l'état-major des armées. Puis, entre juillet et octobre 1991, la liaison avec la mission militaire de coopération *« disparaît au profit de l'Élysée, à savoir l'EMP »*. L'Élysée se trouve donc en liaison téléphonique directe avec les soldats français déployés auprès des Forces armées rwandaises. À notre époque, la sophistication des communications permet tout, y compris un dialogue par messagerie instantanée entre chefs d'État. Mais, il y a vingt-sept ans, la mise en place d'un tel dispositif était chargée de sens politique et opérationnel.

Autonomie et surveillance, opacité. Tout cela, Pierre Joxe le met en cause. Début février 1993, le ministre de la défense – rare homme politique dont les positions de principe républicaines sont saluées dans le rapport – propose une réorganisation de la prise de décision militaire. Il s'agit de revenir à une pratique plus conventionnelle et normée. Les comités restreints de défense qu'il envisage doivent permettre, selon les historiens, *« de réformer des pratiques d'opacité, de communication orale, et des phénomènes de déresponsabilisation tant politique qu'administrative, qu'il constatait particulièrement sur le dossier rwandais »*. Pierre Joxe propose ainsi à François Mitterrand de *« préserver le pouvoir présidentiel »* sur la défense, alors que la cohabitation se profile. Il réclamera un enregistrement écrit des propositions faites au président, des objectifs visés et des décisions prises. En vain.

Au sein de l'appareil d'État, la dissidence n'est pas de mise par rapport à la ligne décidée à l'Élysée. Pourtant, dès octobre 1990, sous l'autorité du ministre Jean-Pierre Chevènement, le Secrétariat général de la défense nationale (SGDN) émet une note sur les *« limites de l'engagement français »*. En réponse à l'offensive du FPR de Paul Kagamé, les 300 hommes de l'opération Noroît viennent d'être déployés trois semaines plus tôt. Le document souligne les intérêts *« très limités »* de la France sur place et suggère que Habyarimana, pour sauver son régime, risque de *« relancer les vieilles rivalités en appelant à une sorte de "guerre sainte" contre les Tutsi »*. L'analyse est transmise à l'Élysée. Sans effet aucun.

Le rapport Duclert relève, au cours de ces quatre années, d'autres écrits divergents. Comme l'ont déjà montré de nombreux articles et ouvrages, la DGSE se distingue par une approche nuancée. Une forte tension traverse ses notes, qui essaient de tout concilier, la doctrine et la réalité, l'obéissance et la droiture. Elle relativise fortement, pendant ces années, le soutien apporté par l'Ouganda au FPR. À plusieurs reprises, elle souligne ainsi l'absence d'éléments tangibles allant dans ce sens. En outre, le service *« renvoie une image critique »* de Juvénal Habyarimana et doute de sa volonté de démocratisation.

Après le 6 avril 1994 et l'attentat contre l'avion du président rwandais, très vite la DGSE met en cause les responsables génocidaires : *« Munies de listes préétablies, les militaires de la garde présidentielle ont entrepris de massacrer tous les Tutsi, ainsi que les Hutu originaires du sud ou soutenant les partis d'opposition. »* Dès le 2 mai, elle estime que le FPR est *« très certainement étranger »* à l'attentat. Le 11 mai, le service affirme que le pouvoir paraît être *« entièrement sous la coupe de la faction hutu la plus extrémiste »*. Puis, à l'aube de l'opération Turquoise, le service dit : *« Le danger est grand, pour la France, [...] de passer pour complice de l'actuel gouvernement rwandais »*.

« Un silence complice »

Mais toutes ces subtilités d'analyse, nourries par les faits relevés sur le terrain, ont été délibérément ignorées par l'Élysée. Globalement, note le rapport, *« la lecture ethniciste du Rwanda domine »*, ainsi qu'un soutien à *« un régime raciste, corrompu et violent »*. Les faits clairement établis et les noms des coupables, lorsque les tueries de masse sont déclenchées, *« n'apparaissent pas toujours clairement »* dans les télégrammes et les rapports envoyés à Paris. Nommer la réalité sans verres idéologiques correcteurs obligerait l'État à remettre en cause sa stratégie, ses analyses, son engagement. *« L'approche générale oscille entre la minimisation des faits ou tout simplement un silence complice »*, dit la commission.

Ceux qui contestent cette vision – cette *« minorité d'hommes libres »*, auxquels les historiens rendent un hommage appuyé – sont écartés ou mal notés, comme le rédacteur du Quai d'Orsay Antoine Anfré, ou le général Jean Varret, chef de la mission militaire de coopération jusqu'en avril 1993. De la même façon, lors des retours sur expérience et autres analyses commises à partir du second semestre 1994, l'autocritique est peu en cour. La grille d'analyse de l'Élysée l'emporte, dans une sorte de mouvement de repli, face aux révélations qui émergent.

Dans les prises de parole officielles, le mot *« génocide »*, employé notamment par le ministre des affaires étrangères, Alain Juppé, pour la première fois le 16 mai 1994, fait vite place à celui de *« massacres »*. Un terme renvoyant dos à dos victimes et bourreaux, au nom d'une sauvagerie, d'une folie ethnique supposée, effaçant la réalité de la préméditation hutu, base essentielle du crime des crimes. Ce renversement conduit au discours de Mitterrand sur le prétendu *« second génocide »* (qui aurait été commis contre les Hutu jusqu'au Zaïre, où les réfugiés avaient afflué), prononcé en novembre 1994 au sommet de Biarritz, où le Rwanda n'a même pas été invité. Les derniers mots de la commission Duclert, eux, dépourvus de la moindre ambiguïté, semblent lui répondre en écho, vingt-sept ans après. *« La réalité fut celle d'un génocide, précipitant les Tutsi dans la destruction et la terreur. Nous ne les oublierons jamais. »* ●

Pierre Lepidi, et Piotr Smolar,
dans *Le Monde* daté du 29.03.2021

Comment l'UE a surmonté la sortie du Royaume-Uni

Touchés au cœur par la rupture avec les Britanniques, les Vingt-Sept ont su faire front, mais sont encore au milieu du gué

Le Brexit devait amorcer la longue agonie de l'Union européenne, le début de la fin salué par tous les alliés continentaux des europhobes britanniques. En juin 2016, la Française Marine Le Pen, l'Italien Matteo Salvini ou le Néerlandais Geert Wilders s'étaient ouvertement réjouis de la victoire du vote « leave ». Ils avaient été confortés, quelques mois plus tard, par l'élection de Donald Trump aux États-Unis. Ce dernier n'avait-il pas apporté son appui aux brexiters, Nigel Farage et Boris Johnson en tête, avant de conspuer la construction européenne tout au long de son mandat ? Tandis que le Brexit est devenu une réalité tangible, vendredi 1er janvier, après des années de laborieuses tractations ponctuées de coups de théâtre en série au Royaume-Uni, les Vingt-Sept ont échappé à la descente aux enfers que les Cassandre leur promettaient.

Personne ne se réjouit sur le continent de perdre un associé de la taille du Royaume-Uni, aussi frondeur qu'influent, deuxième économie (derrière l'Allemagne) et deuxième armée (derrière la France). Mais les dirigeants européens ont le sentiment du devoir accompli avec ce « Brexit ordonné », dont l'impact ne manquera pas de se faire sentir au fil des prochains mois. Ils espèrent surtout pouvoir enfin tourner la page, presque surpris de ne pas finir en lambeaux.

Michel Barnier, le négociateur en chef de l'Union européenne, le martèle sans relâche depuis l'accord du 24 décembre : les Vingt-Sept ont fait preuve d'une grande « unité » tout au long des pourparlers menés d'abord pour conclure le divorce, puis esquisser la « relation future ». Ils ont su serrer les rangs pour défendre leurs acquis, à commencer par le marché unique, mais pas seulement. *« Ce qui change, c'est que le pays qui nous quitte va être seul et que nous, nous restons ensemble »*, répète M. Barnier.

L'effet domino redouté a été assez vite écarté. Dans l'opinion publique des États membres, l'attachement proeuropéen a même rebondi, d'autant plus que les négociations se sont avérées tumultueuses, en raison des déchirements politiques observés à Londres. *« La manière dont cela s'est passé a douché les enthousiasmes, Le Pen et Salvini n'osent plus parler d'une sortie de l'UE, ni de l'euro*, relève Philippe Lamberts, le coprésident du groupe écologiste au Parlement européen. D'après lui, les dirigeants des nouveaux pays « rebelles » que sont la Hongrie et la Pologne ne peuvent envisager de sortir, soit par intérêt géopolitique face à la Russie, soit par calcul budgétaire – les fonds européens contribuent à leur rattrapage.

Union monétaire snobée

Après n'avoir cessé de s'élargir depuis sa création, l'Union a dû apprendre à couper les ponts avec l'un de ses membres les plus puissants, qui l'a profondément marquée depuis son adhésion en 1973. Londres a soutenu comme nul autre la mise en place du Marché commun et les politiques de libéralisation, puis milité pour l'élargissement du club européen. Pour les Britanniques, le projet européen devait se résumer pour l'essentiel à un marché le plus ouvert et le plus large possible, celui-là même qu'ils ont quitté le 1er janvier.

Pas question pour eux d'accepter une intégration plus politique, d'inspiration fédérale. Le Royaume-Uni a donc snobé l'union monétaire, dont la crise, celle des dettes souveraines après le naufrage de la Grèce, a précipité ses envies de rupture. *« Mais les Britanniques ne comptaient plus depuis quelques années déjà, en ayant refusé d'adhérer à l'euro et à l'espace Schengen »*, dit Pierre Sellal, ancien représentant de la France auprès de l'UE.

En réalité, l'Union européenne n'a pas attendu la sortie définitive des Britanniques pour entamer sa propre mue au fil des crises. La mise sur pied du plan de relance (750 milliards d'euros), censé venir en aide au plus vite aux pays les plus touchés par la pandémie de Covid-19, en témoigne. Aurait-il été possible avec le Royaume-Uni à bord, étant donné la dureté de Londres sur les enjeux budgétaires ? *« L'UE a vraiment progressé cette année avec la mise en place de ce dispositif sur proposition de la France et de l'Allemagne »*, observe Sébastien Maillard, directeur de l'Institut Jacques Delors.

Signe des temps, après la conversion de la chancelière allemande, Angela Merkel, à cet embryon de dette commune, longtemps espérée par les pays du Sud, ce sont les États « orphelins » des Britanniques, leurs ex-alliés libéraux du Nord, qui ont mené la bataille contre le projet : les fameux « frugaux », emmenés par les Pays-Bas et la Suède. *« Tous ceux qui se cachaient derrière le Royaume-Uni ne peuvent plus le faire et ils sont affaiblis par la perte de ce soutien »*, décrypte Philippe Lamberts.

Pierre Sellal nuance la capacité de rebond du projet communautaire. Pour lui, le Covid risque de *« brouiller les cartes »*, en occultant les effets du Brexit. Avant le plan de relance, les institutions bruxelloises ont peiné sur le plan sanitaire, après la débandade constatée au printemps aux frontières, quand de nombreux pays ont fermé les points de passage pour lutter contre un virus *« sans passeport »*.

« Cette crise sanitaire a montré la fragilité du projet européen : à la moindre occasion, les réflexes nationaux reviennent en premier, regrette Franziska Brantner, députée Verte au Bundestag. *L'UE a fait ce qu'elle peut le mieux : gérer les crises. Mais les clivages de fond ne sont pas abolis sur la politique migratoire, l'État de droit, ou la solidarité. »*

Pour cette ancienne eurodéputée, les concessions arrachées par les Britanniques pourraient même altérer à terme la cohésion des Vingt-Sept : *« Londres a obtenu de bloquer la libre circulation des personnes, tout en préservant celle des biens et des marchandises, ou de ne financer que les coopérations concrètes qui l'intéressent dans les satellites, le nucléaire, en renonçant à Erasmus, par exemple. Sans oublier la mise à l'écart de la Cour de justice de l'UE pour arbitrer les litiges. »*

La pandémie menace aussi de renforcer encore le nord du continent, aux dépens du Sud. Et les pays laminés par le virus ne sont pas à l'abri d'un regain de forme des eurosceptiques. Dans ce contexte, c'est l'Allemagne qui domine les débats, en particulier face à la France. La crise de l'euro avait révélé le fossé entre les deux ; celle du Covid vient le creuser encore – même si la deuxième vague est moins à l'avantage du pays d'Angela Merkel. En guise de testament européen, la chancelière vient de profiter de la présidence tournante du Conseil de l'UE, ce semestre, pour pousser à la conclusion avec la Chine d'un vaste accord sur les investissements. Dans son esprit, il s'agit de montrer, avant même l'arrivée de Joe Biden au pouvoir aux États-Unis, prévue le 20 janvier 2021, que les Européens ne doivent pas être les otages de la guerre commerciale engagée entre Pékin et Washington.

Mises à l'épreuve

Sur bien des sujets, l'Europe est encore au milieu du gué, confrontée à la montée en puissance de la Chine ou des régimes autoritaires – Russie et Turquie – dans son voisinage. Les discours français sur la nécessité de protéger les Européens sont devenus audibles à Bruxelles, après avoir été longtemps qualifiés de « protectionnistes ». Une politique industrielle émerge à petits pas. L'UE cherche à encadrer l'activité des géants du numérique. Mais la quête de « souveraineté européenne » engagée par Emmanuel Macron reste mal comprise et peu consensuelle, tant les États membres ont du mal à définir leurs intérêts communs, notamment en matière de politique étrangère, et énergétique. *« Le concept de puissance européenne est en germination. Elle progresse en prise de conscience plus qu'en prise de décisions »*, note Sébastien Maillard.

Brexit ou pas, d'autres crises sont venues mettre à l'épreuve les Vingt-Sept, à commencer par l'arrivée de centaines de milliers de demandeurs d'asile en 2015. Les États européens ont alors tenté de réagir sans grande solidarité. Si les arrivées sont moins importantes, les Vingt-Sept se déchirent toujours sur la meilleure façon de réformer le droit d'asile, et de venir en aide aux pays en première ligne, comme l'Italie et la Grèce. Leur principale parade, là aussi sous l'égide d'Angela Merkel, a été de s'entendre avec la Turquie de Recep Tayyip Erdogan, à laquelle elle sous-traite à ce jour une grande partie de l'accueil des réfugiés. Difficile dans ces conditions de sanctionner l'expansionnisme d'Ankara au Proche-Orient, en Méditerranée orientale ou dans le Caucase.

Enfin, les quatre années de Donald Trump au pouvoir ont ébranlé les plus atlantistes, même en Allemagne. Pas assez toutefois pour donner vraiment du corps à une véritable politique européenne de défense. Avec l'opération « Barkhane », Paris est toujours bien seul dans sa lutte contre les djihadistes dans la région du Sahel. D'ailleurs, rien dans l'accord conclu avec les Britanniques ne concerne la défense, la politique étrangère ou la coopération multilatérale. Nul doute que les Européens devront sans trop tarder reprendre langue avec le Royaume-Uni dans ces domaines, afin de limiter la perte de puissance occasionnée par sa retentissante sortie.

Philippe Ricard, dans *Le Monde*
daté du 04.01.2021

POURQUOI CET ARTICLE ?

Cet article traite des conséquences du Brexit, effectif depuis le 1er janvier 2021, sur le projet communautaire européen. La sortie inédite de l'un des membres de l'UE – l'un des plus puissants, qui plus est – aurait pu provoquer une importante remise en question de l'Union. Pourtant, l'unité dont ont fait preuve les Vingt-Sept lors des pourparlers a entraîné un attachement renouvelé à ce projet. Cependant, fragilisée par la persistance de réflexes nationaux et de clivages de fond, confrontée à la montée en puissance de la Chine et des régimes autoritaires, la construction européenne reste encore en chantier.

Les fractures de l'Europe

L'anniversaire des révolutions pacifiques de 1989 survient alors que les deux Europe semblent se regarder de nouveau par-dessus un mur de malentendus

Les anniversaires du 9 novembre 1989 ne se ressemblent pas. Dix ans après la chute du Mur, l'heure était à l'optimisme. L'Europe vivait dans la perspective de l'élargissement de l'Union européenne (UE) et de l'OTAN. L'Occident savourait encore la fin de la guerre froide, avant les attaques du 11-Septembre et l'invasion de l'Irak en 2003, même si la guerre en Bosnie (1992-1995) avait douché l'enthousiasme d'une sortie heureuse du communisme.

L'Europe de Maastricht filait vers la monnaie unique. La réunification se mettait en place, dans la douleur des restructurations économiques à l'Est, mais entraînée par les promesses de prospérité et de démocratie. Le politologue Pierre Hassner avait pourtant mis en garde, dans un entretien au *Monde* en 1999, contre *« l'ère d'imprévisibilité »* qui s'ouvrait dans le monde, mais, ajoutait-il, *« pour certains (États-Unis, Europe), la fourchette d'incertitude est étroite »*.

Depuis, les États-Unis et l'Europe sont à leur tour entrés dans l'ère de l'imprévisibilité. La guerre du Golfe a sapé les fragiles fondations européennes un an avant l'élargissement de 2004, opposant les pays hostiles à l'intervention américaine (France, Allemagne) à ceux qui l'ont soutenue, comme le Royaume-Uni et les pays de l'Est. Ces derniers *« ont manqué une occasion de se taire »*, avait lancé, méprisant, Jacques Chirac, nourrissant les premières incompréhensions et fissures européennes.

Trente ans plus tard, ce n'est plus la même histoire. En 1989, les pays de l'ancien bloc communiste, de Varsovie à Berlin, avaient percé le rideau de fer pour se diriger vers la démocratie, la liberté et la société de consommation inspirées par l'Occident. Le miroir ne s'est peut-être pas cassé, mais il s'est déformé. Et les deux Europe ont l'air de se regarder de nouveau par-dessus un mur de malentendus.

Bien sûr, le niveau de vie a considérablement augmenté dans les anciens pays de l'Est, sans atteindre celui de leurs voisins européens. La cure de rigueur imposée dans la gestion désastreuse de la crise grecque a fait des victimes à l'Est, alors que les réformes économiques pour rejoindre l'Union européenne avaient déjà été douloureuses.

Paralysie institutionnelle

Bien sûr, les libertés ont été conquises, mais on voit aussi leurs revers. La possibilité de circuler dans toute l'Europe a provoqué un déficit démographique considérable à l'Est, qui entraîne un vieillissement de la population et empêche le renouvellement des élites de ces pays. Ce phénomène a également été perçu comme une menace à l'Ouest, avec le fantasme du « plombier polonais » en France, et l'afflux, bien réel, des travailleurs de l'Est instrumentalisé par les partisans du Brexit.

Les élections libres, les alternances politiques ont accompagné la mise en place d'un État de droit et la liberté de la presse. Deux fondamentaux du projet européen, qui connaissent un recul inquiétant en Hongrie et en Pologne aujourd'hui, sans que Bruxelles n'en puisse mais. Tant il était inconcevable que des pays de l'UE mettent en cause ces valeurs cardinales.

La vague de réfugiés de 2015 a accentué le divorce Est-Ouest et renforcé le régime illibéral de Viktor Orban. L'homme qui avait contribué à forcer le rideau de fer en 1989 à Budapest a érigé de nouveaux murs au cœur de l'Europe, devenant le héraut de l'extrême droite (tout en restant dans le giron du Parti populaire européen, première force du Parlement de Strasbourg).

Les populistes peuvent d'autant mieux planter leurs banderilles que l'Europe est en proie à un doute existentiel depuis la crise de l'euro. Le moteur franco-allemand est grippé, les rivalités entre États conduisent à la paralysie institutionnelle. Les dogmes budgétaires provoquent une crise de croissance et d'investissements. La deuxième économie du monde, l'UE, se laisse dépasser par la Chine dans certaines technologies de pointe.

L'Europe est *« au bord du précipice »*, dit Emmanuel Macron dans *The Economist*. Elle a *« perdu le fil de son histoire »*, ajoute le président français. La mémoire de la chute du Mur, trente ans après, en est la triste illustration. ●

Alain Salles, dans *Le Monde*
daté du 12.11.2019

POURQUOI CET ARTICLE ?

Écrit à l'occasion de l'anniversaire de la chute du mur de Berlin, cet article dresse un bilan en demi-teinte des trente dernières années de construction européenne. Dans un premier temps, le projet d'union s'inscrit dans un contexte d'enthousiasme, généré par le triomphe sans partage de la démocratie libérale et les perspectives d'élargissement à l'est. Pourtant, trois décennies plus tard, cette union apparaît traversée de multiples fractures, à la fois politiques, géopolitiques et économiques.

Maastricht pour mémoire

Le traité du 7 février 1992 lançait une expérience politique : fédérer des États-nations. Retour aux sources d'une ambition, alors que l'Union tremble sur ses bases.

Entre le Brexit, les menaces proférées par Donald Trump, la montée des populismes et la crise des réfugiés, l'Europe n'a pas la tête aux commémorations. A Bruxelles et dans les autres capitales, c'est donc avec une grande discrétion que l'on devrait célébrer l'anniversaire du traité de Maastricht, signé le 7 février 1992 au cœur d'une jolie ville du sud des Pays-Bas. C'est pourtant par ce texte, jalon majeur de l'histoire européenne, que fut réellement créée l'Union européenne.

A l'époque, l'ambition est immense. Le projet étend les pouvoirs du Parlement de Strasbourg, institue la citoyenneté européenne, énonce le principe de transparence pour toutes les décisions. A côté du « pilier communautaire » (les politiques dites « intégrées », pour lesquelles les décisions sont prises par les institutions communautaires, comme l'agriculture, ou « partagées » entre l'Union et les États, comme la santé publique) sont instaurés le deuxième pilier (la politique étrangère et de sécurité commune, avec le principe d'une coopération systématique) et un troisième, jetant les bases d'une coopération dans le domaine de la justice, de la police et de l'immigration.

La critique des critères

Le texte affirme surtout la vocation et le caractère politiques de l'Union et lance la monnaie unique (l'euro sera introduit en 2002). Par ce biais, les concepteurs du traité veulent enclencher un processus, en principe irréversible, de mise en commun de la souveraineté monétaire des États – ou du moins d'une partie d'entre eux.

Grâce à sa monnaie commune, l'Europe jusqu'alors abstraite est censée devenir on ne peut plus concrète, matérialisée par huit pièces et sept billets. C'est Jacques Delors, alors président de la Commission, qui a voulu à tout prix donner vie à ce symbole, gage de stabilité monétaire et de succès du marché unique. Le Royaume-Uni et le Danemark – qui ralentira l'entrée en vigueur du traité par deux référendums, le premier rejetant le texte par 50,7 % des voix, le second se soldant par un oui à 56,7 % – bénéficieront d'emblée d'une dérogation. Les autres acceptent, en principe, d'accomplir des efforts budgétaires pour pouvoir adhérer à l'euro. Les fameux « critères de Maastricht », pivots de la coordination des politiques macroéconomiques et du bon fonctionnement de la zone euro, restent, vingt-cinq ans plus tard, la cible de nombreuses critiques.

Base du pacte de stabilité et de croissance (adopté à la fin de 1996), ces critères stipulent que le déficit public d'un État doit être inférieur à 3 % de son produit intérieur. En principe, ils empêchent également un taux d'inflation ou un endettement excessifs. Assez vite, ils ne seront pourtant plus appliqués rigoureusement, par la France notamment. Leur caractère, jugé purement comptable, est dénoncé et, même si la crise financière mondiale des années 2007-2008 a démontré leur relative pertinence, ils sont progressivement devenus des éléments à charge pour les eurosceptiques et les europhobes, mais aussi pour ceux qui, sans être des adversaires du projet européen, critiquent sa gestion bureaucratique, son ultralibéralisme et la faiblesse de ses objectifs sociaux. Or, ce sont ces derniers qui avaient séduit de nombreux électeurs de gauche dans les années 1990.

Ce que l'ancien ministre Hubert Védrine, auteur de *Sauver l'Europe !* (Liana Levi, 2016), appelle *« l'insurrection électorale »* de 2005, l'époque des non français et néerlandais au projet de traité constitutionnel européen, qui prolongeait en quelque sorte Maastricht, trouve, selon lui, sa source dans le traité d'origine. Même si la plupart des hommes politiques de l'époque, de François Mitterrand à Valéry Giscard d'Estaing, de Jacques Chirac à Edouard Balladur, avaient appelé à voter oui en 1992, lors du référendum sur le traité de Maastricht, beaucoup d'électeurs estimaient déjà que la question sociale disparaissait du projet communautaire, au profit de normes incompatibles avec un « modèle » à la française. Il est vrai qu'un vœu de Delors fut vite oublié : voir le social rester au cœur du projet européen tout en demeurant, pour l'essentiel, du ressort national.

Les eurosceptiques jugeaient également que l'élargissement, lui aussi promis par ce traité (un Conseil européen tenu à Copenhague peu après la signature du texte avait affirmé la vocation des pays d'Europe centrale et orientale à adhérer), pouvait engendrer des mouvements migratoires incontrôlés. Delors avait, lui, mis en garde contre des élargissements trop vastes et trop rapides, rappelle l'économiste et ancien eurodéputé Philippe Herzog (*L'Europe après l'Europe*, De Boeck, 2002).

Après Maastricht, mais avant les textes qui allaient amplifier certaines des dispositions de ce traité fondateur (Amsterdam en 1997, Nice en 2001, Lisbonne en 2009), le président de la Commission prit toutefois finalement son parti d'une Europe élargie et basée sur le libre-échange. Celle qui, aujourd'hui, est la cible privilégiée des populistes de droite et de gauche et qui n'a pu endiguer le retour en force des États-nations dès la fin des années 1990.

Ce mouvement sonne apparemment le glas du fédéralisme européen et des « États-Unis d'Europe », que seule une

POURQUOI CET ARTICLE ?

Cet article, rédigé lors des vingt-cinq ans du traité de Maastricht, revient sur les ambitions des États donnant naissance à l'Union européenne. Dans quelle mesure ces objectifs ont-ils été accomplis ? Le texte montre par quelles voies certains blocages ont été surmontés et quels restent les défis à relever pour la mise en place d'une gouvernance de l'Union.

minorité défend encore ouvertement. Delors évoquait, lui, une *« fédération d'États-nations »*, *« oxymore intelligent qu'il employait dans un sens assez fédéral, mais dans lequel chaque mot compte, y compris États et nations... »*, écrit Hubert Védrine.

Une autre idée de Delors est restée d'actualité : celle d'une Union qui fonctionnerait à des rythmes différents. Ce projet – dit des « cercles concentriques » – apparaît aujourd'hui comme une issue alors que les crises divisent l'Union en tous sens, que le contexte international se tend de jour en jour et que, faute d'une relance, elle risque l'implosion. La perspective d'une redynamisation par les États fondateurs, éventuellement rejoints par quelques autres, apparaît à beaucoup comme la seule réaliste. Faute d'avancer dans tous les domaines à vingt-huit – et, un jour, à vingt-sept, sans le Royaume-Uni –, l'Union travaillerait par réseaux, par projets, appuyés ou non par l'ensemble de ses membres. Les *opt out*, ou dérogations, à certaines règles communes sont d'ailleurs déjà en application dans divers domaines, et l'UE travaille en réalité avec des niveaux d'intégration différents pour ses membres (l'eurozone, l'espace sans passeport de Schengen, l'Europe de la défense...).

Un nécessaire bond en avant

Du côté des fédéralistes, on pense cependant que les difficultés actuelles – et notamment le délitement, voire la rupture du lien transatlantique que pourrait provoquer la présidence Trump – démontreront la nécessité d'un véritable bond en avant. Les plus optimistes soulignent d'ailleurs que c'est toujours lors de crises majeures que, pas à pas, l'Europe s'approfondit et s'est élargie, marchant vers ce que le politologue Dusan Sidjanski, professeur émérite à Genève, appelle *« la quête d'un fédéralisme inédit »*.

Il est évident que les bouleversements politiques majeurs du XXe siècle ont stimulé l'élan européen : la guerre froide a entraîné l'ébauche de la construction communautaire, en 1950 ; la chute du Mur et l'implosion de l'URSS ont permis d'esquisser l'union politique, dans les années 1990. Quant à Maastricht, explique Jean-Louis Quermonne, auteur notamment du *Système politique de l'Union européenne* (Montchrestien, 1998), ce traité n'a établi ni un État ni même un gouvernement européen, mais il a légitimé l'existence d'un véritable *« système politique »*. Réputé être, selon la définition de Delors lui-même, un *« objet politique non identifié »*, ultra-complexe, sans équivalent dans le monde, il est *« plus qu'une confédération, moins qu'un État fédéral »*, analyse M. Quermonne, qui le qualifie de *« fédéralisme intergouvernemental »*.

Ce système expérimental, concrétisé par le traité de 1992, résistera-t-il aux épreuves actuelles ? Sombrera-t-il, faute de leadership ou du soutien de peuples travaillés par l'idée que le projet européen est celui d'élites qui leur sont hostiles ? Se limitera-t-il à un vaste marché commun ou débouchera-t-il sur une véritable Europe-puissance ?

La mondialisation de l'économie, le péril climatique, le phénomène migratoire ou la forte demande de sécurité intérieure semblent à l'évidence imposer des actions communes à tous les Européens. Les propos du nouveau président américain, les manœuvres de son homologue russe, l'instabilité dans le pourtour méditerranéen : tous ces facteurs devraient, eux aussi, convaincre de la nécessité d'un nouveau souffle. Reste à savoir quel dirigeant saura assumer cette tâche. ●

Jean-Pierre Stroobants,
dans *Le Monde* daté du 04.02.2017

Vote historique de la loi sur le mariage pour tous

L'Assemblée devait adopter le texte mardi 23 avril. Durant sept mois, deux visions de la famille se sont affrontées.

C'est fait. Après sept mois de débats intenses, la France devait devenir, avec le vote solennel du mardi 23 avril, à l'Assemblée nationale, le 14e pays au monde à autoriser deux personnes de même sexe à se marier.

Le texte sur le mariage et l'adoption pour tous n'entrera pas en vigueur immédiatement. Le Conseil constitutionnel devra se prononcer sur sa conformité, puis la loi être promulguée. La journée est néanmoins historique, dans la lignée du 4 août 1982, qui vit la suppression du délit d'homosexualité avec un mineur de plus de 15 ans, sur proposition du ministre de la justice, Robert Badinter. La représentation nationale avait ce jour-là abrogé l'*« ultime survivance, dans notre droit, de la très ancienne mise hors la loi de l'homosexualité, qui a disparu après la Révolution »*, rappelait alors M. Badinter.

La loi sur le mariage et l'adoption marque une nouvelle étape dans la banalisation d'une orientation sexuelle, autrefois jugée contre-nature, aujourd'hui reconnue *« autre mais normale »*, selon l'expression de l'anthropologue Maurice Godelier. Elle est toujours réprimée dans 80 pays, dont 7 la punissent de mort. La mesure restera certainement comme l'une des plus marquantes du bilan de François Hollande.

En inscrivant la promesse numéro 31 dans ses 60 engagements de campagne, le futur président de la République se doutait-il que le sujet ferait couler tant d'encre et jetterait des centaines de milliers de personnes dans la rue ? Ce n'est pas certain. Car, sondage après sondage, les Français manifestent une familiarité de plus en plus grande avec l'homosexualité. Selon une enquête IFOP publiée dans *Le Monde* le 8 novembre 2012, 87 % des Français pensent qu'il s'agit *« d'une manière comme une autre de vivre sa sexualité »*, contre 54 % en 1986. Le soutien au mariage s'est stabilisé autour de 65 % d'opinions favorables.

Ce que la nouvelle majorité n'avait sans doute pas anticipé, c'est le trouble provoqué par la reconnaissance de l'homoparentalité induite par l'ouverture de l'adoption. Et encore moins la tempête déclenchée par la volonté du groupe socialiste de l'Assemblée nationale d'introduire l'ouverture de la procréation médicalement assistée (PMA) aux couples de lesbiennes dans la loi, comme François Hollande l'avait promis pendant la campagne. Que deux adultes de même sexe convolent devant le maire ne choque plus grand monde. Que des enfants aient deux pères et deux mères, c'est difficilement concevable pour une plus grande partie de la population.

L'intensité de l'affrontement a parfois pu sembler démesurée rapportée au nombre de personnes concernées : il y a 100 000 couples de même sexe en France, soit 0,6 % du total des couples, et entre 24 000 et 40 000 enfants élevés dans des familles homoparentales. C'est que l'enjeu les dépasse largement. Contrairement à ce qu'affirment les slogans de La Manif pour tous, ce n'est pas la question de la reconnaissance d'un « droit à l'enfant » pour les homosexuels qui est en jeu. Les homosexuels s'organisent pour avoir des enfants, la loi ne fait qu'entériner cette réalité. Ce sont deux visions de la famille qui s'affrontent, autour d'un enjeu qui concernera de plus en plus tous les couples, hétérosexuels comme homosexuels : la technicisation de la conception. Le débat fait ressurgir des questions qui se sont déjà posées au moment des premières procréations médicalement assistées, il y a trente ans.

Les mêmes camps continuent de s'opposer. D'un côté, ceux qui souhaitent que les familles restent les plus conformes possibles, au moins en apparence, au modèle biologique, « naturel » – un père, une mère, des enfants –, qui est aussi celui promu par la religion. De l'autre, ceux qui estiment que l'espèce humaine peut utiliser son savoir-faire technique (procréation médicalement assistée mais aussi contraception) pour se libérer des contraintes de son animalité et inventer de nouvelles formes de famille, qui peuvent être déconnectées de la biologie.

Un modèle de famille rend-il les enfants plus heureux ou malheureux que l'autre ? Il ne s'agit pas ici de refaire le débat qui agite depuis des mois psychanalystes, sociologues, militants, politiques – ainsi que chaque Français, car le sujet touche à la fois à l'intime et à la vision que chacun se fait de la société. Constatons seulement que le gouvernement n'a pas osé trancher ce débat.

Il lui était impossible de légaliser uniquement le mariage, qui en France ouvre automatiquement le droit à l'adoption. Les homosexuels l'auraient en outre contesté. Car c'est bien à la reconnaissance officielle de liens de filiation qu'ils aspirent, sans doute davantage qu'à l'institution du mariage elle-même – même si le symbole de l'égalité est important. Ce qui explique l'apparent paradoxe de voir une institution en perte de vitesse au centre de telles empoignades. Mais les adoptions plénières par des couples homosexuels seront très peu nombreuses. La véritable avancée du texte pour les couples homosexuels sera la possibilité, après leur mariage, d'adopter l'enfant de leur conjoint. Disposition qui permettra essentiellement de régulariser la situation d'enfants conçus par

POURQUOI CET ARTICLE ?

En 2013, l'Assemblée nationale vote le texte reconnaissant le mariage entre personnes du même sexe. Cette loi montre la volonté du gouvernement socialiste de prendre en compte les évolutions de la société française. Une évolution qui se prolonge par le débat sur la procréation médicalement assistée pour les couples homosexuels, qui doit, en 2020, être porté au Parlement en ce qui concerne les couples de femmes.

procréation médicalement assistée… en Belgique ou en Espagne. La France se dote donc d'un système en trompe-l'œil si elle en reste là.

C'est peu dire que le sujet de la PMA va continuer à embarrasser le gouvernement. Les hésitations et contradictions internes à la gauche sur le sujet ont installé une confusion qui perdure. Le gouvernement n'a trouvé pour l'instant qu'un artifice pour sortir de ce piège : s'en remettre à l'avis (consultatif) du Comité consultatif national d'éthique, après des états généraux… qui ne sont pas encore programmés. La future loi sur la famille est remise à des jours meilleurs. Mais le groupe socialiste reviendra à coup sûr à la charge. Et les antimariage gay ont d'ores et déjà promis qu'ils se mobiliseraient si elle vient à voir le jour. Promesse d'un nouveau round après des mois d'affrontements ?

Ce débat a-t-il déjà trop duré ? On a pu le penser, quand, ces dernières semaines, l'homophobie est revenue en force. Des violences physiques ont eu lieu, donnant le sentiment d'un terrible retour en arrière. Difficile pourtant de faire ce reproche au gouvernement. S'il avait encore accéléré le tempo, l'opposition aurait à juste titre dénoncé un passage en force. Les opposants sauront-ils maintenant accepter le vote du Parlement ? Les homosexuels commencent à redouter que les premiers mariages, qui pourraient avoir lieu entre la mi-juin et la mi-juillet, ne soient pas aussi festifs que prévu. ●

Gaëlle Dupont,
dans *Le Monde* daté du 24.04.2013

Une nouvelle génération de femmes s'est lancée en politique

La loi du 6 juin 2000 sur la parité dans les fonctions électives a « enclenché un mouvement » dont les effets les plus spectaculaires se font sentir dans les conseils municipaux et régionaux. L'Assemblée nationale – où les partis préfèrent payer de lourdes pénalités – fait figure de mauvais élève.

Depuis l'adoption de la loi du 6 juin 2000 sur la parité, les instances politiques françaises ont peu à peu changé de visage. Grâce à la règle de l'alternance homme-femme dans les scrutins de liste, la part des femmes dans les conseils municipaux des communes de plus de 3 500 habitants et dans les conseils régionaux a presque doublé. Mais dans les conseils généraux, où les élections ont lieu au scrutin uninominal, les femmes demeurent très minoritaires (10,4 %). A l'Assemblée nationale, le système de pénalités financières imposées aux partis s'est révélé peu efficace. Par ailleurs, en prélude à la Journée internationale des femmes, prévue mardi 8 mars, l'association Ni putes ni soumises a organisé, dimanche à Paris, une manifestation sous le mot d'ordre « Laïcité, égalité, mixité ».

En quelques années, elles ont accompli sans heurts ni bruit la *« révolution douce »* dont parlait Lionel Jospin en l'an 2000, an I de la parité. Election après élection, elles ont fait campagne, conquis des mandats, investi les assemblées... Et, au fil des élections, la vie politique a peu à peu changé de visage : depuis l'adoption de la loi du 6 juin 2000 sur l'*« égal accès des hommes et des femmes »* aux fonctions électives, la France compte 50 000 conseillères municipales, 400 conseillères régionales, 47 conseillères générales, 8 députées et 21 sénatrices de plus qu'avant la parité.

Municipales, cantonales, régionales, législatives, sénatoriales et européennes : pour la première fois depuis l'instauration de la parité, toutes les assemblées ont été renouvelées. *« Cette loi a permis de faire émerger une nouvelle génération de femmes prêtes à prendre des responsabilités politiques,* souligne Catherine Génisson, députée (PS) du Pas-de-Calais. *Elles étaient déjà militantes dans des partis ou investies dans le milieu associatif mais elles n'arrivaient pas à occuper le devant de la scène car, lors des élections, les candidatures masculines étaient toujours reconduites. Ce temps est désormais terminé. »*

Depuis l'an 2000, les règles du jeu ont profondément changé. Dans les élections régies par des scrutins de liste – les municipales pour les communes de plus de 3 500 habitants, les régionales et les européennes –, la loi applique, sous diverses modalités, la règle du *« chabadabada »* (en référence au refrain du film de Claude Lelouch *Un homme et une femme*), inaugurée sous les sarcasmes par Michel Rocard lors des élections européennes de 1994 : les listes doivent comporter autant de femmes que d'hommes.

Avec un scrutin proportionnel et une alternance hommes-femmes sur les listes, la parité est forcément garantie. En 2001, la part des femmes dans les conseils municipaux des communes de plus de 3 500 habitants a donc presque doublé, passant de 27 % à 47,5 %. *« Le changement est évidemment très net,* raconte la maire (PS) de Toul, Nicole Feidt. *Quand j'ai fait ma première campagne électorale, en 1968, il y avait très peu de femmes. Dans les campagnes, les réunions électorales avaient lieu le soir, certains avaient bu un petit coup, ce n'était pas toujours facile. Aujourd'hui, cette époque est révolue : beaucoup de femmes se présentent et les électeurs sont ouverts à ces candidatures. »*

Dans les conseils régionaux, les chiffres ont, eux aussi, fait un bond spectaculaire : après les élections de 2004, la part des femmes est passée de 27,5 % à près de 48 %. *« Les conseils régionaux sont aujourd'hui les assemblées représentatives les plus féminisées de France »*, résume le gouvernement dans le rapport sur la parité transmis au Parlement. Ces chiffres ont fini par convaincre les plus réticent(e)s. *« A l'origine, j'étais contre la parité car je trouvais ce système désobligeant,* note Hélène Tanguy, maire (UMP) du Guilvinec, conseillère régionale et députée du Finistère. *Mais je suis obligée d'avouer que nous lui devons l'émergence des femmes en nombre dans la vie politique. Grâce à la loi, les femmes ont quitté les strapontins. »*

Dans les conseils municipaux et régionaux, qui sont entrés dans l'ère de la parité, les femmes se sont imposées. Longtemps cantonnées aux affaires sociales ou familiales, elles ont conquis de nouveaux portefeuilles. Et nombreuses sont celles qui disent que l'ambiance a changé. *« Quand on est seule dans un milieu masculin, on est facilement considérée comme un joli objet décoratif – même si on est traitée avec une grande politesse – ou, au contraire, très remarquée et écoutée lorsque l'on prend la parole,* ajoute Hélène Tanguy. *Maintenant, avec la parité, tout cela est terminé. C'est la compétence qui fait la différence, pas le sexe. »*

La mixité n'est cependant pas venue à bout de tous les préjugés. *« Au début d'une réunion, quand je m'assois à la table sans me présenter, les gens pensent spontanément que je suis la secrétaire »*, sourit la maire (PS) de Toul, Nicole Feidt. A Saint-Jean-de-la-Ruelle (Loiret), où tous les maires sont des hommes depuis 1831, il a fallu attendre un an pour que les courriers destinés aux élues du conseil municipal soient adressés à « madame la conseillère » et non plus à « monsieur le conseiller ». *« Tout est très long à bouger »*, résume l'une de ces conseillères, Monique Lemoine.

Cette professeure d'économie et de gestion appartient à la « génération parité », entrée dans la vie politique grâce à la loi de 2000. Issue du milieu associatif – elle a milité à la Ligue des droits de l'homme et créé à Orléans une antenne de l'association féministe Mix Cité –, elle s'est présentée pour la première fois aux élections lors des municipales de 2001. *« Je suis un pur produit de la loi sur la parité !*, raconte-t-elle. *Dans les associations, nous avions un débat récurrent : faut-il s'engager dans la vie politique, au risque du compromis et des jeux de pouvoir ou rester dans le monde associatif ? Moi, j'ai voulu franchir le pas. Ce n'est pas toujours facile mais je ne le regrette pas. »*

Si la parité est désormais la règle dans les conseils municipaux et régionaux, les « exécutifs » – mairies et présidences – restent cependant très majoritairement détenus par des hommes. En 2001, la part des maires femmes est passée de 7,5 % à 10,9 %. Et en 2004, on ne comptait qu'une seule femme à la tête d'une région – Ségolène Royal en Poitou-Charentes – contre trois en 1998... *« La parité a enclenché un mouvement mais il faut un peu de temps pour qu'il essaime*, explique Evelyne Didier, sénatrice et conseillère générale (PCF) de Meurthe-et-Moselle. *Les consciences bougent, le mouvement finira par porter ses fruits. »*

Dans les conseils municipaux et régionaux ainsi qu'au Parlement européen, le scrutin proportionnel a pleinement joué en faveur de la parité mais, dans les élections régies par le scrutin uninominal, les femmes demeurent très minoritaires. Dans les conseils généraux, où la loi sur la parité ne s'applique pas, la part des femmes est ainsi restée quasiment stable, passant de 9,2 % en 2001 à... 10,4 % lors des élections de 2004.

« A ce rythme-là, il faudra attendre plus de soixante-dix ans pour arriver à des conseils généraux paritaires », constatait laconiquement, en 2004, la rapporteure générale de l'Observatoire de la parité, Marie-Jo Zimmermann. Le Sénat a fait un tout petit peu mieux : grâce à une part de scrutin proportionnel, la part des femmes y est passée en 2004 de 10,9 % à 16,9 %.

Pour les députés de l'Assemblée nationale, qui sont élus au scrutin uninominal, la loi ne prévoit aucune contrainte mais impose des pénalités financières à ceux qui ne jouent pas le jeu de la parité. Le système s'est révélé *« fort peu efficace »*, note avec un certain sens de l'euphémisme le rapport du gouvernement : en 2002, la part des femmes y est passée de 10,9 % à 12,3 %, soit... 8 femmes de plus. La France se classe au 21e rang de l'Union européenne et au 69e rang mondial.

Pourtant, les sanctions financières sont lourdes : selon l'Observatoire de la parité, la dotation annuelle du PS a été amputée de 1,65 million d'euros et celle de l'UMP de 4,3 millions d'euros. *« C'est très pénalisant puisque cela représente plus de 10 % de notre budget, reconnaît le trésorier national de l'UMP, Eric Woerth. Mais, lors de la constitution des listes, il y a 36 000 critères de décision et le sexe n'est qu'une donnée parmi d'autres. »*

Malgré les engagements solennels pris par les partis au lendemain de l'adoption de la loi et les 7 millions d'euros de pénalités financières annuelles qui leur sont imposées depuis 2002, l'assemblée la plus symbolique du pays est donc restée très majoritairement masculine. *« La plupart des parlementaires sont respectueux des femmes, mais il y a encore des réflexes sexistes*, raconte Nadine Morano, députée (UMP) de Meurthe-et-Moselle. *Quand je suis montée à la tribune pour le texte sur la sécurité intérieure, deux ou trois députés m'ont sifflée. Et un jour, après une intervention, l'un d'eux est venu me dire, apparemment stupéfait, que j'étais douée, comme s'il venait de découvrir que j'étais dotée de la parole ! J'étais hallucinée. »* Depuis, il s'est excusé. ●

Anne Chemin,
dans *Le Monde* daté du 08.03.2005

POURQUOI CET ARTICLE ?

Plusieurs lois sur la parité ont été promulguées sous la Ve République. Il s'agit d'une des évolutions les plus marquantes de la vie politique et sociale depuis les vingt dernières années. Cet article revient sur la loi du 6 juin 2000 qui tente d'installer la parité dans les fonctions électives et dresse, en 2005, un premier bilan.

LE GUIDE PRATIQUE

Les méthodes en histoire-géographie

Deux types d'exercices sont pratiqués en classe de terminale :

– **la question problématisée** : en terminale, contrairement aux épreuves de première, l'intitulé de la question suggère simplement une problématique, mais pas les éléments de construction de la réponse. C'est donc à vous d'organiser votre réponse en plusieurs parties ;

– **l'analyse de document(s) ou la réalisation de production graphique** : en terminale, les éléments de construction de l'analyse ne sont plus fournis dans la consigne accompagnant le(s) document(s), et on attend de vous davantage d'autonomie dans la construction de la production graphique : le texte qui accompagne le fond de carte ne comporte plus de sous-titres. C'est donc à vous de dégager les grandes thématiques qui vont vous permettre d'organiser la légende en plusieurs parties.

La réponse à une question problématisée

Analyser le sujet (10 min)

Commencez par analyser le sujet : repérez le chapitre du programme auquel il fait référence, ses mots-clés, ses bornes spatio-temporelles. Faites le tri, pour **éliminer ce qui est hors sujet**. Le sujet indique également **la problématique**. Ne la traitez pas à la légère, mais comme un vrai « problème » historique ou géographique : tout ce que vous allez écrire dans votre développement doit être en rapport avec ce questionnement.

Construire un plan (10 min)

Repérez de quel type de sujet il s'agit : vous demande-t-on de réfléchir à une évolution, une opposition, une comparaison ? Il existe trois grands types de plans :

– **le plan chronologique**, qui permet d'étudier l'évolution d'un phénomène dans le temps. Il est tout indiqué en histoire si votre sujet porte sur une longue période et que vous pouvez dégager facilement des bornes chronologiques pour construire des parties ;

– **le plan thématique**, qui permet de distinguer les principales caractéristiques d'un phénomène historique ou géographique ;

– **le plan dialectique**, structuré sous la forme « thèse-antithèse-synthèse », qui permet de réfléchir à une question invitant à discussion.

Notez au brouillon toutes les informations qui vous viennent à l'esprit (notions, idées, dates, acteurs, exemples, etc.). Puis, regroupez et **hiérarchisez** ces informations. Vous devez aboutir à un brouillon qui pourra vous servir de guide pour la rédaction : il doit comporter non seulement les grandes parties, mais aussi les idées principales et les exemples.

Rédiger (40 min)

Soignez les premières lignes de **l'introduction** et ne négligez aucune étape :

– présentez le sujet et définissez-en les termes importants ;

– rappelez la problématique ;

– annoncez votre plan.

Commencez ensuite chaque partie par **une phrase énonçant l'idée générale** qui y est développée.

À l'intérieur de chaque partie, allez à la ligne et marquez un alinéa à chaque changement d'idée. En effet, chaque sous-partie doit comporter **un argument clé expliqué et justifié par au moins un exemple** précis.

Rédigez enfin une courte **conclusion**. Ne la négligez pas par manque de temps !

L'analyse de document(s)

Analyser les documents et la consigne (15 min)

Commencez par **lire le document**. S'il y en a plusieurs, regardez-les tous. Identifiez leur nature et repérez leur contenu. Puis, **lisez attentivement la consigne** : repérez les termes clés, cela vous permet d'éviter le hors-sujet.

Faites alors **une deuxième lecture de(s) document(s)**, crayon en main : relevez-y les éléments qui permettent de répondre à la consigne et inscrivez-les au brouillon. Puis, rassemblez vos connaissances : inscrivez tout ce qui peut permettre d'expliquer l'intérêt et les limites du document.

Enfin, s'il y a plusieurs documents, **cherchez à les confronter** : pourquoi un tel rapprochement ? Se complètent-ils ? S'opposent-ils ?

Construire un plan (10 min)

Il vous faut maintenant classer et hiérarchiser les informations pour dégager plusieurs thématiques afin d'organiser votre réponse. Dans chaque partie, prenez garde à mobiliser **tous les documents** ainsi que des connaissances personnelles.

Rédiger (35 min)

Rédigez **votre introduction** en commençant par présenter les documents, en les replaçant dans leur contexte de production. Prenez garde à ce que cette présentation amorce l'analyse. Ensuite, formulez la consigne sous forme problématisée et annoncez votre plan.

Le développement suit le plan élaboré au brouillon. Vous devez mobiliser un argument clé par sous-partie. Chacun doit être expliqué et justifié de manière précise.

Votre conclusion reprend la consigne pour y répondre clairement, au travers d'un bilan synthétique du développement.

La réalisation d'une production graphique

Analyser le sujet (5 min)

Le texte et le fond de carte sont accompagnés d'un intitulé qu'il faut analyser : **repérez les termes clés du sujet, délimitez l'espace concerné et inscrivez vos idées au brouillon**. Cette étape vous permet de repérer le chapitre auquel le sujet fait référence, de vous remémorer les croquis faits en classe et d'éviter le hors-sujet.

Lire le texte et sélectionner les informations (10 min)

Lisez une première fois le texte en entier, pour avoir **une vue d'ensemble** et repérer d'emblée les grandes thématiques qui s'en dégagent. Souvent, la première phrase d'un paragraphe en indique l'idée principale ! Notez au brouillon ce qui vous vient à l'esprit durant cette première lecture. Crayon en main, relisez le texte et soulignez les éléments les plus pertinents parmi **ceux qui sont cartographiables**. Utilisez un code couleur pour les classer par thème, et encadrez les éléments utiles à la nomenclature.

Classer les informations et choisir les figurés (10 min)

Il s'agit maintenant de **classer ces informations** dans une légende organisée. Votre légende doit comporter deux ou trois parties, dont les titres correspondent aux deux ou trois grandes idées qui permettent de répondre au sujet. Choisissez **pour chaque information un figuré approprié**.

Réaliser le croquis (35 min)

Rédigez votre légende au propre. Donnez un titre au croquis, puis reportez-y les informations à cartographier : commencez par les figurés de surface, puis les figurés ponctuels, enfin les figurés linéaires et les éléments de nomenclature. Soignez votre production graphique : par exemple, le crayon à papier et les surligneurs sont à bannir.

Enfin, gardez quelques minutes pour vérifier que le croquis comporte **une orientation et une échelle**, et que les éléments de nomenclature sont correctement orthographiés.

Les méthodes de travail

Travailler régulièrement et activement

Avec une attitude impliquée en cours, vous faites déjà une grosse partie du travail d'assimilation des connaissances. Cela commence par une écoute attentive et une participation active en classe. Il faut également relire régulièrement vos notes, si possible le soir même ou à la fin de chaque semaine.

Assurez-vous que votre prise de notes est organisée et hiérarchisée : adoptez un code couleur pour mettre en valeur les notions, les idées et les dates clés. Rangez les documents distribués par l'enseignant et assurez-vous que vous avez bien pris en note le squelette du cours. Pensez à laisser une marge pour les annotations, afin d'indiquer vos réflexions, vos questions, ou d'ajouter des éléments. En effet, vous avez acquis suffisamment d'autonomie pour compléter par vous-même le cours : feuilletez le manuel, faites des recherches sur Internet ou au CDI pour ajouter un exemple ou une idée supplémentaire. Attention toutefois à ne pas vous disperser !

Faites des fiches, mais pas à n'importe quel moment : seulement une fois qu'un chapitre est terminé, afin d'en avoir une vision d'ensemble. Votre fiche doit être la plus complète possible pour ne pas avoir à revenir au support d'origine, mais suffisamment courte pour que vous puissiez d'un seul coup d'œil avoir accès à l'essentiel du cours.

N'oubliez pas le nom de la matière, le titre du chapitre, la problématique, les parties et sous-parties. Relevez en quelques mots le contenu de chaque paragraphe accompagné d'un exemple (et d'un seul). Enfin, numérotez vos fiches et rangez-les soigneusement !

S'organiser par type de connaissances

Établir **une fiche chronologique** permet de retenir les dates clés et les événements auxquels elles correspondent. Vous pouvez les réaliser par période (les années 1930, la Seconde Guerre mondiale, 1945-1970, 1970-1991, de 1991 à nous jours) en utilisant une couleur spécifique pour les événements qui concernent la France. N'hésitez pas à afficher vos chronologies chez vous ou dans les endroits où vous passez beaucoup de temps !

Indispensables, **les fiches biographiques** permettent d'abord de s'entraîner à bien orthographier le nom des grands personnages : que de lettres oubliées pour ce « pauvre » Khrouchtchev ! De plus, elles vous aident à connaître le nom exact de la fonction occupée par le personnage au moment où il est sur le devant de la scène. Par exemple, Staline n'est pas « chef de l'URSS », mais secrétaire général du Comité central du Parti communiste de l'Union soviétique.

Vous pouvez également réaliser **des fiches notionnelles**. Le programme s'articule en effet autour de quelques grandes notions : puissances, modèles politiques, mondialisation, intégration, etc. Au fur et à mesure de l'année, repérez celles qui sont centrales et faites des fiches reprenant leur définition précise, et indiquant les termes qu'elles appellent : par exemple, la notion d'intégration suppose, pour être pleinement mobilisée, de savoir définir ce qu'est le multilatéralisme.

Pour vous préparer aux productions graphiques, réalisez **des fiches cartographiques** : reprenez les principaux repères spatiaux, mais aussi les figurés correspondant aux phénomènes à représenter.

Histoire : la synthèse du programme

Les relations entre les puissances et l'opposition des modèles politiques des années 1930 à nos jours

FRAGILITÉ DES DÉMOCRATIES DANS L'ENTRE-DEUX-GUERRES

Surmonter la crise mondiale de 1929

- Krach boursier de Wall Street (1929)
- Accords Matignon (1936)
- Roosevelt et le New Deal (1933)

Les idéologies totalitaires et l'exercice du pouvoir

- Stalinisme
- Fascisme et nazisme (antisémitisme et impérialisme)
- Nuit de cristal (novembre 1938)
- Grande Terreur (1937-1938)

LA SECONDE GUERRE MONDIALE

La France occupée

- Collaboration : Vichy, STO
- Résistance : appel du général de Gaulle (juin 1940)

Une guerre mondiale d'anéantissement

- Entrée en guerre des États-Unis et de l'URSS (1941)
- Shoah / génocide
- Bombardements nucléaires de Hiroshima et Nagasaki (6 et 9 août 1945)

LA MULTIPLICATION DES ACTEURS INTERNATIONAUX DANS UN CONTEXTE DE GUERRE FROIDE

Sortir du conflit : vers une coopération internationale

- Conférence de Yalta (1945)
- Création de l'ONU (1945)
- Fondation de l'État d'Israël (1948)

Bipolarisation du monde et multiplication des tensions

- Blocus de Berlin (1948-1949)
- Crise des missiles de Cuba (octobre 1962)
- Bloc occidental (capitalisme) :création de l'OTAN (1949)
- Bloc soviétique (communisme) : pacte de Varsovie (1955)

Décolonisation et émergence du tiers monde

- Mouvement des non-alignés (1961)
- Conférence de Bandung (1955) (octobre 1962)
- Guerre d'Indochine (1946-1954)
- Guerre d'Algérie (1954-1962)

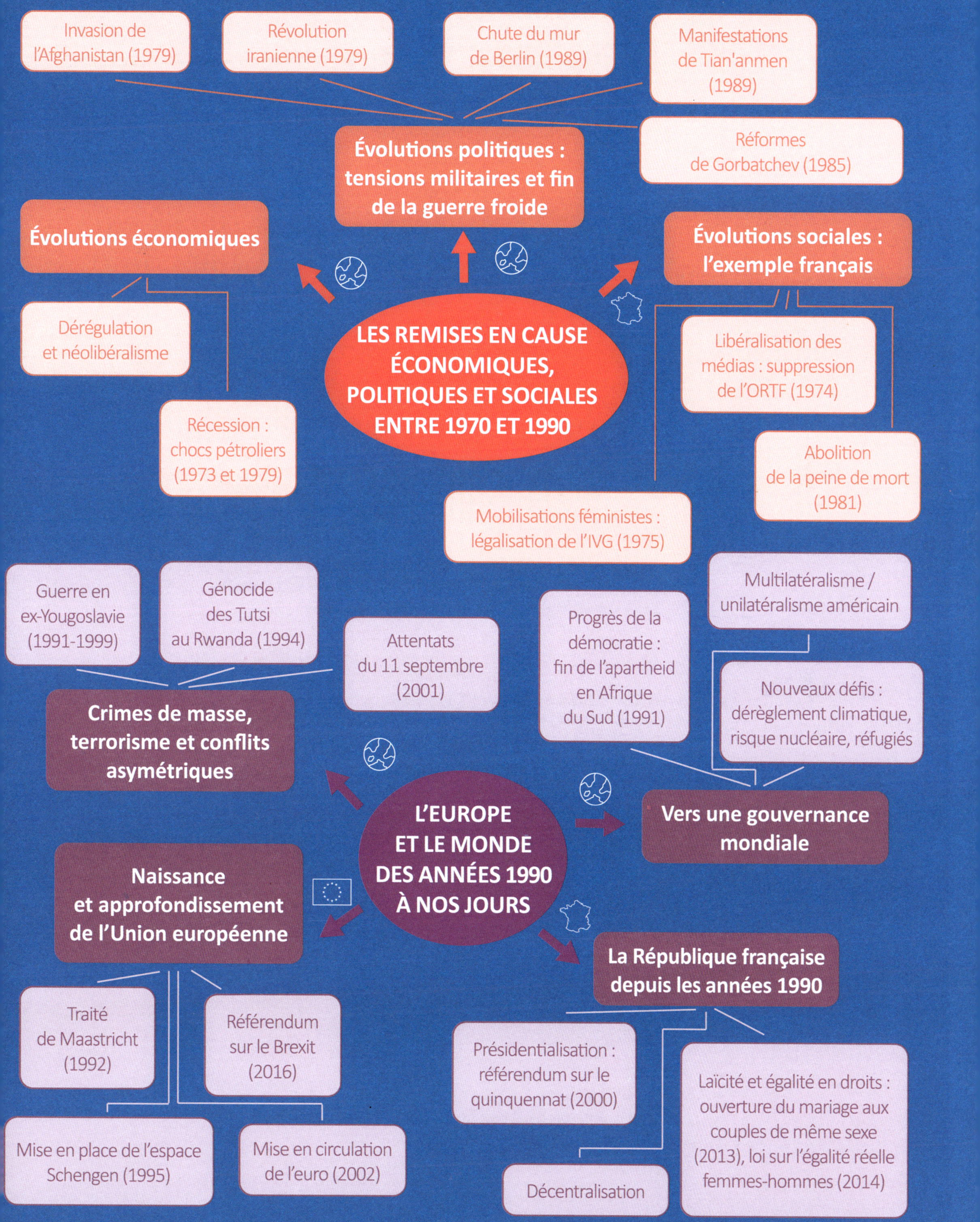
LES REMISES EN CAUSE ÉCONOMIQUES, POLITIQUES ET SOCIALES ENTRE 1970 ET 1990
Évolutions politiques : tensions militaires et fin de la guerre froide
Invasion de l'Afghanistan (1979)
Révolution iranienne (1979)
Chute du mur de Berlin (1989)
Manifestations de Tian'anmen (1989)
Réformes de Gorbatchev (1985)
Évolutions économiques
Dérégulation et néolibéralisme
Récession : chocs pétroliers (1973 et 1979)
Évolutions sociales : l'exemple français
Libéralisation des médias : suppression de l'ORTF (1974)
Abolition de la peine de mort (1981)
Mobilisations féministes : légalisation de l'IVG (1975)
L'EUROPE ET LE MONDE DES ANNÉES 1990 À NOS JOURS
Crimes de masse, terrorisme et conflits asymétriques
Guerre en ex-Yougoslavie (1991-1999)
Génocide des Tutsi au Rwanda (1994)
Attentats du 11 septembre (2001)
Vers une gouvernance mondiale
Progrès de la démocratie : fin de l'apartheid en Afrique du Sud (1991)
Multilatéralisme / unilatéralisme américain
Nouveaux défis : dérèglement climatique, risque nucléaire, réfugiés
Naissance et approfondissement de l'Union européenne
Traité de Maastricht (1992)
Référendum sur le Brexit (2016)
Mise en place de l'espace Schengen (1995)
Mise en circulation de l'euro (2002)
La République française depuis les années 1990
Présidentialisation : référendum sur le quinquennat (2000)
Décentralisation
Laïcité et égalité en droits : ouverture du mariage aux couples de même sexe (2013), loi sur l'égalité réelle femmes-hommes (2014)

Crédits

Couverture

Panique boursière à Wall Street, 24 octobre 1929 © Peter Newark Pictures/Bridgeman Images

Fragilités des démocraties, totalitarismes et Seconde Guerre mondiale (1929-1945)

p. 7, © Karen Struthers/Fotolia ; p. 9, © SergeyVButorin/iStock ;
p. 11, © Vincent Rossell/Bridgeman Images ; p. 12, Agence de presse Meurisse/Wikimédia ;
p. 13, Wikimédia ; p. 14, © Look and Learn/Peter Jackson Collection/Bridgeman Images

La multiplication des acteurs internationaux dans un monde bipolaire (de 1945 au début des années 1970)

p. 29, © coldsnowstorm/iStock ; p. 30, © Art Villone/iStock ; p. 32, Wikimédia ;
p. 34, Wikimédia ; p. 35, © Bet_Noire/iStock ; p. 36, Wikimédia ; p. 37, © Runoman/iStock

Les remises en cause économiques, politiques et sociales des années 1970 à 1991

p. 53, © AndreeF/iStock ; p. 54, © Bart Molendijk/Anefo/Wikimédia ;
p. 56, © FarzadFrames/iStock ; p. 57, © chris-mueller/iStock

Le monde, l'Europe et la France depuis les années 1990, entre coopérations et conflits

p. 69, © Robert J. Fisch/Wikimédia ; p. 71, © iStockphoto ; p. 73, © Anouchka/iStock ;
p. 74, © Joel Carillet/iStock ; p. 75, © Neyriss/iStock ; p. 76, © Photitos2016/iStock ;
p. 77, © AdrianHancu/iStock

Le guide pratique

p. 91, © FatCamera/iStock ; © PeopleImages/iStock ; © Steve Debenport/iStock ;
© fizkes/iStock ; p. 92, © martin-dm/iStock

EAN : 9782820812766

Éditions rue des écoles –15 boulevard Bourdon - 75004 Paris
Achevé d'imprimer en Italie par Stige, en novembre 2021
Dépôt légal : décembre 2021